AF168280

Boris Reinhard

!AUS

Es geschah in Deutsch-Südwest

novum ▲ pro

Dieses Buch ist auch als
e-book
erhältlich.

Bibliografische Information
der Deutschen Nationalbibliothek:

Die Deutsche Nationalbibliothek
verzeichnet diese Publikation in
der Deutschen Nationalbibliografie.
Detaillierte bibliografische Daten
sind im Internet über
http://www.d-nb.de abrufbar.

© 2024 novum Verlag

ISBN 978-3-7116-0055-4
Lektorat: Birgit Himmüller
Umschlagabbildungen: shutterstock,
Ariel Dardo Gellida
Umschlaggestaltung, Layout & Satz:
novum Verlag
Autorenfoto: Boris Reinhard Assmann

www.novumverlag.com

Druckprodukt mit finanziellem
Klimabeitrag
ClimatePartner.com/16547-2311-1001

INHALTSVERZEICHNIS

KAPITEL I

Es war im Sommer 1913, als Margarete im Alter von 19 Jahren in Bremen ankam. Sie war die Tochter eines Gauklers. Die Zeiten waren schwer und ihr Vater hatte entschieden, das Mädchen in den Dienst eines in der Stadt ansässigen Arztes zu stellen. Doktor Graf war ein übergewichtiger, kleiner Mann mit schütterem Haar und einem sorgfältig gezwirbelten Schnauzbart. Er stand am Fuß der Treppe seines feudalen Stadthauses und wartete bereits auf die Ankunft der Gauklerfamilie. Als Margaretes Vater das Haus des Arztes endlich gefunden hatte, machten die Männer ihren Handel. Margarete verabschiedete sich nicht von ihrem Vater. Ängstlich und mit leerem Blick ging sie die Treppe hinauf und verschwand im Gebäude.

Doktor Graf folgte ihr und schloss die überdimensional große Haustür hinter sich. Er geleitete Margarete durch eine große Eingangshalle, bis hin zu einem langen Gang, der in einem Hinterhof endete, auf dem sich das Gesindehaus befand. Der Doktor blieb stehen und rief mit fester Stimme:

„Elisabeth!"

Eine füllige Frau fortgeschrittenen Alters öffnete die Tür des Gesindehauses. Sie hatte langes graues Haar, das zu einem Knoten gebunden war, und sah Margarete mit müden Augen an, als sie gelangweilt fragte:

„Ist sie das?"

Der Doktor nickte und entgegnete:

„Kleide sie ein und zeige ihr, wo sie schlafen kann."

Dann drehte er sich um und verschwand wieder im Haupthaus.

Elisabeth winkte das eingeschüchterte Mädchen herbei und sprach sie an:

„Du bist also das neue Dienstmädchen. Du bist sehr hübsch. Schöne blonde Locken hast du. Ich bin Elisabeth, die Köchin. Komm mit, ich zeige dir alles."

Margarete bedankte sich höflich und folgte der Köchin in das Gesindehaus. Obwohl der kleine Anbau von außen ordentlich weiß angestrichen und zum Teil mit Efeu bewachsen war, bot sich im Innern ein eher karges Bild. Die Wände waren grau und man konnte sehen, an welchen Stellen bei Regen das Wasser die Wand hinunterlief. Der Boden war aus Stein und der Raum hatte nur ein kleines Fenster, das gerade einmal genug Licht für eine schummerige Beleuchtung hereinließ. Neben dem Fenster stand ein alter Holzschrank.

An der gegenüberliegenden Wand hingen ein paar Regale mit einigen wenigen Habseligkeiten darauf und darunter standen drei Pritschen. Es roch nach einer Mischung aus Mensch und Moder und in den Ecken huschten kleine Schatten über den Boden. Im hinteren Bereich befanden sich der Waschraum und eine Vorratskammer. Die Köchin brachte Margarete in den Waschraum, reichte ihr ein Dienstmädchengewand und gab die ersten Anweisungen:

„Zieh das an. Auch die Haube. Binde deine Haare zusammen, steck sie unter die Haube und vergiss die Schürze nicht. Nimm dir ein Paar Schuhe aus dem kleinen Holzschrank in der Vorratskammer und komm dann ins Haupthaus. Ich werde in der Eingangshalle auf dich warten."

Margarete tat, was man ihr gesagt hatte. Wenig später erschien sie in der Eingangshalle. Die Köchin zeigte ihr die verschiedenen Räume und Gemächer, erklärte den Gebrauch der Reinigungsutensilien und ging zurück in die Küche. Margarete begann mit der Reinigung des Hauses. Die Arbeit war anstrengend und in manchen Räumen auch ziemlich ekelhaft. Sie war gerade dabei, die Bilderrahmen an den Wänden des Arbeitszimmers abzustauben, als hinter ihr die Tür ins Schloss fiel. Sie drehte sich um. Es war der Doktor. Er hatte offensichtlich getrunken und stand nur einen Schritt weit vor ihr. Er streckte seine Hand aus, strich ihr langsam mit der Rückseite seines Zeigefingers über das pralle Dekolleté und forderte:

„Lass mich doch mal sehen, was ich heute Mittag für mein Geld gekauft habe."

Margarete wich zurück und sah ihn erschrocken an. Er stolperte ihr hinterher, packte sie am Hals, drückte sie gegen die Wand und hauchte ihr mit fauligem Atem ins Gesicht:

„Stell dich ruhig an. Dann macht es mehr Spaß."

Er drückte seinen fetten Bauch gegen ihren zarten Körper und fing vor Erregung an zu schwitzen.

Seine Finger schnürten ihr die Luft ab, als die Angst der Wut wich und sie röchelte:

„Tu das nicht!"

Der Doktor lachte.

Sie röchelte erneut:

„Das war keine Bitte!"

Diese Dreistigkeit wischte das Lachen von seinem Gesicht. Er holte zu einer schallenden Ohrfeige aus. Doch bevor er zuschlagen konnte, steckte das Mädchen ihren rechten Zeigefinger in sein linkes Auge. Sie konnte spüren, wie der Augapfel zur Seite rutschte und ihr Finger tief in die Augenhöhle eindrang. Sein Schrei ging durch Mark und Bein. Margarete drückte sich an dem Doktor vorbei und drängte in die Richtung der Tür. Mit der einen Hand hielt er sich das blutende Auge. Mit der anderen Hand versuchte der schreiende Arzt, nach dem Mädchen zu greifen. Wutentbrannt erwischte er den hinteren Kragen ihres Gewandes. Sie konnte sich losreißen, stürmte die Treppe hinunter, öffnete die riesige Eingangstür, erreichte die Straße und rannte. Sie rannte und rannte. An Menschen, Kutschen und Fachwerkhäusern vorbei, bis die Straße hinter dem Fischmarkt am Hafenbecken endete.

Nun stand sie da. Allein, mit zerrissenem Gewand und Tränen im Gesicht. Die Geräusche des Hafens vermischten sich mit den Stimmen und Schritten der Menschen, die am Kai ihrer Tätigkeiten nachgingen oder an den unzähligen Ständen des Fischmarktes ihre Besorgungen machten. Kutschen, Droschken und Handkarren rumpelten über das Pflaster. Ihre Gedanken drehten sich unkontrolliert im Kreis:

„Mein Vater hat mich verkauft. Ich kann nicht zurück. Der angesehene Herr Doktor ist ein unzüchtiges Schwein. Was wird er mir antun, wenn er mich findet? Wo kann ich hin und was soll ich denn jetzt machen?"

Sie starrte verzweifelt auf ihr verzerrtes Spiegelbild, das sie auf der Wasseroberfläche des Hafenbeckens entdeckte.

Als aber die richtigen Fragen ihre Reise durch Margaretes Gehirn antraten, fasste sie neuen Mut:

„Wer bin ich und was kann ich?"

Margarete war die Tochter eines Gauklers und sie konnte nicht nur tanzen und jonglieren. Sie war auch ein exzellenter Taschendieb und wusste, wie man sich eine einigermaßen brauchbare Behausung unter den Brücken der Städte einrichten kann. Da sie sehr hungrig war, machte sie sich sofort an die Arbeit. Ältere Herren waren ihre bevorzugten Opfer, da diese eine volle Geldbörse besaßen und sich leicht von ihrem reizenden Aussehen ablenken ließen. Das Mädchen glitt elegant durch den Menschenstrom, der durch den Fischmarkt floss, und es dauerte nicht lange, bis sich der Blick eines Mannes lange genug in ihrem Dekolleté verlor, um seine Börse in ihrem Unterrock verschwinden zu lassen. Sie besorgte sich Lebensmittel und richtete sich ein Lager unter einer der Hafenbrücken ein. So verbrachte sie ihre Tage und Nächte. Sie hielt sich fern von anderen Gauklern und Landstreichern, sprach mit niemandem und fürchtete ständig, entdeckt zu werden.

Morgens ging sie immer wieder zurück zum Kai, schaute den Schiffen hinterher, sah auf das Meer hinaus und träumte von der unendlichen Freiheit, die der Horizont versprach. Ihr war klar, dass sie den Fischmarkt nicht mehr viel länger bearbeiten können würde, ohne irgendwann erwischt zu werden. Sie hatte schon tagelang darüber nachgedacht, Bremen zu verlassen, als sie ein großes buntes Plakat an der Fassade der Hafenkommandantur bemerkte. Das Plakat zeigte exotische Pflanzen und Tiere. Palmen, Elefanten, Giraffen und bunte Früchte. Das Plakat sah aus wie ein Fenster, auf dessen anderer Seite sich das Paradies erstreckt. Margarete träumte sich in diese bunte Welt hinein und blendete den Lärm des Hafens aus. Dröhnende Stille und eine wohlige Gänsehaut umschlangen sie, wie eine warme Decke. Dann las sie den Schriftzug:

„Vom Dienstmädchen zur Kolonialherrin." Margarete traute ihren Augen nicht. Sie trat näher an das Plakat heran, um den Rest des Textes besser lesen zu können. Der Gouverneur Theodor Leutwein hatte angeregt, die Ansiedlung deutscher Frauen in der Kolonie Deutsch-Südwest zu forcieren. Weiter stand dort geschrieben, dass die Frauen in den Kolonien von reichen Siedlern und feschen Soldaten geheiratet werden, sowie ein Vermerk über die Erhaltung des Deutschtums in den Kolonien und das Zitat einer Dame mit dem Namen Eckenbrecher:

„Wohl nirgends sonst in der Welt wird uns deutschen Frauen von den Herren der Schöpfung so viel Verehrung entgegengebracht wie gerade in unseren Kolonien."

Jetzt war sich Margarete sicher, das Paradies entdeckt zu haben, und sie würde alles dafür tun, es zu erreichen. Ein neues Kleid, schicke Schuhe und ein paar Haarspangen sollten den Weg ebnen. Das Mädchen war nicht dumm und verteilte den Diebstahl der nötigen Anzahl an Geldbörsen auf mehrere Tage. Dann war es endlich so weit. Sie kaufte das Kleid, machte sich zurecht und betrat mit sicherem Schritt die Hafenkommandantur. Ihre Schritte hallten unter der prächtig bemalten Kuppel wider, als sie durch die Eingangshalle ging. Am anderen Ende der Halle hing ein riesiger Anker an der Wand. Darunter saßen uniformierte Männer an einer langen Rezeption, vor der ein gutes Dutzend junger Frauen darauf wartete, sich in die Siedlerliste eintragen zu dürfen. Margarete reihte sich geduldig ein. Nach einer guten Stunde wurde sie aufgerufen und in ein Nebenzimmer geführt. Dort saßen zwei Männer und eine Frau vom Deutschen Frauenbund an einem großen Schreibtisch. Dahinter befand sich ein Panoramafenster, durch das man die Weser sehen konnte. Die Herrschaften notierten ihren Namen, das Geburtsdatum und noch ein paar andere persönliche Informationen. Dann erklärte man ihr den Ablauf der Reise, gab ihr eine Bordkarte und ein Identifikationsdokument. Einer der Herren ließ Margarete wissen, dass ihr zukünftiger Ehemann sowie der Frauenbund für die Kosten ihrer Reise aufkommen würden, und verabschiedete sie mit freundlichen Glückwünschen.

Aus Angst, aufgrund ihres jungen Alters abgewiesen oder sogar entdeckt und für die Körperverletzung an dem Doktor angeklagt zu werden, hatte Margarete bei der Befragung gelogen und ihre Personalangaben verändert. Sie hieß nun Mathilde Behrens und war gemäß ihres neuen Identifikationsdokumentes 21 Jahre alt.

Am nächsten Morgen ging sie schon vor Sonnenaufgang in den Hafen. Sie war sehr aufgeregt, weil die Freude auf Freiheit und Abenteuer die Schlacht gegen die Angst vor dem Ungewissen noch nicht ganz gewonnen hatte.

Sie lief zügig, aber sie rannte nicht.

Als die ersten Sonnenstrahlen durch den Morgennebel brachen, erreichte Margarete den Kai. Sie trug das Dienstmädchengewand, das sie mittlerweile geflickt hatte. In der Hand hielt sie eine kleine braune Tasche, in der sich ihr neues Kleid und ein paar Habseligkeiten befanden. Der Kai war an diesem besonderen Tag voller Menschen. Ein buntes Potpourri aller sozialen Schichten wartete auf die Abfahrt des Woermanndampfers. Manche trugen ihre Koffer und Taschen selbst. Andere ließen ihr Gepäck von jungen Burschen tragen, die sich mit dieser Tätigkeit den Lebensunterhalt verdienten, und wieder andere hatten dermaßen viele Koffer und Kisten, dass sie Handkarren brauchten, die ihr Gesinde voll bepackt über den Kai zog.

Die Stimmen der ersten Marktschreier schallten durch den Hafen und der Duft von frisch gebackenem Brot zog durch die Gassen.

Margarete blieb stehen und schloss die Augen. Dann versuchte sie, ganz bewusst zu riechen und zu lauschen. Ein letztes Mal noch wollte sie die Heimat spüren.

Danach reihte sie sich mit selbstbewussten Schritten in den Strom der Passagiere ein.

Die letzten Wolken hatten sich gerade verzogen, als sie den Anleger erreichte.

Der Woermanndampfer wurde bereits beladen. Menschentrauben belagerten die Gangway und warteten auf die Erlaubnis, an Bord gehen zu dürfen. Angehörige verabschiedeten ihre

Lieben und Schaulustige bewunderten das Schiff. Der Woermanndampfer war über 100 Meter lang und hatte Platz für 200 Passagiere. Ein schwimmendes Dorf aus Stahl. Der Rumpf war schwarz und auf dem weißen Aufbau thronten zwei riesige Schornsteine, die mit roten Streifen verziert waren.

Das Getöse der Stimmen und Ladegeräusche wurde plötzlich von einer Ansage übertönt, die aus den Lautsprechern der Hafenanlage drang. Die Passagiere wurden dazu aufgefordert, an Bord zu gehen und die auf ihren Bordkarten ausgewiesenen Bereiche innerhalb des Schiffes aufzusuchen. Als Margarete nach langem Entenmarsch über die Gangway den Dampfer endlich betrat, bot sich ihr ein unfassbares Bild. Teppichboden, Polstermöbel, Wendeltreppen mit goldenen Handläufen, Kronleuchter an den Decken und Kunstwerke an den Wänden. Alles war luxuriös dekoriert und prunkvoll beleuchtet. Es gab sogar einen Ballsaal und ein Casino an Bord.

Nach einem kurzen Rundgang mussten sich alle Passagiere im Speisesaal versammeln, wo ihnen die Sicherheitsrichtlinien für den Fall eines Untergangs erklärt wurden.

Margarete hatte bis zu diesem Moment noch gar nicht daran gedacht, dass ihre Reise auch auf dem Grund des Meeres enden könnte. Mit dieser neuen Perspektive vor Augen, hatte sie ein leicht mulmiges Gefühl im Bauch, als die Passagiere in Gruppen aufgeteilt und zu ihren Gemächern geleitet wurden. Die Mädchen des Frauenbundes reisten in der dritten Klasse. Dort gab es keine Gemächer mit Fenstern und Balkonen. Dort gab es Kajüten, die unterhalb der Wasserlinie lagen.

Margaretes Kajüte war ein schmaler, mit einer Ölfunzel beleuchteter Raum. Seitlich stand ein Etagenbett und an der gegenüberliegenden Wand hing eine Kleiderstange mit ein paar Bügeln. Dort, wo sich in der ersten und zweiten Klasse die Fenster und Balkontüren befanden, hing ein kleiner Spiegel von der Größe eines Bullauges an der Wand. Darunter standen ein Beistelltisch und zwei Hocker. Es war stickig, aber es stank nicht. Die Tür stand noch offen, als Margarete sich auf die untere der beiden Pritschen setzte und Johanna den Raum betrat:

„Guten Morgen, ich bin Johanna. Ich glaube, wir sind Zimmergenossen."

Margarete nickte:

„Ich heiße Ma...thilde."

Es fühlte sich seltsam an, den neuen Namen laut auszusprechen, und doch steckte ein Quäntchen Befreiung darin. Margarete wurde in diesem Moment bewusst, dass ein neuer Name und ein neues Leben in einem fernen Land die Uhr auf null stellen würden. Eine Art Tabula Rasa der eigenen Existenz. Jetzt war alles möglich.

Johanna hatte mittlerweile ihr Gepäck in die Ecke gestellt und saß auf einem der Hocker. Auch sie trug das Gewand eines Dienstmädchens, war 26 Jahre alt, hatte kastanienbraunes, schulterlanges Haar, große dunkle Augen und war leicht übergewichtig. Sie zog ihre Schuhe aus und stöhnte erleichtert:

„Aaah, das tut gut. Endlich, ich hätte keine zehn Schritte mehr geschafft."

Sie zeigte auf das Etagenbett:

„Möchtest du oben schlafen oder lieber unten?"

Margarete legte beide Hände auf die untere Pritsche, auf der sie gerade Platz genommen hatte:

„Ich glaube, ich bleibe hier."

Johanna nickte:

„So soll es sein."

Margarete lächelte zufrieden und fragte:

„Hat man dir gesagt, wo die Waschräume sind?"

Johanna zeigte in die Richtung des Bugs:

„Sie haben gesagt, dass es auf diesem Stockwerk zwei Waschräume gibt. Beide sind im vorderen Teil des Schiffes. Wir könnten sie gemeinsam suchen und danach an Deck gehen. Das Schiff läuft bald aus."

Margarete war einverstanden und die Frauen machten sich auf den Weg. An Deck standen ein Großteil der Besatzung und fast alle Passagiere in Reihe und Glied an der Reling. Es wurde gewinkt, geweint und gesungen.

„Leinen los", schallte es aus der Lautsprecheranlage des Kapitäns. Die Schiffssirene ertönte, das Geräusch der Maschinen wurde lauter und langsam, ganz langsam setzte sich der Woermanndampfer in Bewegung.

Margarete stand regungslos an der Reling und hielt sich mit beiden Händen an ihr fest. Schon bald wurden die Menschen, die am Anleger zurückgeblieben waren, zu kleinen Punkten. Die Stadt sah nun aus wie ein Spielzeug. Sie spürte den Wind und roch die See. Der Horizont kam immer näher und zum ersten Mal in ihrem Leben fühlte sie sich frei.

KAPITEL II

Margarete lag auf ihrer Pritsche und starrte auf die Unterseite der über ihr montierten Matratze. Sie fragte sich, ob Johanna noch wach war. Die Eindrücke des Tages vertrieben den Schlaf und sie hatte das Bedürfnis, mit jemandem zu reden:

„Johanna?"

Johannas Gesicht erschien am Rand der oberen Pritsche und sie fragte mit erleichtertem Gesichtsausdruck:

„Kannst du auch nicht schlafen?"

Margarete zog für einen kurzen Moment die Schultern und die Augenbrauen hoch:

„Ich war noch nie auf einem Schiff."

Sie legte eine Hand auf ihre Stirn:

„Die letzten Wochen waren furchtbar und ich bin froh, das alles hinter mir zu lassen. Ich bin aber auch traurig und weiß gar nicht so genau, warum."

Johanna sah sie gütig an und versuchte, sie zu trösten:

„Was auch immer dir passiert ist, es hat dazu geführt, dass du jetzt hier bist. Du bist unwiderruflich ein Resultat deiner Vergangenheit, aber du kannst in der Zukunft all das werden, was du in der Gegenwart säst. Allerdings kannst du manchmal säen, was du willst. Wenn der Acker verdorrt ist, dann wirst du nichts ernten. Deshalb liege ich jetzt hier auf einer Pritsche, im Bauch eines riesigen Schiffes, und fahre ans andere Ende der Welt, um dort einen fruchtbaren Acker zu finden. Wer vor etwas davonläuft, der läuft meistens auch auf etwas anderes zu. Wenn man es schafft, das Karussell der Gedanken lange genug anzuhalten, um das erkennen zu können, dann wird die Neugier auf das Neuland die Trauer über das Verlorene verdrängen."

Margarete war erstaunt darüber, dass Johanna in der Lage war, ihr einen derart treffenden Ratschlag zu geben, ohne vorher nach ihrer Geschichte gefragt zu haben. Sie fühlte sich bestätigt und das gab ihr Kraft. Die Sorgenfalten wichen einem zaghaften Lächeln:

„Danke Johanna, das hat mir sehr geholfen. Du hast es wohl auch nicht leicht gehabt.“

Johanna seufzte und erzählte von ihrem Vater, der sie von seinem Bauernhof gejagt hatte, als sie im Alter von 16 Jahren die Unzucht mit dem Knecht gestehen musste, weil sie schwanger war. Sie lebte einige Wochen im Wald und verlor das Kind, weil sie nicht genügend Nahrung fand. Als ihr Bauch wieder flach und ihre Schande nicht mehr sichtbar war, ging sie in die Stadt und fand dort eine Arbeit als Zofe, bei einer älteren Dame. Die Dame brachte ihr das Lesen bei und unterrichtete sie in den Umgangsformen des Freiherrn von Knigge. Nachdem die alte Frau verstorben war, übernahm ihr Sohn das Anwesen. Dieser hatte eine sehr eifersüchtige Ehefrau, die alle Dienstmädchen entließ, die jünger waren als sie selbst. Johanna machte sich zunächst keine großen Sorgen, da sie nun sehr gut ausgebildet war und bestimmt schnell eine neue Anstellung finden würde. Zu ihrer großen Enttäuschung stellte sie bald fest, dass man ihr fast ausschließlich Reinigungsarbeiten anbot, da sie nicht kochen konnte und für den Dienst im Speisesaal nicht hübsch genug war. Vor wenigen Wochen hat sie dann endlich entschieden, alle Enttäuschungen hinter sich zu lassen.

Margarete hörte gespannt zu, aber sie schlief erschöpft ein, bevor die Geschichte endete.

Die zwei Frauen verbrachten nun jeden Tag miteinander. Sie blieben unter sich, machten viele Spaziergänge an Deck und staunten über die Wunder des Ozeans, wenn Wale oder Delphine in Sicht kamen. Sogar einen Mondfisch sahen sie, als das Schiff die Kanarischen Inseln passierte. Das Wetter war vorteilhaft und der Dampfer kam gut voran. Johanna und Margarete standen an der Reling, als sich das Schiff am frühen Morgen des 26sten Tages einer Nebelwand näherte. Ein Matrose blieb neben ihnen stehen, zeigte auf den Nebel und sagte:

„Das ist der Atem der Namib. Wir sind da!“

Die Freundinnen sahen sich in die Augen. Margarete versuchte, nicht zu weinen, aber die Tränen liefen ihr unkontrollierbar aus den Augen, weil sie wusste, dass man sie nach der Ankunft von Johanna trennen würde. Johanna strich ihr mit hoffnungsvollem Blick über die Wange und wischte zärtlich mit dem Daumen eine Träne weg:

„Mach dir nicht so viele Sorgen, Kleines. Alles, was jemals geschehen ist, hat dazu geführt, dass wir uns getroffen haben, und alles, was von jetzt an geschieht, wird dazu führen, dass wir uns wiedersehen ... versprochen."

Sie umarmten sich und der Nebel verschlang den riesigen Dampfer.

Als die Lüderitzbucht in Sicht kam, ertönte die Schiffssirene und alle Passagiere kamen an Deck, um einen ersten Blick auf ihre neue Heimat zu erhaschen. Die steinige Bucht sieht aus wie ein großes Hufeisen, das an den Seiten ein wenig verbogen ist. Zuerst konnte man die Hafenanlage sehen. Links davon, im Scheitel der Bucht, waren dann allmählich die Gebäude der Stadt zu erkennen. Fachwerk- und Jugendstilhäuser in verschiedenen Farben, ein Marktplatz, eine Promenade und unzählige Fischerboote.

Robben begleiteten den Woermanndampfer auf seinem Weg in den Hafen, Pelikane landeten an Deck und Möwen kreisten um die Schornsteine.

Als sich das Schiff dem Anleger näherte, begann ein reges Treiben auf dem Kai. Schwarze Arbeiter bereiteten die Laderampen vor und warteten darauf, dass man ihnen die Leinen zuwarf. Winkende Menschen, Fahnenschwenker und sogar eine Kapelle waren Teil des bunten Treibens. Abermals ertönte die Schiffssirene, Taue flogen ans Ufer und der Dampfer wurde festgemacht. Die Kapelle spielte auf. Freude schöner Götterfunken. Die Gangway wurde angelegt und die ersten Passagiere gingen an Land. Margarete und Johanna holten ihre Sachen und reihten sich in den Strom der aussteigenden Menschen ein. Sie hielten sich an den Händen, als sie die Gangway hinuntergingen. Am Fuß der Gangway standen Männer, die im Getümmel ihre Schilder hochhielten. Darauf waren die Namen von Personen oder Firmen zu lesen. Angehörige und Freunde fielen sich in die Arme und die Entladung war in vollem Gange. Aus den Lautsprechern der Hafenanlage waren Willkommensgrüße und verschiedene Anweisungen zu hören. Die Passagiere wurden zur Dokumentenkontrolle gebeten. Die Siedler bekamen eine Einweisung und die Frauen hatten sich an einem Informationsstand des Deutschen Frauenbundes einzufinden. Insgesamt waren es 46 Frauen. Sie mussten ihre Identifikationsdokumente vorzeigen, wurden in eine Liste eingetragen und bekamen eine Nummer.

Nach einer kurzen Wartezeit wurden sie in eine Halle der Hafenanlagen gebracht. Johanna und Margarete hielten sich immer noch an den Händen, als sie die Halle betraten. Das Gebäude war leer und jedes noch so leise Geräusch hallte wider. An der hinteren Wand standen zwei Tische, an denen jeweils zwei Männer saßen. Rechts daneben standen vier bewaffnete Schutztruppensoldaten. Die Frauen standen nun ungeordnet in der Halle. Manche waren eingeschüchtert und andere sahen sich neugierig um. Ein paar Frauen unterhielten sich flüsternd und die Herrschaften des Frauenbundes murmelten gewichtig. Wenige Minuten später betraten 46 Männer die Halle und stellten sich in zwei Reihen vor den beiden Tischen auf. Die Frauen verstummten, drehten ihre Hälse und betrachteten die Männer. Das waren sie also. Die Herren der Schöpfung, die den deutschen Frauen in Südwest so viel Verehrung entgegenbringen, wie nirgends sonst auf der Welt. So stand es zumindest auf dem Plakat im Bremer Hafen. Die Männer waren hagere Farmer mit Latzhosen, Arbeitsstiefeln und Vollbärten, Schutztruppensoldaten in feschen Uniformen sowie Geschäftsleute mit teuren Anzügen und modischen Schnauzbärten. Die Farmer und Soldaten wurden an den linken Tisch gebeten, während die Geschäftsleute sich in der rechten Warteschlange einreihten. Die Namen der Frauen wurden nach und nach aufgerufen und sie verließen eine nach der anderen die Halle mit ihren zukünftigen Ehemännern. Jetzt wurde Margarete wieder bewusst, dass sie in nur wenigen Tagen einen Mann heiraten würde, den sie noch nie zuvor gesehen hat. Nicht alle Männer, die soeben die Halle betreten hatten, waren jung, und ein paar von den Geschäftsleuten waren ziemlich dick. Sie dachte daran, dass sie mit einem dieser Männer eine Hochzeitsnacht verbringen und ihm Kinder schenken müsse. Sie bekam ein kaltes Gefühl in der Magengegend und ihr Hals zog sich zu.

Johanna schien ähnliche Gedanken gehabt zu haben, da ihr Griff um Margaretes Hand immer fester wurde.

Dann rief der Administrator Johannas Namen auf. Sie ließ Margaretes Hand los, sah ihr in die Augen, strich ihr wortlos über die Wange, drehte sich um und ging. Margarete sah ihr schweigend hinterher, als sie die Halle mit einem groß gewachsenen Farmer verließ.

Margaretes Unterlippe zitterte, aber sie weinte nicht.

Knapp zehn Minuten später war es ihr Name, der durch die Halle schallte ... Mathilde Behrens.

Als sie aus der Traube der Frauen heraustrat, drehte sich einer der Geschäftsmänner um und sah sie erwartungsvoll an. Er war ein bisschen kleiner als Margarete, hatte volles dunkles Haar und einen Spitzbart. Er war gepflegt, schlank, 36 Jahre alt und trug einen schwarzen Anzug mit grauer Weste und einem bordeauxroten Einstecktuch. Der Mann ging auf Margarete zu und begrüßte sie mit fester Stimme:

„Willkommen in Deutsch-Südwest. Ich bin Paul von Stach."

Er machte einen Diener und küsste ihre Hand.

Margarete machte einen Knicks, so wie Johanna es ihr beigebracht hatte:

„Sehr erfreut, ich bin Mathilde Behrens."

Paul zeigte mit offener Handfläche und einer einladenden Armbewegung in die Richtung des Ausgangs:

„Darf ich bitten?"

Er geleitete seine zukünftige Braut durch den Hafen, an der Küste entlang, bis zu seinem Haus.

Paul war ein Diamantenhändler, der eine himmelblaue Jugendstilvilla an der Promenade besaß. Die Villa hatte zwei Stockwerke und ein Untergeschoss.

Paul führte Margarete durch das Parterre. Der Boden war aus Marmor. In der Eingangshalle hing ein feudaler Kronleuchter. Afrikanische Statuen und Masken dekorierten fast alle Räume und Ölgemälde nackter Figuren verzierten die Wände. Es gab eine Bibliothek, in der ein Löwenfell mit Kopf und offenem Maul vor einem Kamin lag, einen Speisesaal, von dessen Wänden Antilopenköpfe mit leeren Glasaugen auf Margarete herab starrten, und eine kleine Kegelbahn. In der Küche standen Kühlschränke und große Glühbirnen sorgten in jedem Raum für eine angenehm helle Beleuchtung. Paul erklärte alles ganz genau und mit viel Geduld. Er erzählte kurze Anekdoten über die Anschaffung der interessantesten Gegenstände, scherzte über die Händler, die sie ihm verkauft hatten, geizte nicht mit Jägerlatein und rühmte seinen Schneider.

Eine breite Treppe führte in den ersten Stock, in dem sich drei Gemächer, das Arbeitszimmer und zwei Waschräume befanden. Überall lag Parkett und die Decken waren mit Stuck dekoriert. Paul führte Margarete in eines der Gemächer und erklärte ihr, dass dies nun ihre Stube sei. Dann zeigte er mit ausgestrecktem Arm die Treppe hinauf, die in den zweiten Stock führte:

„Dort oben sind meine Gemächer."

Er sah Margarete an, lächelte süffisant und fügte hinzu:

„Die zeige ich dir in unserer Hochzeitsnacht."

Dieser Satz trieb ihr einen Schauer über den Rücken. Sie überspielte den Schock und rang sich ein verlegenes Lächeln ab:

„Wann ist denn unser Freudentag?"

Paul kratzte sich am Kopf und verzog das Gesicht:

„Das kann noch einige Tage dauern. Es sind 29 Frauen in Lüderitz geblieben, aber wir haben momentan nur einen Pfarrer. Am Sonntag wird im Gemeindehaus eine Liste ausgehängt, auf der alle Heiratstermine bekanntgemacht werden. Mach dir keine Sorgen. Ich habe alles unter Kontrolle. Geh jetzt auf deine Stube und richte dich ein. Wir essen bald zu Abend."

Margarete ging in ihr Zimmer und schloss die Tür. Das Zimmer raubte ihr den Atem. Da stand ein großes, weißes Himmelbett mit frisch duftenden, weißen Laken und bestickten Kissen in verschiedenen Formen und Größen. Sie hatte noch nie in einem solchen Bett geschlafen.

Ein geräumiges Sofa mit Beistelltisch füllte die Mitte des weitläufigen Raumes und vor einer glitzernden Spiegelwand stand ein voll ausgestatteter Schminktisch. Puder, Öle und Rouge. Pinsel, Tupfer und Zupfer. Alles das, was eine Dame braucht, um ihren gesellschaftlichen Stand zu unterstreichen und kleine Makel zu verstecken. Eine große Glastür bot Zugang zu einem Balkon mit Meerblick.

Margaretes Emotionen begannen zu rotieren.

Sie hatte das Paradies gesucht und sie hatte es gefunden. Unter diesen Voraussetzungen würde es bestimmt auch möglich sein, Johanna wiederzufinden. Andererseits empfand sie es als beklemmend, ein Haus zu bewohnen, das zum Teil mit den Köpfen toter Tiere dekoriert war. Auch der Gedanke an die Hochzeitsnacht verunsicherte sie sehr. Margarete brauchte frische Luft. Sie ging auf den Balkon. Die Meeresbrise wehte ihr ins Gesicht. Die Sonne war kurz davor, den Scheitel des Ozeans zu berühren und dem Mond den Himmel zu überlassen, als sich die letzten Abendwolken in die Leinwand eines prächtigen Farbenspiels verwandelten. Die See spiegelte das Naturspektakel wider und die Schatten der Küstenlinie rahmten es ein. Die Stadt war umgeben von Felsen und dunklem Gestein. Dahinter müssten dann wohl die herrlich grünen Palmenlandschaften liegen, die Margarete damals auf dem Plakat des Deutschen Frauenbundes in Bremen gesehen hatte.

War sie nun wirklich eine Kolonialherrin?

Oder war sie immer noch die Tochter eines Gauklers, die man gerade zum zweiten Mal verkauft hatte?

KAPITEL III

Es klopfte an der Tür. Margarete drehte sich um:

„Ja bitte."

Die Tür öffnete sich und eine schwarze Frau betrat den Raum. Sie trug das Gewand eines Dienstmädchens, mit Schürze aber ohne Haube. Sie hatte zahllose geflochtene Zöpfe zu einem riesigen Dutt zusammengebunden. Sie war vielleicht 30 Jahre alt, recht klein und sehr dünn. In ihren Händen hielt sie einen großen Korb, gefüllt mit säuberlich gefalteten Textilien und einem Paar schwarzer Schnürstiefel darauf. Mit demütigem Blick auf den Boden und in gebrochenem Deutsch sprach sie Margarete an:

„Gnädige Frau, Kleider für sie bitte."

Sie stellte den Korb ab, verließ das Zimmer und schloss die Tür.

Margarete verließ den Balkon, stellte den Korb auf das Bett, setzte sich daneben und begann, den Inhalt zu inspizieren. Unterwäsche, Unterröcke, Kleider und Accessoires. Sie suchte den Waschraum auf, machte sich frisch und zog eines der weißen Kleider an. Dazu die schwarzen Schnürstiefel und eine blaue Haarschleife. Zurück auf ihrer Stube setzte sie sich an den Schminktisch und betrachtete die darauf befindlichen Utensilien und Produkte. Sie nahm einen der Pinsel und legte los.

Ein bisschen Puder auf die Nase, ein wenig Rouge auf die Wangen, etwas hiervon, etwas davon und fertig war das Clownsgesicht. Sie hatte sich noch nie geschminkt und das Ergebnis ihres ersten Versuchs entlockte ihr ein herzliches Lachen, als sie sich verzückt im Spiegel betrachtete.

Es klopfte:

„Gnädige Frau, komme essen bitte", rief das Dienstmädchen durch die Tür, ohne den Raum zu betreten. Margarete ging wieder in den Waschraum, wusch ihr Gesicht und machte sich auf die Suche nach dem Speisesaal, den Paul ihr zuvor gezeigt hatte.

Der Tisch war reich gedeckt. Geflügel, Kartoffeln, Bohnen, Rote Beete, Brot und Käse. Er war an beiden Enden eingedeckt und Paul hatte schon Platz genommen. Seitlich hinter ihm stand das schwarze Dienstmädchen. Die ausgestopften Antilopenköpfe starrten Margarete wie schon zuvor mit leeren Glasaugen an. Sie betrat den Raum und Paul blickte auf:

„Guten Abend meine Liebe. Du siehst bezaubernd aus."

Er zeigte mit offener Handfläche und ausgestrecktem Arm auf den Platz am anderen Ende des Tisches:

„Bitte, nimm Platz."

Margarete setzte sich hin:

„Danke, ihr Haus ist sehr schön. Wirklich, danke für alles."

Paul lächelte:

„Du musst mich nicht siezen. Ich bin der Paul. Paul von Stach und du wirst bald Mathilde von Stach sein."

Er gab dem Dienstmädchen ein subtiles Handzeichen und sie begann, das Essen zu servieren.

„Miriam kennst du ja bereits", bemerkte Paul beiläufig und fügte noch hinzu:

„Ich habe sie nach meiner Mutter benannt."

Margarete wunderte sich sehr über diese Aussage, aber sie war zu hungrig, um darüber nachzudenken. Sie probierte alles, was die Küche zu bieten hatte, und Paul erzählte die Geschichte seines Erfolges. Er besaß Schürfrechte und seine Familie hatte hervorragende Kontakte, die es ihm ermöglichten, seine Diamanten in ganz Europa zu verkaufen. Er stammte aus Berlin und war nach Deutsch-Südwest gekommen, weil er das Abenteuer suchte. Paul schwärmte von Adolf Lüderitz, dem Stadtvater, der es geschafft hatte, dem Nama-Anführer Josef Frederick mit einer List das Siebenfache der vertraglich vereinbarten Landfläche abzukaufen, ohne die zusätzliche Landfläche bezahlen zu müssen. Da fing Paul während seiner Erzählung an zu lachen:

„Sie haben die vertraglich vereinbarte Fläche in Meilen angegeben und die Wilden haben nicht gewusst, dass eine deutsche Meile viel länger ist als eine englische Meile. Das war Adolfs großer Meilenschwindel. So bekam er auch den Spitznamen ‚Lügenfritz'."

Er klopfte sich vor Lachen auf die Schenkel und wiederholte:

„Ja, ja, der alte Lügenfritz."

Er wischte sich eine Freudenträne aus dem Augenwinkel, nahm einen Schluck Wein und sprach gefasst weiter:

„Und dann haben wir überall Diamanten gefunden. Man muss nicht einmal graben. Die Hottentotten kriechen den ganzen Tag im Hinterland herum und sammeln alles für uns auf. Leider sind dabei ein paar von den deutschen Siedlern verkaffert. Aber darum kümmert sich ja jetzt der Frauenbund."

Er beugte sich vor, stützte beide Ellenbogen auf den Tisch, faltete die Hände, legte seinen Kopf darauf und wechselte das Thema:

„Es scheint dir gut zu schmecken. Der Hunger war wohl oft ein ungebetener Gast in deinem Haus?"

Margarete hielt kurz inne, hob den Kopf, schluckte den letzten Bissen hinunter und entgegnete:

„Ich hatte nie ein Haus."

Paul lächelte sie an:

„Jetzt hast du eins."

In dieser Nacht schlief Margarete so gut wie noch nie zuvor in ihrem Leben. Die Laken rochen paradiesisch, die Kissen fühlten sich an wie flauschige Wolken und trotz seines eher unbeholfenen Humors hatte ihr Paul ein Gefühl von Sicherheit gegeben, das dem Sandmann Tür und Tor öffnete, sein Säckchen über ihr zu leeren.

Sie träumte von Johanna, den Palmen und exotischen Tieren, während das Rauschen des Ozeans sie durch die Nacht geleitete.

Kurz nach Sonnenaufgang wurde Margarete von einem vorsichtigen Klopfen geweckt und Miriams Stimme drang sanft durch die Tür:

„Gnädige Frau, komme bitte. Master Paul zeigt Stadt heute für sie."

Margarete machte sich zurecht und als sie die Treppe zur Eingangshalle herunterkam, stand Paul bereits vor der Tür und wartete.

Margarete blieb zwei Schritte vor ihm stehen, er küsste ihre Hand, sah sie an und bemerkte:

„Ich hoffe, du hast gut geschlafen."

Dann öffnete er die Tür, reichte ihr die Hand und fügte hinzu: „Komm, wir gehen frühstücken und dann zeige ich dir die Stadt."

Margarete nahm seine Hand, ließ sich durch die Tür führen, hakte sich ein und ging mit Paul die Treppe zur Straße hinunter.

Noch nie hatte sie ein Mann an seinem Arm durch die Stadt geführt wie eine Dame. Stolz mischte sich mit Verunsicherung. Wussten die entgegenkommenden Passanten, dass sie eigentlich gar keine Dame war? Konnte man die Tochter des Gauklers hinter dem schönen Schein der neuen Kleider immer noch sehen? Trotzdem war sie stolz. Stolz darauf, dass sie den Mut gehabt hatte, die weite Reise zu wagen, und stolz darauf, am anderen Ende der Welt ein besseres Leben gefunden zu haben.

Paul führte sie über den Markt und kaufte hier und da ein paar Leckereien, die sie aßen, während sie nebeneinanderher schlenderten.

Paul zeigte auf verschiedene Gebäude und erklärte, was sich darin befand. Jugendstilhäuser neben wilhelminisch anmutenden Bauten in blauen, gelben und grünen Pastellfarben. Das cremefarbene Woermannhaus, das nagelneue Teehaus und der Kapps Konzert- und Ballsaal mit Kegelbahn. Margarete war erstaunt. Nichts davon war exotisch. Ganz im Gegenteil. Eigentlich sah alles genauso aus wie in der Heimat. Sie war um die halbe Welt gereist und befand sich immer noch in Deutschland.

Es gab Geschäfte für jedweden Bedarf, Bankhäuser, Handwerksbetriebe und Apotheken. Manche Herren trugen feine Anzüge und hatten Gehstöcke mit goldenen Griffen. Fast alle Damen trugen knöchelfreie weiße Kleider mit Schnürstiefeln in allen Formen und Farben. Nahezu keine hatte einen Hut. Die Winde, die fast täglich von mittags bis abends über die Küste der Lüderitzbucht fegten, hätten jede Kopfbedeckung leicht zum Spielball ihrer Böen gemacht.

Im Hafen flickten Fischer ihre Netze, be- und entluden ihre Boote oder Kutter, verkauften ihren Fang und packten ihn zum Teil in Kisten, die mit einem Zug ins Hinterland gebracht wurden. Die meisten Arbeiter waren schwarz. Nur einige wenige Händler, Vorarbeiter, Lotsen und die Kapitäne waren weiß. Margarete war fasziniert von den schwarzen Menschen.

Obwohl sie alle schwarz waren, sahen sie doch sehr unterschiedlich aus. Manche waren klein und dünn mit leicht hellerem Teint. Fast so, als hätte man ein paar Tropfen Milch in einen Kaffee gegossen. Andere waren besonders dunkel, groß oder muskulös. Die Männer trugen schwarze, blaue oder graue Latzhosen mit oftmals nur einem Schulterträger. Nur wenige hatten Hemden. Bei vielen konnte man die Rippen sehen.

Die schwarzen Frauen kleideten sich mit bunten Kleidern, hatten viele dünne, geflochtene Zöpfe, krauses, stark lockiges Haar oder große, bunte Tücher, die in der Form von Rinderhörnern um ihre Köpfe gewickelt waren.

Niemand hatte einen Stock in der Nase oder einen Teller in der Lippe, so wie es Margarete schon oft auf verschiedenen Illustrationen in der Heimat gesehen hatte. Manche stachen durch besonders dicke Lippen und breite Nasen heraus, wogegen andere sehr filigrane Gesichtszüge hatten.

Margarete staunte und schaute Paul mit großen fragenden Augen an. Der erklärte geduldig:

„Die kommen alle von unterschiedlichen Stämmen. Da drüben, die kleinen Dünnen mit den runden Köpfen und der etwas helleren Haut zum Beispiel … das sind Buschmänner vom Stamm der San. Die sind selten. Miriam ist eine San. Und da hinten, die drei Großen und der Kräftige daneben … das sind Hottentotten und ein Damara. Die Frauen mit den Hörnern gehören zum Stamm der Herero. Das sind exzellente Kuhhirten … deshalb die Hörner." Er lachte.

Margarete war fasziniert. Die neuen Eindrücke veranstalteten ein buntes Feuerwerk in ihrer Fantasie. Paul sah ihr die Freude an und setzte den Spaziergang zufrieden fort. Sie gingen die Promenade entlang, zurück zu seinem Haus.

Er erklärte Margarete, dass er nun arbeiten müsse, empfahl ihr, ein gutes Buch in der Bibliothek zu lesen, und verschwand in seinem Arbeitszimmer.

Margarete dachte kurz nach:

„In der Bibliothek? Bei dem toten Löwen? Auf gar keinen Fall!"
Sie ging in ihre Stube. Auf einem kleinen Tisch in der Ecke
stand eine Kiste, die ihr noch gar nicht aufgefallen war. Neugierig öffnete sie den Deckel. Ein Grammophon! Auf dem Teller
lag eine Schallplatte von Harold Jarvis mit dem Titel „Beauti-
ful Isle Of Somewhere". Margarete drehte die Kurbel und legte
die Nadel vorsichtig auf die Schallplatte. Sehnsüchtiger Gesang
erfüllte den Raum, als Margarete durch die gläserne Balkontür
auf die See hinausblickte.

Morgen würde es Sonntag sein. Der Tag, an dem der Priester die Heiratstermine bekannt gibt. Sollte sie Paul die Wahrheit sagen? Ihren Namen preisgeben oder sogar ihre Geschichte erzählen? Nein, nein … das war nicht der Plan. Die Uhr auf
null zu stellen, ein neues Leben in einem fernen Land zu begin-
nen … das war der Plan.

Sie zog die Schnürstiefel aus, legte sich zufrieden auf das von
Miriam frisch gemachte Bett, streckte alle Viere von sich und
gähnte ausgiebig, während ihr ein angenehmer Schauer über
den Körper lief. Die Musik des Grammophons verklang, Margarete schloss die Augen, lauschte dem Rauschen des Ozeans
und machte ein Schläfchen.

Als sie wieder wach wurde, hatte sie das Mittagessen bereits
verpasst. Niemand hatte sie geweckt. Margarete machte sich
frisch und ging durch die Eingangshalle in die Küche, um sich ein
Glas Wasser zu holen. Paul saß in der Bibliothek, hörte die Schritte und rief den Namen, von dem er dachte, dass es der ihre sei:

„Mathilde? Bist du das?"

Margarete bejahte die Frage, trank einen Schluck Wasser und
ging zur Bibliothek. Schüchtern blieb sie in der offenen Tür stehen. Sie blickte flüchtig auf das Löwenfell. Dann sah sie Paul an:

„Es tut mir leid, dass ich das Mittagessen verpasst habe, aber
ich war wohl noch sehr erschöpft von der langen Reise."

Paul saß mit übereinander geschlagenen Beinen in einem
großen Ledersessel. Er senkte das aufgeschlagene Buch in seiner Hand und sah Margarete direkt in die Augen:

„Sorge dich nicht. Du musst dich nicht entschuldigen. Du kannst tun, was immer dir gefällt. Dein Vormund bin ich erst, wenn wir verheiratet sind."

Er lachte, legte das Buch auf einen mit Schnitzereien verzierten Beistelltisch, stand auf, klatschte in die Hände und fragte mit euphorischer Stimme:

„Hast du Hunger? Natürlich hast du Hunger. Komm, wir gehen ins ‚Kapp'. Da gibt es heute Nachmittag Kaffee und Kuchen."

Der Kapp Konzert- und Ballsaal war herrschaftlich eingerichtet. Manche Männer standen an einem feudalen Tresen, der eine geräumige Tanzfläche flankierte. Andere hatten in prächtigen Polstersesseln Platz genommen, die um runde Glastische herum drapiert waren. Die Damen saßen im hinteren Bereich an Esstischen und genossen Kaffee, Tee und Kuchen, der von schwarzen Dienstmädchen auf feinen Gedecken serviert wurde.

Paul trat an einen der Glastische heran und stellte Margarete zunächst den Herren vor. Sie machte einen Knicks:

„Sehr erfreut."

Dann geleitete ihr zukünftiger Gatte sie zu den Tischen der Damen, machte einen Diener, zeigte mit geöffneter Hand präsentierend auf Margarete und erklärte:

„Meine Damen, darf ich vorstellen. Dies ist Mathilde Behrens, meine zukünftige Ehefrau. Sie ist gestern mit dem Woermanndampfer aus Bremen gekommen."

Die Damen boten Margarete einen Platz an. Auf dem Tisch stand eine Schwarzwälder Kirschtorte. Margarete hatte schon oft eine solche Torte gesehen. Gegessen hatte sie aber noch nie ein Stück davon. Der erste Bissen explodierte geradezu in ihrem Mund. Sie grinste mit großen blauen Augen in die Runde und hielt sich verschämt eine Hand vor den Mund.

Eine der Damen lachte herzlich:

„Schaut mal, wie hübsch sie ist."

Eine andere entgegnete:

„Sie ist noch ein Küken."

Eine Frau rief vom Nebentisch herüber:

„Da hat der alte Stach aber Glück gehabt."

Ein paar der Damen kicherten verhalten und stellten sich nach und nach dem Neuling vor.

Margarete fühlte sich willkommen, aber sie sprach nicht viel. Reden ist Silber und Schweigen ist Gold. Das war eine der Lehrstunden ihres Vaters, an die sie sich schon immer gehalten hat. Sie aß den Kuchen und lauschte dem Geplauder der Damen. Sie tratschten über ihre Ehemänner, tauschten Ratschläge aus und lästerten über ihr Personal.

Als Paul und Margarete kurz vor Sonnenuntergang den Heimweg antraten, wusste die Tochter des Gauklers ziemlich genau, was die feine Gesellschaft von Lüderitz bewegte.

Zurück im Haus hatte Miriam das Abendbrot bereits angerichtet, aber Margarete hatte so viel Kuchen gegessen, dass sie Paul darum bat, sie zu entschuldigen. Paul küsste ihre Hand und wünschte eine gute Nacht.

Als die Sonne wieder aufging, brachte sie den Sonntag mit sich. Heute würden die Heiratstermine bekannt gegeben werden. Als Margarete sich für das Frühstück in den Speisesaal begab, saß Paul bereits am Tisch. Er hatte einen mittelgroßen Umschlag in der Hand und grinste freudig:

„Wir haben einen Termin. In vier Wochen sind wir Mann und Frau. Am 16. Oktober heiraten wir."

Dann beugte er sich über den Tisch und stellte mit ausgestrecktem Arm eine kleine Schachtel auf Margaretes Teller:

„Das ist dein Verlobungsring. Ich hoffe, er gefällt dir."

Margarete brachte kein Wort heraus. Sie setzte sich an den Tisch. Ihr Mund wurde trocken. Sie nahm einen Schluck Wasser, sah Paul an, lächelte verlegen und öffnete zaghaft die Schachtel. Sie sah hinein. Ein wunderschöner Ring aus Weißgold, mit einer eleganten Fassung, die einen kunstvoll geschliffenen Diamanten trug. Es schien in Pauls Naturell zu liegen, seine ehrliche Großzügigkeit besonders ungeschickt zu präsentieren. Margarete versuchte, einen klaren Gedanken zu fassen.

Paul begann, seine Hochzeitspläne zu verkünden:

„Da bist du sprachlos, was? Der Diamant ist lupenrein. Du musst jetzt nichts sagen. Ich habe alles unter Kontrolle. Wir heiraten im Gemeindehaus und die Feier veranstalten wir im Ballsaal. Den kennst du ja schon. Ich habe dem Schneider Bescheid gesagt, damit er mmmmmffftmtmmmmsssstfffft."

Pauls Stimme verschwamm, als Margaretes Gedanken begannen, sich zu überschlagen.

Der Umstand, dass sie in diesem Moment keine Freude empfand, machte ihr Angst. Trotzdem fühlte sie sich sicher. Paul gab ihr das Gefühl, beschützt zu sein. Sie würde das Joch der Armut nie wieder tragen müssen. Hunger, herabwürdigende Blicke, kalte Nächte unter freiem Himmel, in feuchten Wäldern oder unter den Brücken Bremens ... das alles würde nun der Vergangenheit angehören. Das neue Leben in einem fernen Land war zum Greifen nah.

Das ferne Land befand sich bereits unter ihren Füßen. Nun musste sie nur noch den Sprung in das neue Leben wagen und Paul das Jawort geben.

Langsam wuchs in ihr die Hoffnung, den Mann lieben zu lernen, der ihr den Schlüssel zu einem Neuanfang bereitwillig überreichte. Es war vor allem Pauls Sorglosigkeit, von der Margarete beeindruckt war und an der sie unbedingt teilhaben wollte.

Die folgenden Tage verbrachte sie mit Spaziergängen durch die Bucht und ging regelmäßig auf den Markt. Margarete genoss es, frisches Obst und Gemüse kaufen zu können. Sie liebte die Gerüche und erfreute sich an den kurzen Plaudereien mit den Händlern. Die Herren, die ihr auf der Straße begegneten, grüßten höflich und versuchten im Vorbeigehen unbemerkt einen flüchtigen Blick auf ihren außergewöhnlichen Körper zu werfen. Die Besuche im ‚Kapp' standen fast täglich auf ihrer Liste. Von der Schwarzwälder Kirschtorte konnte das Mädchen gar nicht genug bekommen. Sie freundete sich mit einigen der Damen an. Da Margarete sehr ruhig und bescheiden war, konnte sie hervorragend zuhören. Die Damen fassten schnell Vertrauen und erzählten Margarete von ihren Ängsten, Wünschen und Enttäuschungen. Viele verdächtigten ihre Ehemänner, die schwarzen Mädchen zu missbrauchen. Es gab mehrere Mischlingskinder in Lüderitz. Daher war völlig klar, dass einige der feinen Herren

Dreck am Stecken hatten. Die Damen wussten aber nicht, welche ihrer Gatten die Väter der Mischlinge waren, da die schwarzen Mädchen nicht nur den Missbrauch, sondern auch eine legitimierte Prügelstrafe zu fürchten hatten. Das Resultat war eine sehr zuverlässige Verschwiegenheit, weil eine exzessiv ausgeführte Züchtigung durchaus zum Tode führen konnte.

Die Tochter des Gauklers verstand schnell, dass ein schönes Haus, ein voller Teller und teure Kleider offensichtlich nicht die Universalschlüssel für ein glückliches Leben sind. Sie wollte mehr über die neue Welt erfahren, die sie am anderen Ende des Planeten gefunden hatte. Aber vor allem wollte sie mehr über Paul erfahren.

Das Mädchen bat Miriam, den toten Löwen aus der Bibliothek zu entfernen, um sich bilden zu können. Die Abende verbrachte sie mit Paul im Speisesaal. Er beantwortete geduldig alle ihre Fragen, war aber im Gegenzug taktvoll genug, ihr keine Gegenfragen zu stellen, von denen er vermutete, dass sie die Antwort scheuen würde. Das schuf Vertrauen. Margarete warf ihre Bedenken nach und nach über Bord.

Am folgenden Sonntag wurde ein Tanztee im neuen Teehaus veranstaltet. Als Paul an diesem Nachmittag in der Eingangshalle seines Hauses darauf wartete, dass seine zukünftige Braut zurechtgemacht die Treppe herunterkommt, um ihn zum Tanztee zu begleiten, sah er besonders stattlich aus. Er trug einen schwarzen Anzug mit weißer Weste, darüber einen grauen Mantel. Er hatte einen Zylinder auf dem Kopf und seinen Hals zierte eine schwarze Fliege. Er lehnte gelassen im Türrahmen des bereits geöffneten Portals. Margarete kam die Treppe herunter, Paul küsste ihre Hand und bot ihr seinen Arm an:

„Komm meine Liebe. Hak dich ein. Wir gehen tanzen."

Margarete schenkte ihm ein bezauberndes, fast sorgenfreies Lächeln und hakte sich ein.

Das Teehaus war an diesem Sonntag prunkvoll dekoriert. Es war die Eröffnung. Im Saal hingen vier große Kronleuchter. Die hohe Decke voller Stuck, der Boden aus Marmor, Durchgänge

mit aufwändig verzierten Rundbögen, edle runde Teakholzti-
sche, verschnörkelte Polstermöbel und eine mit Parkett ausge-
legte Tanzfläche. Als das Paar ankam, war der Saal bereits gut
gefüllt. Alle waren fein zurechtgemacht. Überall liefen schwarze Diener herum und boten den Gästen Kanapees und Getränke
an, die sie auf silbernen Tabletts durch das Teehaus trugen. Die
Herren standen in kleinen Gruppen an der prächtig beleuchte-
ten Bar, während die Damen an den Tischen saßen.

Margarete nahm an einem der Tische Platz, während Paul Hut
und Mantel an der Garderobe abgab und sich zu seinen Freunden an die Bar gesellte. Unmittelbar neben der Tanzfläche hatte man eine Bühne aufgebaut. Die Kapelle spielte beschwingt
aber nicht zu laut. Die Frauen tratschten. Die Männer diskutierten gewichtig über Geschäft und Politik. Manche aßen, alle
tranken. Einige der Damen rauchten Zigaretten mit eleganten
Mundstücken. Die Herren der Schöpfung verqualmten das Gebäude mit Pfeifen und Zigarren.

Dann betrat der stolze Gastgeber die Bühne. Er bedankte sich
für das zahlreiche Erscheinen. Alle Männer hoben ihre vollen
Krüge und stimmten ein Lied an:

„Hoch soll er leben ... hoch soll er leben ... dreimal hoch ...“

Die Kapelle spielte wieder auf. Einige der Herren traten an
die Tische der Damen heran und forderten ihre Frauen und
Schwärme zum Tanzen auf. Auch Paul trat galant an Margaretes
Tisch heran. Er machte einen Diener und reichte ihr seine Hand:

„Gnädige Frau ... darf ich bitten?“

Margarete nahm seine Hand, stand mit Bedacht auf und ließ
sich auf die Tanzfläche führen. Die Kapelle spielte einen Wal-
zer. 1-2-3, 1-2-3, aber Paul schien nicht bis drei zählen zu können. Er trat ihr ein paar Mal auf die Füße, kam ständig aus dem
Takt und lächelte sie dabei verlegen an.

Der Mann tanzte tollpatschig, aber er roch gut. Margarete
fand es sympathisch, dass es etwas gab, das Paul nicht lag, da er
ansonsten sein Leben mit einer fast schon beängstigenden Sou-
veränität meisterte. Sie tanzten, sie tranken und sie plauderten,
bis der Wirt die Saalbeleuchtung erhellte und der Kehraus be-

gann. Die letzten Paare verließen das Teehaus und verteilten sich auf ihren Heimwegen in den Gassen der Stadt. Paul und Margarete schlenderten die Promenade entlang. Der Ozean dröhnte. Paul musste seinen Zylinder mit einer Hand festhalten, da ihn der Wind sonst von seinem Kopf gerissen hätte. Der Vollmond erleuchtete den Weg und warf seinen Lichtschweif derart klar auf die bewegte See, dass Margarete sich vorstellte, den Lichtschweif zu betreten, um auf ihm dem Mond entgegenzulaufen.

Als sie zu Hause ankamen, öffnete Paul die Tür. Er ließ Margarete elegant den Vortritt.

Als sie an ihm vorbeiging, um das Haus zu betreten, atmete sie absichtlich tief ein, um seinen Geruch noch einmal in die Nase zu bekommen. Sie ging die Treppe hinauf. Er folgte ihr. Vor der Tür ihrer Stube blieb sie stehen und drehte sich um. Paul stand jetzt direkt vor ihr. Er nahm ihre Hände und rieb sanft mit seinen Daumen über ihre Handrücken, als er ihr angetrunken in die Augen schaute und mit warmer Stimme sagte:

„Ich bin schon sehr lange sehr einsam. Niemals allein, aber immer einsam."

Er blickte verschämt zu Boden:

„Heute habe ich mich nicht einsam gefühlt."

Dann hob er seinen Kopf, legte ihn leicht auf die Seite und versuchte vorsichtig, sie zu küssen. Margarete ließ seine Hände los und wich schüchtern zurück. Paul hob beide Hände, als wolle er sich ergeben:

„Entschuldigung, du hast ja völlig recht. Ich bin nicht mehr ganz nüchtern und verheiratet sind wir auch noch nicht."

Er küsste ihre Hand und wünschte eine gute Nacht. Margarete betrat ihre Stube und legte ihr Ohr von innen an die Tür, sobald sie geschlossen war. Das Mädchen wollte hören, ob Paul die Treppe hinauf in seine Gemächer gehen oder sich die Treppe hinunter zu Miriam schleichen würde. Sie hatte die Geschichten der Damen nicht vergessen. Paul ging die Treppe hinauf und Margarete rutschte erleichtert an der Tür herunter.

Dann überkamen sie Zweifel. War sie zu zimperlich? Hätte sie ihn küssen sollen? Irgendwann würde sie ihn ohnehin küssen müssen. War das der perfekte Moment und sie hatte ihn zerstört? Mit diesen Gedanken schlief sie ein.

Als das Mädchen am nächsten Morgen aufwachte, lag sie immer noch neben der Tür. Sie ging in den Waschraum, machte sich frisch, zog sich um und begab sich in den Speisesaal.

Das Frühstück war bereits angerichtet. Auf Margaretes Teller lag ein Zettel:

„Guten Morgen, liebe Mathilde. Vielen Dank für den wundervollen Abend. Ich musste unerwartet nach Kolmannskuppe fahren. Ich bin in zwei Tagen wieder zu Hause. Mach dir eine schöne Zeit. Dein Paul."

Margarete nahm sich eine Tasse Kaffee, holte sich ein großes buntes Buch aus der Bibliothek und machte es sich auf dem Balkon ihres Zimmers gemütlich. Sie vermisste ihn. Ihr fehlte die Sicherheit, die er ausstrahlte.

Sie las, schlief und verbrachte viel Zeit im Waschraum, wo sie die Badewanne genoss. So vergingen die zwei Tage wie im Flug.

Nach Pauls Rückkehr musste er zunächst nicht mehr arbeiten. Er hatte sich freigenommen, um die Hochzeit vorbereiten zu können. Das Paar machte lange Spaziergänge auf der Promenade und kaufte gemeinsam neue Kleidung. Die Abende verbrachten sie in der Bibliothek, lasen Bücher, unterhielten sich und tranken Wein.

Mittlerweile waren fast drei Wochen vergangen. Der Einlauf des nächsten Woermanndampfers wurde dringend erwartet, denn man hatte in Berlin einen neuen Arzt angefordert.

Die Ankunft eines Dampfers war immer ein großes Ereignis in Lüderitz. Alle waren auf den Beinen und sogar die Damen der Kaffeekränzchen versammelten sich auf einer Begrüßungsplattform im Hafen. Margarete gesellte sich dazu. Sie stand in der ersten Reihe. Direkt an der Begrenzungsstange der Plattform. Wie immer wurde getratscht und gelästert.

Die Bäckersfrau, deren Mann im letzten Winter verstorben war, fragte in die Runde:

„Ist der Arzt noch ledig?"

Die Tochter des Gemeinderates kicherte:

„Ledig schon, aber er ist alt und hat angeblich nur ein Auge."
Margarete erstarrte. Ihre Magengrube wurde eiskalt. Sie bekam keine Luft mehr. Ihr Herzschlag hämmerte in ihrem Kopf. Die Knie wurden weich. Mit beiden Händen umklammerte sie die Begrenzungsstange der Plattform. Ein starkes Schwindelgefühl verdunkelte ihr den Blick für mehrere Sekunden. Die Angst war so groß, dass es schmerzte.

Der Woermanndampfer kam in Sicht. Die Männer an den Laderampen kamen in Bewegung. Menschen fingen an, zu winken und zu rufen.

Überall flatterten Fahnen, und Kinder wedelten mit bunten Wimpeln. Die Schiffssirene dröhnte durch die Bucht. Das Anlegemanöver wurde eingeleitet, die Taue flogen in hohen Bögen auf den Kai, die Kapelle spielte auf und das Schiff machte fest.

Margarete rang um Fassung, während sie die aussteigenden Passagiere mit einem Opernglas musterte. Die erhöhte Lage der Begrüßungsplattform bot ihr einen hervorragenden Überblick. In dem bunten Getümmel würde sie aber nur schwer eine einzelne Person ausmachen können. Sie konzentrierte sich auf die Gangway. Ihr Herz raste, kalter Schweiß brach ihr aus. Es fiel ihr schwer, das Opernglas ruhig zu halten.

Dann sah sie ihn. Es war tatsächlich er. Der Doktor, dem sie in Bremen mit bloßen Händen das Auge ausgestochen hatte.

Margarete unterdrückte ihre Panik, verließ die Plattform und ging gefasst, aber mit schnellem Schritt, nach Hause. Sie ging direkt auf ihre Stube, schloss die Tür, setzte sich auf das Himmelbett und vergrub ihr Gesicht in ihren Händen. Angst trieb ihr Tränen der Verzweiflung aus den Augen. Der Doktor würde sie verhaften lassen, wenn er sie fände. Aus der Traum vom neuen Leben in einem fernen Land. Der Horizont hatte ihr die Freiheit versprochen, aber nun drohte ihr eine Gefängnisstrafe. Was sollte sie tun? Würde Paul ihr helfen oder würde er sie verstoßen? Könnte sie unbemerkt zurück nach Bremen reisen? Lüderitz war zu klein, um langfristig unerkannt zu bleiben.

Es klopfte und Pauls Stimme drang durch die Tür:

„Mathilde, mach dich bitte zurecht. Wir gehen ins Kapp. Die Begrüßungsfeier für den neuen Arzt fängt bald an."

Geistesgegenwärtig antwortete sie mit leicht gebrochener Stimme:

„Mir geht es nicht gut. Frauenangelegenheiten. Geh doch bitte alleine zu der Feier. Ich möchte heute lieber auf meiner Stube bleiben."

Paul zeigte Verständnis, wünschte eine gute Besserung und verließ wenig später das Haus.

Paul ... der gute Paul. Er würde wieder einsam sein. Der arme Mann kannte ja nicht einmal ihren Namen. Er tat ihr wahnsinnig leid, aber der Gedanke daran, ihn verlassen zu müssen, brach ihr nicht das Herz. Auch sein guter Ruf würde weniger leiden, wenn man ihn für eine entlaufene Braut bemitleidete, anstatt ihn für die Ehe mit einer Kriminellen zu verachten.

Margarete ging auf den Balkon, ergriff mit beiden Händen die Balustrade, schloss die Augen und streckte ihr Gesicht dem Wind entgegen. Sie atmete tief ein. Ihre Gedanken wurden klarer. Sie durfte nicht vergessen, wer sie wirklich war. Die Tochter des Gauklers. Sie stammte von Landstreichern und Schaustellern ab. Sie hatte in ihrem Leben schon viele Nächte unter freiem Himmel verbracht. Auch scheute sie die Wälder und seine tierischen Bewohner nicht. Während Margarete sich auf ihre Fähigkeiten besann, wurde sie von einer inneren Kraft durchflutet, die ihr das Selbstvertrauen gab, einen Fluchtplan zu schmieden.

Die Stadt war umgeben von Sand und Steinen, aber sie war sich sicher, irgendwo im Hinterland eine wunderschöne Palmenlandschaft, voller exotischer Früchte und Tiere, zu finden.

Sie hatte Paul noch nicht nach diesem Ort gefragt, weil sie auf gar keinen Fall unverschämt oder undankbar erscheinen wollte. Trotzdem sollte es kein Problem sein, die Palmen zu erreichen. Sie müsste nur der Bahntrasse folgen, die Lüderitz mit dem Hinterland verbindet.

Margarete visualisierte den Weg von Pauls Haus bis zu den Schienen, die aus der Stadt hinausführten. Die Promenade entlang, am Woermannhaus vorbei bis zum Hafen, über den großen Hügel und hinter den Lagerhallen aus der Stadt hinaus. Das Mädchen sah an sich hinunter. Sie trug das weiße Kleid mit den schwarzen Schnürstiefeln. In denen konnte sie eigentlich ganz gut laufen. Sie war um die halbe Welt gereist, um die Freiheit zu finden, und sie war bereit, darum zu kämpfen.

Fest entschlossen verließ Margarete den Balkon, zog ihre alte Tasche unter dem Bett hervor, packte ein paar Sachen ein, legte den Verlobungsring auf den Schminktisch und schlich sich aus dem Haus.

Mit gesenktem Blick lief Margarete ängstlich, aber gefasst, durch die Stadt. Einen Schritt nach dem anderen. Meter um Meter. Sie glitt fast lautlos durch die Gassen. Huschte an den letzten Jugendstilhäusern vorbei, den Hügel hinauf und fand hinter den Lagerhallen die Gleise.

Das Geräusch der Stadt und das Dröhnen des Ozeans verloren sich langsam im Wind, als ihre Sohlen begannen, über den Sand der Wüste zu knirschen.

Margarete ging weiter und ihre Schritte wurden immer länger.

Die Lagerhallen lagen schon weit hinter ihr, als sie das erste Mal aufblickte, stehen blieb und sich umsah.

Sand, überall Sand. Die Bahnlinie schien ins Nichts zu führen. Eine endlose Weite, die sich gefährlich anfühlte, aber gleichzeitig eine bizarre Schönheit ausstrahlte. Der Himmel war hellblau und wolkenlos. Das gleißende Licht der Sonne glitzerte im Sand. Ihr Kleid wehte behäbig in der leichten Brise, die der Ozean bis weit in das Hinterland drückte. Das Mädchen lief zügig weiter, weil sie die Palmen so schnell wie möglich erreichen wollte, um sich noch vor Einbruch der Dunkelheit ein Nachtlager einrichten zu können. Es wurde aber zunehmend schwerer, der Bahnlinie zu folgen, da überall kleine Wanderdünen über die Schienen wehten und diese teilweise erst nach mehreren Hundert Metern wieder freigaben. Plötzlich bemerkte Margarete einen Trupp schwarzer Arbeiter. Die Männer befreiten die Schienen mit großen Schaufeln vom Sand. Daneben standen zwei weiße Aufseher. Das Mädchen beschloss, die Bahnlinie zu verlassen und sich stattdessen an der Sonne zu orientieren. Die Bahnlinie verlief in Richtung Osten. Solange ihr die Sonne auf den Rücken schien, würde sie in die richtige Richtung laufen. Mit der Sonne im Rücken und dem Horizont vor Augen ging sie tapfer weiter. Die Wüste hatte sie bald verschluckt und sie trieb wie eine Feder auf dem Ozean, mit ihrem weißen Kleid in einem Meer aus Sand. Als der Wind in der Tiefe der Wüste nachließ, zeigte die Sonne ihre ganze Kraft. Die Hitze wurde apokalyptisch. Das Atmen fiel ihr schwer. Die Schritte wurden kürzer. Das Herz hämmerte in ihrem Kopf. Der Schweiß durchtränkte die Kleidung. Weit und breit kein Busch, kein Baum, kein Schatten. Nur noch Sand … so weit das Auge reicht … Sand.

Das Mädchen blieb stehen, zog den Unterrock aus, hielt ihn sich schattenspendend über den Kopf, sah sich kurz um und ging weiter. Der Durst wurde unerträglich. Sie hatte kein Wasser mitgenommen. Wer hätte gedacht, dass es irgendwo auf der Welt so viel Sand gibt. Keine Pflanzen, keine Bäche, keine Tiere.

Immer wieder sah sie Gewässer, die vor dem Horizont den Himmel widerspiegelten. Aber sie konnte das Wasser nie erreichen. Es löste sich bei jeder Annäherung in Luft auf. Margarete hatte keine Erklärung für dieses Phänomen. Waren das erschöpfungsbedingte Halluzinationen oder blickte sie bereits in die hässliche Fratze des Wahnsinns?

Dann erschien ein schwarzer Schatten unweit vor ihr im Sand. Der Schatten bekam Kontur, als sie darauf zuging. Es war der vertrocknete Kadaver eines Kamels.

Margarete entfernte die letzten verdorrten Hautreste von dem Skelett des Tieres und brach mit gekonnten Tritten vier Rippen aus dem Rumpf.

Nachdem die Rippen gut positioniert in den Boden gesteckt waren, konnte sie mit den Kleidern, die sich in ihrer Tasche befanden, einen zwar flachen, aber schattenspendenden Unterschlupf bauen.

Margarete kroch darunter, rollte sich zusammen wie eine Katze und schlief trotz der Hitze bald erschöpft ein.

Sonnenuntergang, es wurde dunkel. Die Hitze folgte der Sonne und das Mädchen wurde wach. Dann gab die Nacht die Sterne preis. Die Vielzahl der funkelnden Punkte am Firmament war atemberaubend und der Halbmond warf sein fahles Licht in die Wüste. Die Tochter des Gauklers wusste nicht viel über die Sterne. Sie kannte ihre Namen nicht, aber ihr Vater hatte oft erklärt, wie die Gestirne in der Nacht die Wege weisen. Drei Sterne, die in einer Reihe liegen. Gegenüber dem letzten Stern ein weiterer. Dahinter scheint ein heller Schweif, der das offene Dreieck zu einem Pfeil vervollständigt. Die Spitze dieses Pfeils zeigt immer nach Norden ... immer! Margarete sah in den Sternenhimmel.

Der Pfeil war deutlich zu sehen, aber er schien spiegelverkehrt zu sein. Das verunsicherte sie.

Zeigte der Pfeil nach Süden, weil er spiegelverkehrt war? Ist Deutsch-Südwest dermaßen weit von der Heimat entfernt, dass die Sternenbilder sich verdrehen? Sie dachte nach. Der Pfeil stand auf dem Kopf. Wenn also nur oben und unten vertauscht waren, dann müsste er immer noch in die richtige Richtung zeigen.

Margarete vertraute ihrem Bauchgefühl, packte ihre Sachen wieder ein und machte sich auf den Weg. Die Knochen des Kamels hatte sie mit dem Unterrock zu einem Bündel geschnürt und über die Schulter gehängt. Obwohl der Durst sie plagte, kam das Mädchen gut voran.

Kurz vor Sonnenaufgang wurde sie von schmerzhaften Blasen an den Füßen zur Rast gezwungen. Sie zog die Schnürstiefel aus, legte sich mit dem Rücken auf den noch kühlen Sand und starrte verzweifelt in den Himmel. Ihr wurde bewusst, dass ihre Lage lebensgefährlich war. Den Weg zurück würde sie nicht überleben.

Jetzt gab es nur noch eine Richtung ... vorwärts.

Das Morgenlicht der Sonne begann, die Wüste zu durchfluten. Sie könnte noch ein paar Kilometer schaffen, bevor es zu heiß würde. Als Margarete nach ihren Stiefeln griff, bemerkte sie, dass sich Tautropfen auf dem Leder gesammelt hatten. Vorsichtig leckte das Mädchen die Schuhe ab.

Die aufgehende Sonne brachte die Gewissheit, dass die Sterne zwar auf dem Kopf standen, der Pfeil aber trotzdem noch nach Norden zeigte.

Als der große Feuerball den Zenit erreicht hatte, war es wieder Zeit, den Unterschlupf zu errichten. Als sie die Knochen in den Boden steckte, fiel ihr auf, dass sie sich in einem ausgetrockneten Flussbett befand. Vereinzelt wuchsen Sträucher aus dem Wüstenboden. Vielleicht würde sie Wasser finden, wenn sie danach grub. Sie kniete sich hin und schaufelte mit beiden Händen den Sand hinter sich. Es wurde allerdings sehr schnell offensichtlich, dass es abgesehen von ein paar Kieselsteinen nichts zu finden gab. Margarete war verzweifelt, doch sie wusste, dass die Kieselsteine in ihrer Lage nicht völlig wertlos waren. Sie lindern den Durst, wenn man sie lutscht. Das Mädchen kniete im Sand, steckte sich mit zitternder Hand einen Kieselstein in den Mund, schloss die Augen und drehte ihr völlig verbranntes Gesicht der Sonne zu, als wolle sie den Feuerball herausfordern. Sie verstaute die restlichen Kiesel in ihrer Tasche und kroch in den Unterschlupf.

Mit dem Sonnenuntergang kamen die ersten Nierenschmerzen. Margarete war stark dehydriert. Sie raffte sich trotzdem wieder auf. Es ging nun langsamer voran. Die Stiefel fühlten sich an, als wären sie mit Blei gefüllt. Der Sonnenbrand in ihrem Gesicht stach wie tausend Nadeln. Ihre Lippen waren aufgeplatzt und die Füße brannten wie Feuer. Ihr wurde immer wieder schwarz vor Augen, bis sie schließlich das Bewusstsein verlor und zusammenbrach.

KAPITEL IV

Adam war bereits 1904, im Alter von 20 Jahren, als Richtschütze des ersten Feldregiments der Kaiserlichen Schutztruppe, nach Deutsch-Südwestafrika gekommen.

Er stammte aus Frankfurt am Main und hatte sich freiwillig gemeldet. Bunte Plakate voller Palmen und exotischer Tiere weckten damals seine Abenteuerlust. Nachdem seine Dienstzeit abgelaufen war, blieb er als Reservist in Afrika. Sein letzter Marschbefehl hatte ihn nach Shark Island, am Rande der Lüderitzbucht, geführt.

Die endlose Weite der Wüste weckte in ihm das Gefühl totaler Freiheit, und Adam beschloss, nie wieder nach Deutschland zurückzukehren.

Er kaufte 5.000 Hektar Land in der Nähe von !Aus, bohrte einen Brunnen und siedelte sich an.

Durch sein Land führte ein seit langer Zeit ausgetrocknetes Flussbett. Vereinzelt wuchsen karge Sträucher. Schmale Felsformationen rahmten das Wüstental von Osten nach Süden ein und warfen ihre Schatten in den Sand. Adam schlief unter einem großen, kakifarbenen Tuch, das an mehreren mannshohen, armdicken Holzstämmen verzurrt war, die er knietief im Wüstensand eingegraben hatte. Zwischen den Holzstämmen hingen farbige Decken, Lappen und Kleidungsstücke auf einer Leine.

In der Mitte des Tuches befand sich ein weiterer Holzstamm, der eine sichere Spannung erzeugte und der Konstruktion die Form eines Beduinenzeltes verlieh. Hinter dem Zelt befand sich ein großzügig bemessener Paddock. Darin standen zwei braune Pferde mit langen, schwarzen Mähnen.

Eine simple Kutsche mit Bock und Ladefläche stand seitlich vor dem Lager. In einiger Entfernung erhob sich das Windrad der Wasserpumpe aus dem Wüstensand. Es wurde von einem Holztisch flankiert, auf dem sich eine große Schüssel befand. Daneben hatte Adam im Schutz der Felsen einen kleinen Gemüsegarten angelegt, der von einem Flickwerk aus natürlich gebogenen Stöcken verschiedener Längen und Drähten unterschiedlicher Stärken umzäunt war.

Hinter dem Windrad suchten kleine Gruppen schwarzer Schafe nach den wenigen nahrhaften Sträuchern, die von der Wüste preisgegeben werden.

Der junge Richtschütze lebte zurückgezogen. Nur seinem treuen Freund Gao hatte er gestattet, sich eine Lehmhütte auf dem südlichen Teil seines Landes zu errichten. Dort lebte Gao mit seiner Frau Kasa. Er war vom Stamm der Nama. Sie war eine San.

Regelmäßig machten die beiden Freunde lange Ausritte. Sie durchstreiften die Wüste, auf der Suche nach Gold und Diamanten. Meistens ritten sie durch das ausgetrocknete Flussbett nach Westen. Dort lag die Kolmannskuppe. Eine Siedlung, umgeben von riesigen Diamantenfeldern. Sie lag an der Nordgrenze des Diamantensperrgebietes. Adam und Gao betraten niemals das Sperrgebiet. Das Risiko, erschossen zu werden, war insbesondere für Gao zu groß. Die Männer waren bescheiden und gaben sich mit dem zufrieden, was die Wüste außerhalb des Sperrgebietes zu verschenken hatte.

Nordöstlich von !Aus liegt eine lange Felsenkette, die ein fast schneeweißes Sandfeld von den rotbraunen Dünen der Namib trennt. Adam war sich sicher, dort irgendwann einmal Gold zu finden. Schon oft hatte er in den Felsen Gesteinsproben genommen, ist aber noch nie so weit in diesen Teil der Wüste hineingeritten, als dass er dort hätte übernachten müssen. Es war also Zeit, den Radius zu erweitern.

Die beiden Freunde beluden die Kutsche, spannten die Pferde ein, verabschiedeten sich von Kasa und machten sich im Morgengrauen auf den Weg. Sie erreichten die Felsenkette noch vor der Mittagshitze. Den Nachmittag wollten die Männer für die Erkundung neuer Gebiete nutzen. Adam war aufgeregt. Er spürte die Vorfreude des Entdeckers, wenn dieser seine Segel setzt und die Küste langsam hinter dem Horizont verschwindet.

Im Schatten der Felsen fuhren die Männer immer weiter in nordwestlicher Richtung. Ein Rudel Schakale folgte der Kutsche.

Agama-Eidechsen mit grünen Körpern und schillernd blauen Köpfen huschten über die Steine. Die Pferde zogen den wackelnden Wagen gemächlich und mit langen Hälsen über den Sand.

Immer wieder hielten die Männer an, kletterten in die Felsenwand und nahmen Gesteinsproben. Obwohl sie gut vorankamen, hatten sie das Ende der Felsformation bei Sonnenuntergang noch immer nicht erreicht.

Der Himmel färbte sich blutrot, während die Schreie der Baboons durch die schwarzen Felsen schallten.

Die Männer machten ein Lagerfeuer, setzten sich in den Sand, aßen Biltong, erzählten sich ein paar alte Geschichten, die fast alle mit den Worten „weißt du noch" begannen und schliefen dann unter der funkelnden Milchstraße ein.

Den folgenden Tag begrüßten sie mit einer Tasse Kaffee. Sie schmiedeten einen Plan für den Tag und packten ihre Sachen wieder auf die Ladefläche der Kutsche.

Adam war bereits dabei, den Kutschbock zu besteigen, als Gao in den Himmel zeigte:

„Da, Adam ... sehen!"

Adam drehte sich um:

„Was hast du gesehen?"

Sein Blick folgte dem Zeigefinger des Namakriegers. Einen guten Kilometer in westlicher Richtung kreisten Geier.

Er winkte Gao herbei:

„Komm, da fahren wir hin. Was auch immer es ist ... solange die Geier nicht landen, ist es noch am Leben. Mit ein bisschen Glück ist es ein Oryx. Das Fleisch könnten wir gut gebrauchen."

Als die Kutsche sich der Stelle näherte, über der die Geier kreisten, erkannten die Männer einen weißen Fleck im Sand. Überrascht sahen sie sich an. Das war ein Mensch. Adam schnalzte mit der Zunge und ließ die Zügel mit lockerem Handgelenk auf die Rücken der Pferde fallen.

Die Tiere trabten an. Die Kutsche rumpelte über den Wüstenboden. Der weiße Fleck bekam Kontur. Eine blonde Frau in einem weißen Kleid lag embryonal zusammengerollt im spärlichen Schatten eines verdorrten Kameldornbusches.

Daneben lagen ein Bündel und eine Tasche.

Die Männer sprangen von der Kutsche. Adam ging zu der bewusstlosen Frau, während Gao einen leicht angerosteten Wasserkanister von der Ladefläche holte.

Adam kniete sich neben den leblosen Körper und drehte ihn vorsichtig in eine Seitenlage, die es ihm erlaubte, der Frau ein paar Tropfen Wasser aus seiner Feldflasche auf die Lippen zu träufeln.

Dann nahm er ihr Handgelenk:

„Das fühlt sich nicht gut an. Der Puls ist schwach und viel zu langsam. Hilf mir, wir legen sie unter die Kutsche ... da hat sie Schatten."

Die Männer legten die Frau der Länge nach unter die Kutsche. Dann holte Gao einen Lappen, machte ihn nass und legte ihn auf ihr Gesicht, ohne dabei Mund und Nase zu bedecken. Adam kniete sich neben sie, zog ihr die Schnürstiefel aus und zeigte auf das Bündel:

„Gao, der Stoff ... mach ihn nass und reiße ihn in Streifen."

Gao öffnete den Knoten des Bündels und sah verblüfft zu Adam hinüber:

„Knochen."

Adam winkte ab:

„Vergiss die Knochen, mach den Stoff nass."

Gao hängte den Stoff über eines der Kutschräder, goss Wasser aus dem Kanister darüber und riss ihn in Streifen.

Adam wickelte die nassen Streifen um die Hand- und Fußgelenke der kollabierten Frau. Immer wieder träufelte er ein paar Tropfen Wasser auf ihre Lippen. Dazu benutzte er jetzt einen nassen Lappen, den er vorsichtig über ihrem Mund auswrang.

Langsam kam sie wieder zu Bewusstsein, atmete tief ein und griff nach dem feuchten Tuch, das Gao auf ihr Gesicht gelegt hatte.

Als Margarete das Tuch von ihrem Kopf zog, war ihr Blick noch trübe. Sie konnte Adams Silhouette vor der gleißenden Sonne kaum erkennen. Seine Stimme klang, als wäre sie durch ein geschlossenes Fenster gedrungen:

„Bleiben sie ganz ruhig liegen. Mein Name ist Adam."
Dann zeigte er auf seinen Gefährten:
„Das ist mein Freund Gao. Wir werden ihnen helfen."
Er lächelte:
„Willkommen in Bismarcks Sandkiste."
Adam half Margarete mit einer Hand dabei, ihren Kopf zu heben, während er mit der anderen Hand behutsam die Feldflasche an ihren Mund führte.
Margarete hielt sich an seinem Unterarm fest und trank gierig.
Adam zog die Feldflasche zurück:
„Langsam ... ganz ruhig. Es ist gefährlich, wenn sie zu schnell trinken."
Er führte das Gefäß wieder an ihren Mund:
„Einen Schluck nach dem anderen."
Langsam leerte Margarete die Feldflasche. Sie legte ihren Kopf wieder in den Sand und starrte auf die Unterseite der Kutsche.
Adam konnte die Panik in ihren Augen sehen:
„Keine Angst, alles wird gut. Wir bauen ihnen ein gemütliches Plätzchen auf der Ladefläche und sobald der Nachmittag die Hitze vertreibt, bringen wir sie in Sicherheit."
Margaretes Blick wurde klarer, sie drehte ihren Kopf leicht auf die Seite und sah Adam ängstlich aber dankbar in die Augen. Die waren grün. Er hatte schulterlanges, leicht zotteliges, dunkelblondes Haar, trug einen Stoppelbart und lächelte sie zuversichtlich an. Ihre Angst verlor sich augenblicklich.
Adam hob ihren Kopf sanft an und gab ihr noch einen Schluck Wasser. Gao ging neben Adam in die Hocke und reichte ihm ein kleines Stück Biltong. Adam nahm das Trockenfleisch und hielt es Margarete vor den Mund:
„Versuchen sie ein wenig darauf herumzukauen. Das gibt ihnen Kraft."
Dann stand er auf. Adam war groß und hatte eine sportliche Statur. Er trug die Hose eines Schutztruppensoldaten, mit den dazugehörigen Stiefeln, ein weißes Hemd mit aufgekrempelten Ärmeln und auf seinem Rücken hing ein brauner Lederhut mit großer Krempe. Er setzte den Hut auf und ging zum

hinteren Teil der Kutsche, um die Ladefläche neu zu ordnen. Gao versorgte die Pferde.

Margarete drehte sich auf die Seite, legte den Kopf auf ihre Hände und blickte unter der Kutsche hervor in den wolkenlosen Himmel. In der Ferne sah sie eine Windhose, die den aufgewirbelten Sand durch die Wüste tanzen ließ. Eine Träne fiel von ihrer Wange in den Sand.

Adam kam zurück, hockte sich vor sie hin und reichte ihr die frisch gefüllte Feldflasche:

„Wenn es ihnen ein wenig besser geht, dann sollten wir in den Schatten der Felsen fahren und dort auf den Abend warten, bevor wir sie nach !Aus bringen."

Margarete raffte ihren Oberkörper tapfer auf, lehnte sich an das Wagenrad und griff schwach nach der Feldflasche. Sie trank geduldig.

Adam reichte ihr eine Stange Trockenfleisch:

„Sehr gut, das sieht ja schon viel besser aus. Essen sie noch ein wenig von dem Biltong."

Das Mädchen nahm das Trockenfleisch. Adam ging zum vorderen Teil der Kutsche. Die Männer spannten die Pferde wieder ein.

Als das Gespann zur Weiterfahrt bereit war, halfen sie Margarete auf die Ladefläche. Sie setzte sich seitlich hinter den Kutschbock und lehnte mit ausgestreckten Beinen an der Seitenwand der Ladefläche.

Die Männer saßen auf. Adam schnalzte mit der Zunge und der Wagen kam mit einem leichten Ruck in Bewegung.

Margarete beobachtete, wie die karge Landschaft langsam an ihr vorbeizog. Die Sonne stand noch tief. Die Hitze war erträglich. Das Schwanken der Kutsche und das monotone Geräusch der durch den Sand knirschenden Räder geleiteten sie schon bald in einen sanften Schlaf.

Adam sah über seine Schulter auf das schlafende Mädchen. Dann korrigierte er seine Sitzposition. Jetzt fiel der Schatten seines Rumpfes auf Margarete. Er blickte zu Gao, der neben ihm auf dem Kutschbock saß:

„Die hat Glück gehabt. Was glaubst du, wo sie herkommt?"

Gao zuckte mit den Achseln:

„Lüderitz? Kolmannskuppe?"

Adam blickte wieder nach vorn:

„Hat sie was gesagt?"

Gao schüttelte den Kopf:

„Nein, spricht nicht. Vielleicht Angst, vielleicht nicht Deutsch."

Adam lachte:

„Nicht Deutsch? Hast du gesehen, wie blond sie ist? ... Und die blauen Augen."

Gao sah Margarete an:

„Ist rot wie Engländer."

Adam musste grinsen:

„Ihr Gesicht ist in ziemlich schlechtem Zustand. Es wäre gut, wenn wir eine Aloe-Pflanze fänden."

Die Kutsche rumpelte unter der immer heißer werdenden Sonne den Felsen entgegen. Der kühlende Schatten, den die gigantischen Steinformationen in den Sand warfen, kam immer näher. Schon bald hatten sie den schützenden Rastplatz der letzten Nacht erreicht.

Adam zog die Zügel leicht zurück. Die Pferde blieben stehen. Der Wagen hielt an ... Stille.

Margarete wurde wach. Sie rieb sich mit beiden Händen das Gesicht. Adam reichte ihr die Feldflasche:

„Hier machen wir Rast, bis es kühler wird. Soll ich ihnen beim Absteigen helfen?"

Margarete trank aus der Feldflasche, gab sie ihm zurück, sah ihn an und bewegte den Kopf einmal langsam hin und her.

Adam stieg ab, nahm eine Holzkiste von der Ladefläche, setzte sich im Schneidersitz in den Schatten am Rande der Felsen und begann, der Kiste verschiedene Lebensmittel zu entnehmen. Er legte alles auf den Kistendeckel, der neben ihm auf dem Boden lag und als Beistelltisch diente. Gao spannte die Pferde aus. Margarete blieb auf der Ladefläche der Kutsche. Sie sah sich um. Hinter ihr lag die flache Wüste, die ihr beinahe zum Verhängnis geworden wäre. Rechts von sich sah sie die Felsenkette. Das schwarze Gestein schlängelte sich majestätisch durch den Sand, bis es als dunkler Schatten hinter dem Horizont verschwand. Auf der gegenüberliegenden Seite führten die Felsen in eine urzeitlich anmutende Dünenlandschaft. Vor ihr saß Adam neben der Felswand im Sand.

Dann schaute das Mädchen auf ihre Füße. Das Blut war mittlerweile durch den Stoff gedrungen, mit dem Adam sie verbunden hatte.

Um sie herum lagen Kisten und Säcke auf der Ladefläche. Eine Spitzhacke, zwei Schaufeln und ein Eimer voller Steine.

Gao gesellte sich zu Adam.

Die Männer saßen hinter und neben der Kiste. Sie aßen Biltong mit Tomaten und Brot.

Adam winkte Margarete heran:

„Haben sie Hunger?"

Das Mädchen schüttelte wieder sanft mit dem Kopf. Nachdem Adam gegessen hatte, stand er auf, ging an den hinteren Teil der Kutsche, griff hinter die Säcke und zog eine Machete heraus:

„Ich bin gleich wieder da."

Dann sah er zu Gao hinüber:

„Ich schaue mal, ob ich eine Aloe-Pflanze finden kann."

Gao zeigte mit zwei Fingern auf seine eigenen Augen, dann mit einem Finger auf Margarete:

„Ist o. k."

Der Namakrieger lehnte sich mit dem Rücken an einen Stein, streckte die Beine von sich, holte einen Tabakbeutel aus seiner Brusttasche und begann, eine Zigarette zu drehen.

Adam verschwand über einen Pfad zwischen den Felsen. Eines der Pferde folgte ihm, als wäre es ein Hund.

Gao bemerkte Margaretes verwunderten Gesichtsausdruck:

„Pferd heißt Dunya. Adam hat Dunya gerettet. Sie war Fohlen allein in Wüste. Mutter tot daneben."

Er entzündete ein Streichholz und paffte seine Zigarette an:

„Keine Sorge machen. Adam hat immer Idee."

Margarete verspürte eine erleichternde Gelassenheit.

Gao hatte eine sehr beruhigende Art. Seine Stimme war warm und seine Gesichtszüge waren gütig. Die Augen waren dunkelbraun. Er hatte kurz gekräuseltes, schwarzes Haar, war ziemlich groß und erstaunlich dünn. Eine viel zu große, dunkelblaue Jeans und ein geräumiges, graues Hemd schlabberten um seinen fast schon grazilen Körper. Hosenträger verhinderten den Verlust des Beinkleides. Schuhe trug er nicht.

Margarete hatte viele Fragen, aber sie traute sich nicht, zu sprechen. Was würde sie sagen, wenn man ihr eine Gegenfrage stellt? Welchen Namen würde sie nennen?

Die Felsen spuckten Adam wieder aus. Er trug lange, grüngraue Strünke unter dem Arm. Dunya lief gemächlich neben ihm her.

Als er das Lager erreichte, grinste er freudig:

„Ich habe Aloe gefunden."

Er stieg zu Margarete auf die Ladefläche, hockte sich neben ihre Füße, legte die Strünke ab und sah sie ermutigend an:

„Ich werde jetzt vorsichtig den Verband entfernen und ihre Füße mit dem Fruchtfleisch dieser Pflanze einreiben."

Margarete nickte.

Langsam nahm Adam die Stoffstreifen von Margaretes Füßen. Sie waren geschwollen und bluteten an mehreren Stellen. Er nahm seine Feldflasche und reinigte die Wunden. Dann zog er seine Machete aus dem Gürtel, schnitt einen Aloe-Strunk der Länge nach durch und drückte die offenen Hälften auf ihre Fußsohlen.

Margarete stöhnte vor Erleichterung. Das schleimige Fruchtfleisch der Pflanze war kühl und fügte sich schützend in jede Wunde ein. Das wundersame Gewächs linderte die Schmerzen augenblicklich.

Adam zerteilte einen weiteren Strunk, bat das Mädchen, ihre Hände zu öffnen, und drückte den Schleim aus der Pflanze:

„Das sollten sie in ihr Gesicht schmieren."

Sobald Margaretes Hände großzügig mit Schleim gefüllt waren, vergrub sie ihr Gesicht darin. Die Nadelstiche, mit denen der Sonnenbrand ihre Haut traktierte, verschwanden. Das Fruchtfleisch salbte die aufgeplatzten Lippen. Es schmeckte bitter, aber nicht unangenehm.

Sie verrieb den wohltuenden Schnodder sanft bis über die Ohren.

Adam steckte die Machete wieder hinter den Sack, setzte sich auf eine Kiste und erklärte:

„Sie sollten noch etwas essen, bevor wir weiterfahren. Der Weg nach !Aus ist weit."

Margarete sah Adam flehend an. Er konnte die Angst in ihren großen blauen Augen sehen:

„Dort müssen sie ja nicht bleiben. Es gibt einen Bahnhof in !Aus. Sie können mit dem Zug nach Kolmannskuppe oder Lüderitz fahren."

Margarete schüttelte den Kopf.

Adam sah sie fragend an:

„Keetmanshoop? Windhoek? Okahandja?"

Margarete saß regungslos da. Sie starrte auf die Felswand. Dann fasste sich das Mädchen ein Herz:

„Die Palmen, ich suche die Palmen."

Adam konnte ein kurzes Lachen nicht zurückhalten:

„Entschuldigen sie bitte, aber auf das Plakat bin ich damals auch hereingefallen. Palmen, Früchte und exotische Tiere. Das war alles nur ein Schwindel, um Siedler, Frauen und Soldaten hierher zu locken."

Margarete wurde kalt. Der Kreislauf stürzte ab. Sie war kreidebleich. Angst, Wut, Verzweiflung und Enttäuschung brachen gleichzeitig über sie herein und lähmten jeden Gedanken.

Adam legte tröstend seine Hand auf ihre Schulter:

„Es tut mir leid."

Er blickte ehrfürchtig in die Wüste:

„Ich war auch ziemlich schockiert, als ich den Sand zum ersten Mal gesehen habe. Ich lasse ihnen mal ein bisschen Privatsphäre, damit sie die böse Überraschung verarbeiten können."

Er stand langsam auf, sprang locker vom hinteren Teil der Ladefläche, setzte sich im Schneidersitz neben Gao, zog einen ledernen Tabakbeutel aus der Brusttasche seines Hemdes und drehte eine Zigarette. Während er rauchte, blickte Adam nachdenklich zu Boden.

Als der Nachmittag die Hitze vertrieb, setzte die kleine Schicksalsgemeinschaft ihre Reise fort. Die Kutsche rollte dem Sonnenuntergang entgegen. Margarete erlag erneut ihrer Erschöpfung und schlief ein.

Gao drehte seinen Kopf zu Adam:

„Hat gesprochen?"

Adam zuckte mit den Achseln:

„Gesprochen nicht wirklich, aber gesagt hat sie viel."

Gao zog die Augenbrauen hoch:

„Was hat gesagt?"

Adam verkniff skeptisch das Gesicht und legte schätzend den Kopf auf die Seite:

„Ich glaube nicht, dass sie nach !Aus fahren möchte ... oder in irgendeine andere Siedlung.

Sie scheint ziemlich verwirrt zu sein. Die steht bestimmt noch unter Schock. Wir nehmen sie erst einmal mit nach Hause und sobald sie weiß, was sie will, bringen wir sie zum Bahnhof."

Er schnalzte mit der Zunge, um die Pferde an ihre Aufgabe zu erinnern. Die Felsenkette gab die Richtung vor. Vereinzelte Moringabäume erhoben sich wie dunkle Wächter aus dem Gestein. Das Mondlicht glitzerte im Wüstensand. Die Wagenräder druckten ihre Linien in den Boden und die Kutsche wurde von der Nacht verschluckt.

KAPITEL V

Als Margarete wieder aufwachte, war es noch dunkel. Das Gespann stand still. Sie rieb den Sand aus ihren Augen und schaute sich um.

Gao war gerade dabei, den Pferden das Geschirr abzunehmen. Seitlich vor der Kutsche machte Adam ein Lagerfeuer. Daneben konnte Margarete im flackernden Schein der ersten Flammen ein Beduinenzelt mit bunten Seitenwänden erkennen.

Plötzlich traten schwarze Schatten in den Feuerschein. Sie bewegten sich direkt auf Adam zu. Sie schienen ihn zu umzingeln. Das Mädchen zog die Beine an sich heran, umarmte ihre Knie und rief:

„Vorsicht!"

Adam beruhigte sie:

„Keine Sorge, das sind nur meine Schafe."

Seine Schafe? Margarete fiel ein Stein vom Herzen. Er hatte sie offensichtlich nicht nach !Aus gebracht.

Adam trat an die Kutsche heran und reichte Margarete seine Hand:

„Darf ich ihnen herunterhelfen?"

Das Mädchen stand auf, nahm seine Hand und ließ sich von der Ladefläche führen.

Er zeigte auf das Beduinenzelt:

„Willkommen in meinem bescheidenen Heim. Machen sie es sich in dem Zelt gemütlich. Ich bringe ihnen gleich ihre Tasche. Sobald der Morgen graut, zeige ich ihnen, wo sie sich waschen können. Ich entlade noch den Wagen und dann koche ich uns einen Kaffee."

Adam leerte nach und nach die Ladefläche der Kutsche. Gao brachte die Pferde in den Paddock und ging danach zu seiner Frau. Margarete wartete im Inneren des Beduinenzeltes ... na ja ... Beduinenzelt ... eigentlich saß sie auf einem alten Feldbett, das unter einem großen Tuch positioniert war, und was von außen aussah wie eine bunte Seitenwand, entpuppte sich als eine Sammlung von Decken, Tüchern, Lappen und Kleidungsstücken, die auf einer langen Leine hingen.

Die Konstruktion erinnerte sie an die Lagerplätze, die sich Gaukler und Landstreicher in den Wäldern errichten, wenn sie vorhaben, eine bestimmte Gemeinde längerfristig zu bearbeiten. Es fühlte sich vertraut an und Margarete fasste neuen Mut.

Die ersten Sonnenstrahlen durchfluteten das Wüstental. Adam brachte ihr die Tasche und ihre Stiefel. Er bat sie höflich, das Zelt zu verlassen, und zeigte auf das Windrad:

„Neben dem Gestänge ist ein Wasserhahn und auf dem Tisch steht eine Schüssel. Da können sie sich waschen. Unter dem Tisch steht eine Kiste. In der Kiste finden sie Seife und andere Utensilien. Sie können sich auch gerne einen Lappen von der Leine nehmen. Die sind alle sauber."

Margarete nickte dankend, nahm ihre Tasche, zog ihre Stiefel an, nahm einen Lappen von der Leine und machte sich auf den Weg. Adam setzte am Lagerfeuer einen Kaffee auf. Dann stellte er einen Klapptisch mit zwei alten dreibeinigen Hockern neben die Feuerstelle. Er setzte sich an den Tisch, drehte eine Zigarette und wartete geduldig auf das heiße Wasser.

Als Margarete bei dem Windrad ankam, sah sie über ihre Schulter, um festzustellen, ob sie sich ungesehen ausziehen könnte. Die Feuerstelle war ziemlich weit weg und die Kutsche versperrte die Sicht. Das Mädchen zog sich aus. Sie legte ihre Kleidung auf den großen Holztisch, der neben dem Windrad stand. Die Kiste, in der sich die Seife befand, war schnell gefunden. Sie nahm die Schüssel vom Tisch, kniete sich neben den Wasserhahn und befüllte das Gefäß.

Margarete neigte den Kopf, machte einen krummen Rücken und goss das Wasser mit der Schüssel in beiden Händen über sich. Jede Faser wachte auf. Gänsehaut rannte über ihren Körper. Das kühle Nass streichelte wohltuend ihre geschundene Haut. Sie wiederholte die Prozedur mehrmals. Dann griff sie nach Lappen und Seife. Das Mädchen reinigte sich ausgiebig. In diesem Moment wusch sie nicht nur den Schweiß, das Blut und den Sand der Namib von ihrem Körper. Auch tropften Angst und Zweifel von ihr ab, als sie sich von der Morgensonne trocknen ließ.

Adam hatte den frisch gebrühten Kaffee bereits in die Blechtassen gegossen, als Margarete hinter der Kutsche hervor in sein Blickfeld trat.

Sie hatte ein frisches Kleid angezogen. Es war hellblau, mit einem Stoffgürtel tailliert, hatte kurze Ärmel, ein schönes Dekolleté und umspielte ihre langen Beine nur bis zu den Knöcheln. Die blonden Locken hingen voluminös über ihre Schultern. Obwohl die Sonne ihr Gesicht stark verbrannt hatte, konnte Adam ihre Schönheit kaum fassen. Das Mädchen erreichte den Tisch, stellte ihre Tasche neben den Hocker und setzte sich. Adam schob eine der Blechtassen in ihre Richtung:

„Ich habe uns einen Kaffee gemacht."

Margarete griff mit beiden Händen nach der Tasse:

„Danke."

Adam beugte sich vor, legte seine Unterarme auf den Tisch, faltete die Hände und sah sie an:

„Sie sehen schon viel besser aus. Das war ganz schön knapp."

Margarete nahm einen Schluck Kaffee und stellte die Tasse wieder auf den Tisch:

„Wo sind wir?"

Adam entzündete ein Streichholz und paffte eine Zigarette an:

„Wir sind hier ungefähr 20 Kilometer westlich von !Aus und gute 80 Kilometer östlich von Lüderitz. Die Bahnlinie verläuft im Norden."

Er war ebenso erfreut wie überrascht, dass die junge Frau endlich mit ihm sprach, und folgte seiner Neugier:

„Wie kamen sie denn ganz alleine in die Wüste? Haben sie ihre Gefährten unterwegs verloren und sich dann verlaufen?"

Jetzt war es so weit. Margarete musste sich entscheiden. Würde sie die Wahrheit sagen oder sich so schnell wie möglich eine Geschichte ausdenken. Sie bräuchte auch wieder einen neuen Namen. Margarete hatte dem lüsternen Doktor in Bremen ein Auge ausgestochen und Mathilde wurde sicherlich von Paul gesucht.

Das Mädchen schaute Adam prüfend an. Seine grünen Augen funkelten. Er sah frei und verwegen aus. Seine Gegenwart fühlte sich ebenso vertraut an wie der Lagerplatz, den er sein Heim nannte. Sie nahm noch einen Schluck aus der Kaffeetasse und antwortete:

„Ich kam aus Lüderitz. Ich wollte die Palmen finden."

Adam zog eine Augenbraue hoch:

„Zu Fuß?"

Margarete senkte den Kopf:

„Ich dachte, dass die Palmen gar nicht so weit von der Stadt entfernt sind. Ich konnte doch nicht wissen, dass es hier nur Sand und Steine gibt. Das sah auf dem Plakat ganz anders aus."

Adam strich sich durch den Stoppelbart:

„Ja, ja, diese vermaledeiten Plakate. Lassen sie mich raten ... Frauenbund?"

Margarete nickte beschämt.

Adam hakte nach:

„Aber dann waren sie doch in der Kolonialschule."

Margarete richtete sich auf und machte ein irritiertes Gesicht:

„Kolonialschule?"

Adam grinste wissend:

„Klar, so wie sie aussehen ... man hat sie wahrscheinlich einfach durchgewunken und auf den nächsten Dampfer gepackt."

Fragend legte sie den Kopf auf die Seite:

„Wie meinen sie das?"

Der junge Richtschütze verkniff sein Gesicht:

„Na ja, ich bin als Soldat nach Afrika gekommen. Uns hat man immer gesagt, es ginge um Lebensraum. Eine Besiedlung kann aber nur dann erfolgreich sein, wenn es Nachfahren und zukünftige Generationen gibt. Der Frauenbund liefert daher das sogenannte ‚Mädchenmaterial' für die koloniale Rassenhygiene."

Margarete verstand nicht, wovon der Mann sprach:

„Rassenhygiene?"

Adam zog seine Schultern hoch und drehte seine Handflächen nach oben:

„Bevor ich nach Deutsch-Südwest verschifft wurde, hatte ich auch noch nie etwas davon gehört. Unser Kommandeur Franz Epp und sein Kumpel Eugen Fischer versuchten aber immer wieder, der Truppe zu erklären, dass manche Völker nicht wirklich menschlich sind.

Eugen Fischer brüstete sich sogar damit, schwarze Menschen wie Tiere seziert zu haben, um diese These beweisen zu können. Der Kommandeur schwor uns daher immer wieder darauf ein, keine Mischlingskinder mit den Herero- und Nama-Frauen zu zeugen.

Das nannte er dann ‚Rassenhygiene'."

Margarete fügte das Puzzle zusammen:

„Sie meinen, weil ich blond bin und blaue Augen habe ..."

Adam fiel ihr erleichtert ins Wort:

„Jetzt haben sie es verstanden."

Margarete wurde neugierig:

„Und was glauben sie?"

Adam lachte:

„Ich glaube, dass die keine Ahnung haben, wovon sie reden."

In respektvollem Ton fügte er hinzu:

„Die Nama und die San sind uns in vielen Belangen überlegen. Sie gehören zu den ältesten Urvölkern Afrikas. Das macht sie zu den Ahnen aller Menschen."

Margarete war von dieser Erklärung tief gerührt. Sie schluckte schwer und Adam stellte die nächste Frage:

„Wenn sie vom Frauenbund nach Deutsch-Südwest gebracht wurden, dann haben sie doch sicherlich auch einen Gatten?"

Das Mädchen wurde nervös. Sie biss leicht auf ihre Unterlippe. Was sollte sie jetzt sagen? Wie sollte sie es sagen? Sie musste Zeit gewinnen.

Sie trank einen Schluck Kaffee.

Adam lächelte wissend und brach die verräterische Stille:

„Sie sind ausgebüxt."

Margarete nickte.

Adam sah sie wohlwollend an:

„Machen sie sich keine Sorgen. Hier sind sie sicher."

Er stand auf, nahm die Kanne von der Glut und goss noch etwas Kaffee in beide Tassen:

„Ich muss jetzt die Tiere füttern und der Garten braucht Wasser, bevor es zu heiß wird. Ruhen sie sich doch noch ein bisschen aus."

Adam nahm seine Kaffeetasse, ging in die Richtung des Windrades und verschwand hinter der Kutsche aus Margaretes Blickfeld. Sie blieb sitzen, trank ihren Kaffee und sah sich um. Vor ihr lag die Feuerstelle. Direkt dahinter erhob sich die Sonne über den schattenspendenden Felsen, die Adams Land im Osten begrenzten. Ein paar Meter rechts von ihr befand sich das Beduinenzelt. Links davon konnte sie im Hintergrund einen Teil des Paddocks sehen. Sie blickte über ihre rechte Schulter. Seitlich hinter ihr stand die Kutsche und noch weiter hinten das Windrad. Es gab keine Zäune und kein schützendes Gebäude. Nicht einmal einen Schuppen konnte sie entdecken. Das Lager war der Wildnis schutzlos ausgeliefert und doch fühlte sich Margarete ebenso wohl wie ein Baby, das die Sicherheit seiner Krippe genießt.

Die Abgeschiedenheit beruhigte sie und Adams Gegenwart gab ihr das Gefühl von Geborgenheit.

Alles fühlte sich seltsam vertraut an. Beinahe so, als hätte sie diesen Moment schon mal erlebt.

Sie dachte darüber nach, wie ein buntes Plakat sie bis ans andere Ende der Welt gebracht hatte, bevor sie dann von einer Mischung aus Zufall, Schuld und Hoffnung in die Wüste getrieben wurde.

Johannas Worte drängten sich in ihr Gedächtnis:

„Egal, was du bisher erlebt hast, ... es hat dazu geführt, dass du jetzt hier bist."

Sie nahm noch einen Schluck Kaffee. Der war mittlerweile kalt. Margarete hörte Schritte. Adam kam zurück. Er hatte einen Strunk der

Aloe-Pflanze in seiner Hand. Der Mann legte den Strunk auf den Tisch, zog sein Messer aus der Scheide, warf es mit einer kurzen Drehung in die Luft, fing es mit Daumen und Zeigefinger an der Klinge auf und bot Margarete den Griff an:

„Sie sollten ihr Gesicht nochmal mit dem Fruchtfleisch der Heilpflanze behandeln."

Das Mädchen nahm das Messer und bedankte sich. Adam ging an der Feuerstelle vorbei und verschwand zwischen den Felsen. Margarete schnitt die Pflanze auf. Der Schleim kühlte alle Wunden, als sie ihn vorsichtig in ihrem Gesicht verteilte.

Als Adam wieder ins Freie trat, trug er einen mittelgroßen, schwarzen Stahltopf voller Gemüse in beiden Händen. Er stellte den Topf vor die Feuerstelle, hockte sich daneben und lächelte zu Margarete hinüber:

„Jetzt mache ich uns erst einmal etwas zu essen."

Das Mädchen wunderte sich:

„Wo kommt das denn alles her?"

Adam zeigte auf die Felsen:

„Aus der Höhle. Die ist meine Vorratskammer. Dort ist es kühl und die Sachen versanden nicht, wenn es windig ist."

Margarete hob anerkennend ihre Augenbrauen:

„Kann ich ihnen behilflich sein?"

Adam nickte:

„Sie könnten die Kartoffeln und Karotten schälen, während ich das Wasser hole."

Die Tochter des Gauklers säuberte das Gemüse und der junge Richtschütze holte Wasser, sammelte Holz und machte Feuer. Gemeinsam bereiteten sie die Mahlzeit zu. Dann setzten sie sich mit vollen Tellern an den Tisch. Sie sahen sich flüchtig in die Augen und fingen an zu essen. Nachdem die Teller geleert waren, stand Adam auf. Er ging in die Höhle und kam mit einer Flasche Wein und zwei Bierkrügen wieder heraus. Er stellte die Krüge auf den Tisch, füllte sie zur Hälfte mit Wein, schob einen der Krüge in Margaretes Richtung und nickte ihr motivierend zu:

„Ein Gläschen Wein bleibt ungern allein."

Margarete musste grinsen:

„Zur Mittagszeit?"

Adam war um eine Ausrede nicht verlegen:

„Sie sind ausgebüxt, haben wahrscheinlich ein luxuriöses Leben aufgegeben, sind um ein Haar in der Wüste gestorben, sitzen jetzt hier und ihre Zukunft ist ein leeres Blatt Papier, das darauf wartet, die Erzählung ihres neuen Lebens zu empfangen. Ich würde sagen, dass sie heute neu geboren wurden, und darauf stoßen wir jetzt an."

Sie hoben die Krüge, stießen an und tranken. Margaretes Selbstbewusstsein stieg in ungeahnte Höhen. Adam hatte recht. Die Uhr stand nun tatsächlich auf null. Sie könnte jetzt auf einem neuen Acker ihre eigene Zukunft säen. Genau so, wie Johanna es ihr prophezeit hatte. Die Neugier auf das Neuland schien die Trauer über das Verlorene besiegt zu haben. Auch die Angst vor dem Unbekannten war verflogen. Sie sah in Adams grüne Augen und brannte darauf, mehr über ihn zu erfahren:

„Seit wann sind sie denn schon in Deutsch-Südwestafrika?"

Adam antwortete bereitwillig:

„Ich bin 1904 als Richtschütze des ersten Feldregimentes hierhergekommen. Wir waren in Okahandja stationiert. Das liegt im Norden. Jenseits der Wüste. Dort habe ich im Krieg gekämpft. Danach habe ich einen Gefangenentransport nach Shark Island begleitet und mich nach Ablauf meiner Dienstzeit hier angesiedelt."

Margarete fragte nach:

„Krieg? Welcher Krieg?"

Adam machte ein sehr ernstes Gesicht:

„Wir haben Krieg gegen die Herero und die Nama geführt. Adolf Lüderitz hat damals die Stämme betrogen. Die Landnahme wurde immer dreister und die Siedler misshandelten die Eingeborenen.

Sie bezahlten die Männer nicht für ihre Arbeit und schändeten ihre Frauen und Töchter. Irgendwann haben sich die Stämme gerächt. Das war eine große Überraschung, weil man die Schwarzen bis zum heutigen Tage für unfähige Untermenschen hält. Diese Arroganz hat unzählige Menschen beider Seiten das Leben gekostet. Die wahren Dummköpfe sind nämlich die Siedler und die Kommandeure unserer Truppen.

Die ersten Siedler wurden mit denselben Gewehren getötet, mit denen der Lügenfritz damals sein Land bezahlt hatte. Die

Herero kennen jeden Stein in diesem Land, sind hervorragende Schützen und haben sehr kluge Anführer. Da sie aber keine Uniformen tragen, konnten wir ihre Anführer nie ausmachen. Unsere Offiziere hingegen wurden bei fast jeder Schlacht zuerst erschossen, weil die Uniformen den Dienstgrad deutlich zu erkennen geben. Sie sind die dümmlichen Opfer ihres eigenen Narzissmus geworden."

Margarete war gespannt. Sie wollte mehr wissen:

„Wie haben sie den Krieg denn dann gewonnen?"

Adam antwortete bedrückt:

„Diesen Krieg hat niemand gewonnen. Die Herero haben ihr Leben verloren und wir unsere Ehre. Ich war Teil der Verstärkung, die der Kaiser damals unter dem Befehl des Metzgerknechtes General Lothar von Trotha nach Deutsch-Südwest entsandte, um den Herero-Aufstand mit schwerer Artillerie niederzuschlagen.

Wir zogen im August 1904 mit 4000 Infanteristen, 50 Ochsenkarren, 36 Geschützen und 14 Maschinengewehren in die Schlacht. Der Gouverneur Theodor Leutwein hatte in den Wochen zuvor mit geschickten Truppenbewegungen und der Hilfe mehrerer Heliografen 60.000 Hereros am Waterberg zusammengetrieben. Gut 6.000 davon waren Krieger. Sie wurden von Samuel Maharero angeführt. General von Trotha sollte nun den Endsieg über den Stamm erringen.

Als wir am Waterberg ankamen, wurde ich mit meiner Truppe unterhalb eines Hochplateaus positioniert.

Der Waterberg erhebt sich wie eine Bergkette aus der flachen Umgebung. Er ist mehrere Kilometer lang, unproportional schmal und hat keine Spitze. Das komplette Gebirge sieht aus, als hätte ein Riese den oberen Teil mit einer Kelle der Länge nach glattgestrichen.

Im Morgengrauen montierten wir unser Maschinengewehr auf einem Felsvorsprung. Dann bauten wir mit herumliegenden Steinen eine kniehohe Mauer im Halbkreis um das MG herum. Vor uns erstreckte sich eine karge Ebene schier endloser Weite.

Kameldornbüsche, der Sonne trotzende Blutfruchtbäume und vereinzelte Felsbrocken, die im Lauf der Jahrtausende aus dem mächtigen Gebirge herausgebrochen und zu Tal gerollt waren, boten den Lebensraum für Tausende Gazellen, die wie riesige Vogelschwärme friedlich durch die grenzenlose Landschaft zogen. Der Anblick war so schön, dass wir für einen Moment vergaßen, warum wir gekommen waren.

Herrmann öffnete die Munitionskiste, holte die Patronenketten heraus, platzierte sie sorgfältig neben dem MG, lud die Waffe und hockte sich daneben. Walter legte die Ersatzläufe zurecht. Zwei berittene Offiziere schickten einen Beobachter zum oberen Teil des Plateaus. Fiete montierte den Dampfschlauch des MG. Ich setzte mich direkt hinter das Maschinengewehr und umfasste die Führgriffe. In beunruhigender Stille und drückender Hitze saßen wir auf unseren Positionen und warteten auf den Schießbefehl. Es war die Ruhe vor dem Sturm. Die Ebene sah geradezu idyllisch aus und eine leichte Brise kam auf, als das Maschinengewehrfeuer der südlichen Stellungen plötzlich durch das Tal donnerte.

Hunderte Gazellen brachen augenblicklich tot zusammen. Herero-Krieger traten hinter Büschen und Felsen hervor und erwiderten das Feuer. Unsere Infanterie rückte vor. Ein Trupp Hereros stürmte das Plateau. Strategisch gut verteilt sprangen sie geschickt durch die Felsen. Sie kamen schnell näher. Herrmann entsicherte das MG und ich drückte den Abzug. Der ratternde Lärm des MG hallte von der hinter uns liegenden Felswand wider. Einer der schwarzen Krieger war keine zehn Meter vor mir. Die Wucht der Projektile schmetterte seinen Körper zwischen die Felsen, wie eine Puppe, die man in die Ecke wirft. Fast gleichzeitig zerfetzte eine Kugel der Hereros den Kopf des Offiziers, der hinter mir auf seinem Pferd saß. Sein Körper kippte nach hinten weg, das Pferd scheute, stieg auf und galoppierte davon. Der zweite Offizier sprang von seinem Pferd und ging hinter der kleinen Steinmauer in Deckung. Das Pferd wurde mehrmals getroffen und fiel auf Herrmanns Bein.

Hermann schrie wie am Spieß, als Fiete und Walter ihn unter dem leblosen Körper des Tieres hervorzogen. Der Beobachter stand auf dem Plateau, geriet in Panik, rief schlecht artikulierte Kommandos in meine Richtung, wurde getroffen und stürzte in die Tiefe. Fünf Hereros griffen den Felsvorsprung seitlich an. Sie überwältigten Herrmann, Walter und den Offizier, bevor ich das MG herumreißen und vier von ihnen erschießen konnte. Der fünfte ist Fiete ins Messer gelaufen. Wir konnten den Inhalt seiner Eingeweide riechen, als er wimmernd zu Boden ging. Es war sofort klar, dass wir die Stellung zu zweit nicht halten könnten. Immer mehr Hereros kamen die Felswand hinauf. Ich sah zu Fiete hinüber. Der nickte wortlos. Wir schnappten uns die Gewehre der toten Offiziere, rannten auf einer schmalen Kante an der Felswand entlang, einen steinigen Pfad hinunter, bis an den Rand der Ebene. In der Ebene herrschte Chaos. Hinter den feindlichen Linien standen mehrere Hundert Herero-Frauen. Sie sangen mit beschwörenden Stimmen kultische Lieder in das Schlachtfeld hinein, um ihren Männern Mut zu machen.

Das ohrenbetäubende Rattern der MGs wurde immer wieder vom Donner der Geschütze übertönt. Die Einschläge trieben Körper, Sand und Felssplitter durch die Luft. Die Hereros stürmten von drei Seiten auf uns zu. Wir verschanzten uns hinter einem Felsen und feuerten auf die Angreifer. Dann sahen wir von Süden her die Deimling-Truppen anrücken. Die Herero zogen sich zurück und wurden durch einen Gebirgskorridor in die Omaheke-Wüste getrieben.

Adams Blick verlor sich für einen Moment im Nichts. Margarete sah ihn mit großen Augen an.

Sie war sprachlos. Eine derart detaillierte Antwort hatte sie nicht erwartet. Adams schonungslose Ehrlichkeit beeindruckte und schockierte sie zugleich.

Adam fuhr fort:

„Ja, ja, der gute Fiete. Auf den konnte ich mich immer verlassen. Wir haben uns damals gemeinsam freiwillig gemeldet und bis Dienstende das Quartier geteilt. Als die Hereros nach dem Massaker am Waterberg nur noch dazu in der Lage waren, mit kleinen versprengten Trupps gelegentliche Partisanenangriffe durchzuführen, zeigte der feine General von Trotha sein wahres Gesicht. Er ließ die Wasserstellen besetzen. Die Hereros sollten in der Wüste verdursten.

Durstige Menschen, die sich den Brunnen näherten, waren ohne Vorwarnung zu erschießen.

Das Schwein hat den Befehl gegeben, ein ganzes Volk zu vernichten. Es sind damals bestimmt 50.000 Männer, Frauen und Kinder elendig verdurstet.

Fiete und ich waren an einem solchen Brunnen eingeteilt. Wir teilten uns den Posten mit einem Kanonier aus Dortmund und einem Korporal aus der Truppe von Franz Epp. Die erste Woche verlief ohne Zwischenfälle. Die Herero konnten uns schon von Weitem sehen, wenn sie sich der Wasserstelle näherten, und versuchten gar nicht erst ihr Glück. Der Durst wurde aber von Tag zu Tag unerträglicher. Als wir eines Nachmittags zur Wachablösung an den Brunnen kamen, bot sich uns ein fürchterliches Bild.

Zwei Mütter knieten nahe der Wasserstelle und gruben in der Hoffnung auf Wasser mit blutigen Händen tiefe Löcher in den steinigen Boden. Ihre 5 Kinder saßen flehend und bitterlich weinend daneben. Sie waren dermaßen abgemagert, dass wir jeden Knochen sehen konnten. Ihre Gesichter waren eingefallen und die hervorstehenden Jochbeine ließen ihre Schädel erahnen. Endlose Verzweiflung in tiefen Augenhöhlen. Der Kanonier und der Korporal standen lachend dahinter und machten grausame Witze über die hilflosen Frauen. Plötzlich legte der Korporal sein Gewehr an und erschoss eine der beiden Frauen. Fiete sah rot, lud durch und schoss dem Korporal ins Gesicht. Der Kanonier legte an, um Fiete zu erschießen. Ich warf mein Messer. Die Klinge drang unterhalb des Adamsapfels in den Hals des Kanoniers.

Mit weit aufgerissenen Augen versuchte er panisch, das Messer aus seiner Kehle herauszuziehen, fiel dabei stark blutend zu Boden und fing an zu röcheln. Die zweite Frau lief schluchzend mit den Kindern in die Büsche.

Fiete und ich sahen uns an. Perplex von der eigenen Kurzschlusshandlung, starrte Fiete ängstlich in meine Augen, als wolle er sich dafür entschuldigen, mich in diese Lage gebracht zu haben. Wir wussten beide, dass man uns dafür standrechtlich erschießen würde. Fiete lud sein Gewehr mit leerem Blick noch einmal durch und erlöste den röchelnden Kanonier von seinem Leid. Nachdem wir uns beruhigt hatten, zog ich mein Messer aus dem Hals des Kanoniers und wischte die Klinge an seiner Hose ab. Dann machten wir Meldung. Wir gaben zu Protokoll, dass der Korporal und der Kanonier schon tot waren, als wir die Wasserstelle zur Wachablösung erreichten. Der Kommandeur ging dann glücklicherweise davon aus, dass die Wasserstelle von einem Partisanentrupp der Hereros überfallen worden war. Wir baten um Versetzung und wurden den Begleitpatrouillen der Gefangenentransporte zugeteilt."

Margarete saß wie gelähmt auf ihrem Hocker. Mitfühlend sah sie Adam an:
„Warum hat Fiete das gemacht?"
Der junge Richtschütze antwortete beschämt:
„Wir waren jung und dumm. Man hatte uns Ruhm und Ehre versprochen. Stattdessen hat man uns zu Schlächtern gemacht. Manche haben es sogar genossen, die schwarzen Menschen zu foltern und zu schänden. Fiete hatte einfach nur die Schnauze voll. Er konnte nicht mehr wegsehen."
Das Mädchen hakte nach:
„Lebt Fiete auch auf ihrem Land?"
Adam schüttelte den Kopf:
„Fiete hat seine eigene Farm, in der Nähe von Keetmanshoop."
Margarete wurde müde und ihr fiel auf, dass es schon dämmerte. Die Zeit schien geradezu verflogen zu sein. Sie gähnte. Das steckte an. Adam gähnte. Beide sahen sich an und lachten.
Dann machte er einen Vorschlag:
„Vielleicht sollten wir bald schlafen gehen. Sie schlafen in meinem Zelt. Ich mache es mir unter der Kutsche gemütlich. Sie können gerne zuerst zum Windrad gehen, um sich zu waschen. Ich hole derweil noch ein bisschen Biltong aus der Höhle und lege es ihnen auf die Pritsche, damit sie nicht mit leerem Magen zu Bett gehen müssen."

Margarete nickte, bedankte sich, wünschte eine gute Nacht und ging zum Windrad. Als sie zurückkam, lag Adam bereits auf einer Decke unter der Kutsche. Er lag auf dem Rücken und sein großer brauner Lederhut bedeckte sein Gesicht. Margarete ging in das Beduinenzelt, setzte sich auf die Pritsche, aß das Trockenfleisch, legte sich hin und schlief ein.

KAPITEL VI

Als das Morgenlicht Margaretes Schlaf beendete, hatte sie bereits erholsame 14 Stunden geschlafen. Sie räkelte sich wie eine Katze, gähnte genüsslich und rieb mit beiden Händen ihre Augen. Sie richtete sich auf und blickte in die endlose Weite der Wüste. Das Morgenlicht warf einen pastellfarbenen Schein über das ganze Tal.

Gao kniete neben der qualmenden Feuerstelle und blies in die Glut. In einiger Entfernung war Adams Silhouette zu erkennen. Er trug zwei Eimer in den Garten und bewässerte die Pflanzen. Hinter sich hörte sie das zufriedene Schnauben der Pferde, die ihre Köpfe kauend in vollen Trögen versenkten. Die schwarzen Schafe standen neben dem Windrad und tranken aus einer kleinen, runden Wasserstelle, die Adam mit Steinen in den Sand gebaut hatte.

Margarete stand auf und entfernte sich von dem Lager, um sich ungesehen hinter einem Busch erleichtern zu können. Kaum hatte sie sich hingehockt, erschienen unter ihr walnussgroße, schwarze Käfer, die geradezu auf ihre Hinterlassenschaft zu warten schienen. Sie krabbelten unter dem Busch hervor, krochen aus dem Sand und flogen auf sie zu. Margarete wusste nicht, ob sie sich ekeln oder fürchten sollte. Der unerwartete Schrecken wurde aber schnell von einer heiteren Belustigung verdrängt. Die Käfer waren herausragend schlechte Piloten. Ihr Flügelschlag erzeugte ein monotones Brummen. Die Fluggeschwindigkeit war derart langsam, dass es Margarete so vorkam, als hätte das dumpfe Geräusch der Flügel die Zeit gebremst. Das Brummen setzte immer wieder aus. Die plumpen Körper der Käfer sackten ab und stiegen wieder auf, als würden sie an unsichtbaren Fäden baumeln. Bei der Landung überschlugen sie sich und rollten unkontrolliert über den Sand, bevor sie ihre schwerfälligen Panzer mit urzeitlich anmutenden Beinen abbremsten, die Fühler in die Luft streckten und dann wie winzige, dicke, betrunkene Männer in schwarzen Anzügen um Margaretes Füße herum stolperten.

Fasziniert beobachtete das Mädchen den Abtransport ihrer Hinterlassenschaft. Die Käfer formten Kugeln, die wesentlich größer waren als sie selbst. Dann machten sie einen Handstand, legten ihre Hinterbeine auf die frischen Kotbällchen und rollten diese rückwärtsgehend in die Wüste hinein. Als das Schauspiel endete, ging Margarete zum Windrad. Sie wollte sich waschen.

Adam hatte mittlerweile an dem Tisch neben der Feuerstelle Platz genommen. Gao saß ihm gegenüber und goss Kaffee in zwei Becher. Adam nahm einen Becher und erhob ihn dankend in Gaos Richtung. Gao nickte. Beide tranken. Der Namakrieger stellte seinen Becher wieder auf den Tisch und sah Adam an:

„Spricht?"

Adam lächelte:

„Ja, sie spricht."

Dann wurde Gao neugierig:

„Wie heißt?"

Adam hob verblüfft seine Augenbrauen, blähte seine Backen und prustete:

„Pffff, das habe ich gar nicht gefragt."

Gao grinste großbrüderlich:

„Hast du wieder viel gesagt und nichts gehört?"

Schuldig verzog Adam sein Gesicht:

„Das mag schon sein."

Dann rieb sich der Richtschütze skeptisch das Kinn:

„Allerdings habe ich herausgefunden, dass sie geflüchtet ist. Vielleicht möchte sie ihren Namen deshalb noch nicht sagen. Sie wurde vom Deutschen Frauenbund nach Deutsch-Südwest gebracht. Die Mädchen vom Frauenbund sind teuer. Wahrscheinlich sitzt irgendwo in Lüderitz ein sitzengelassener Gatte, der nach ihr sucht."

Gao machte eine subtile Kopfbewegung und zeigte mit seiner Nase in die Richtung des Windrades:

„Kommt."

Adam drehte sich um und winkte das nahende Mädchen herbei:

„Kommen sie, wir haben frischen Kaffee."

Margarete setzte sich und Gao goss ihr einen Kaffee ein:

„Fühlen sie besser?"

Margarete lächelte:

„Viel besser."

Dann wurden ihre Augen feucht und sie sah ihn dankbar an:

„Ohne sie und Adam wäre ich wahrscheinlich gestorben."

Gao blickte respekterfüllt zu Adam:

„Ohne Adam, ich auch gestorben."

Margarete wollte mehr wissen:

„Wie haben sie sich denn kennengelernt?"

Das Gesicht des Namakriegers verklärte sich. Adam sah zu Boden. Das Mädchen merkte sofort, dass sie die falsche Frage gestellt hatte, wusste aber nicht warum:

„Es tut mir leid ... ich wollte nicht ..."

Adam sah sie gutmütig an:

„Das ist nicht ihre Schuld. Es war damals einfach nur kein guter Tag."

Er blickte fragend zu Gao. Der nickte und Adam fuhr fort:

„Wir begegneten uns an dem Tag, an dem Gaos kleiner Bruder getötet wurde. Er war neun Jahre alt. Der Kleine war mit Gao auf Shark Island interniert."

Margarete fragte nach:

„Shark Island?"

Adam erklärte mit desillusioniertem Tonfall:

„Das war ein Kriegsgefangenenlager in Lüderitz, aus dem zwei deutsche Rassenfanatiker gegen Ende des Jahres 1906 ein Konzentrationslager gemacht haben."

Margarete zog eine Augenbraue hoch:

„In Lüderitz?"

Adam nickte:

„Ja, die steinige Halbinsel am südlichen Ende der Bucht. Dort waren bis 1908 etwa 2000 Nama unter jämmerlichen Bedingungen interniert. Die Halbinsel besteht ausschließlich aus Felsen. Sie ist dem kalten Wind und der Gischt des Ozeans schutzlos ausgeliefert. Das Wasser ist eisig und voller Haie. Die

Gefangenen kauerten in kleinen Gruppen zwischen den Felsen. Alle waren unterernährt. Die meisten waren krank. Cholera, die Ruhr und Tuberkulose waren keine Seltenheit. Der Wind trieb den Gestank von Blut, Fäkalien und eitrigen Wunden durch die schwarzen Felsbrocken.

Ein Arzt namens Eugen Fischer führte an den Gefangenen medizinische Experimente durch. Er fixierte sie auf Stühlen und sägte ihnen bei lebendigem Leib und vollem Bewusstsein die Schädeldecken auf. Er sezierte ihre Organe, setzte sie großer Kälte und brennender Hitze aus, studierte ihre Schmerztoleranz anhand unsäglicher Foltermethoden und testete die Wirkung verschiedener Gifte und Medikamente an ihren geschundenen Körpern. Der zweite Mann war unser damaliger Kommandeur Franz Epp. Er sagte immer wieder, ‹ dass der neue Lebensraum mehr Ertrag einbringt, wenn man die Untermenschen an einem Ort konzentriert und zur Zwangsarbeit nötigt. ›

Er fügte seiner Erfindung ein Wortspiel hinzu und bezeichnete Shark Island fortan als Konzentrationslager.

Gao und sein kleiner Bruder waren damals zum Schienenbau eingeteilt. Die Männer legten die Gleise, die Kinder brachten die Bolzen und die Frauen trugen die Werkzeuge. Alle arbeiteten bis zur totalen Entkräftung. Wer umfiel, wurde der Wüste überlassen. Wer weglief, wurde erschossen, und wer sich ausruhte oder einen Fehler machte, wurde mit ein paar Tritten oder Peitschenhieben an seine Aufgabe erinnert.

Fiete und ich arbeiteten in einem mobilen Verwaltungswaggon, der über die schon verlegten Gleise täglich dorthin transportiert werden konnte, wo er gerade benötigt wurde. Wir teilten die verschiedenen Gefangenentrupps den unterschiedlichen Streckenabschnitten zu. Jeden Tag wurden 6 bis 8 Gefangene zu Tode geschunden. Die Trupps mussten ständig ergänzt und neu eingeteilt werden.

Um die Masse der Arbeit zu zweit überhaupt bewältigen zu können, gab man uns vorgedruckte Totenscheine, auf denen der Tod durch Erschöpfung schon pauschal attestiert wurde.

Die Leichen wurden mit Ochsenkarren nach Lüderitz transportiert und dort ins Meer geworfen."

Beschämt und angewidert senkte Adam den Kopf:

„Manche Soldaten unserer feinen Kaiserlichen Schutztruppe haben vorher noch die Köpfe der armen Teufel abgehackt, um die Schädel an Museen in der Heimat zu verkaufen.

Alleine die Firma Lenz hat mithilfe der Schutztruppe in nur 6 Monaten über 1300 Gefangene aus dem Konzentrationslager für den Bau der Gleise in den Tod getrieben. Männer, Frauen und Kinder. Die Kleinsten waren erst 6 Jahre alt.

Irgendwann hatte Fiete die Idee, einige der vorgedruckten Totenscheine mit den Namen noch lebender Gefangener auszufüllen, um diesen unauffällig zur Flucht verhelfen zu können. Abends wurden sie in Ketten gelegt und im Gänsemarsch in ein Camp gebracht, wo man ihnen Maisbrei und Wasser gab. Nachts legte man ihnen Eisenringe um die Hälse und kettete sie wie Perlen aneinander. Fast jede Nacht schlichen wir uns in das Camp, öffneten die Schlösser einiger Eisenringe mit einem Dietrich und vergruben die Ketten hinter der Bahnstrecke.

So verschwand fast jede Nacht eine kleine Gruppe von 3 bis 5 Gefangenen in der Dunkelheit der Wüste. Morgens gaben wir dann die Totenscheine ab, damit niemand nach den Flüchtigen suchen würde.

An einem solchen Morgen habe ich Gao zum ersten Mal gesehen. Die Sonne brannte erbarmungslos. Das Geräusch hunderter Spitzhacken und Vorschlaghämmer, die Boden, Holz und Metall gefügig machten, füllte die Stille der Wüste.

Der Verwaltungswaggon befand sich am vorderen Ende der bereits fertiggestellten Gleise. Rechts und links der unfertigen Trasse stand die Ameisenstraße der Gefangenen, die tapfer ihre Arbeit verrichteten.

Der Meldeoffizier kam angeritten, um die Totenscheine abzuholen. Er brachte sein Pferd vor unserem Waggon zum Stehen, brüllte den Gefangenen ein paar verachtende Kommandos entgegen, sah uns durch das Fenster des Waggons an und winkte uns herbei. Fiete nahm die Totenscheine, trat auf die Treppe vor der Tür und salutierte. Als er die Treppe hinunterging, um die Dokumente zu übergeben, stolperte ein kleiner schwarzer Junge vor dem Pferd des Offiziers über die unfertigen Gleise. Er trug eine Kiste voller Bolzen in beiden Händen. Das Kind stürzte. Die Bolzen fielen laut prasselnd in den Sand. Das Pferd scheute. Der Meldeoffizier beschimpfte den kleinen Pechvogel mit donnernder Stimme als ‚dummen Kaffer‘, während er das verschreckte Tier mit einem brutalen Ruck am Zügel wieder zur Ruhe zwang.

Er griff nach seiner zusammengerollten Lederpeitsche, die am hinteren Teil des Sattels befestigt war. Er umfasste den Griff und ließ die Spitze fallen.

Noch bevor die Peitsche vollständig abgerollt war, ließ er sie mit lockerem Handgelenk und erhobenem Arm wie eine Schlange durch die Luft fliegen und schlug zu.

Das Leder umschlang den Hals des Jungen. Das Pferd scheute erneut und als es sich wiehernd auf die Hinterbeine stellte, während es die Vorderhufe panisch tretend in die Luft erhob, spannte sich die Peitsche und brach dem Kind das Genick.

Der verzweifelte Schrei eines Mannes zerschnitt den Arbeitslärm. Die Ameisenstraße hielt inne. Alle drehten ihre Köpfe in unsere Richtung. Totale Stille. Ein großer Namakrieger sprang wie ein Leopard über die Gleise. Er stürmte zähnefletschend auf den berittenen Soldaten zu. Dieser ließ die Peitsche fallen, zog seine Pistole aus dem Halfter, streckte seinen Arm aus und schoss dem Angreifer in die Brust. Der Namakrieger stürzte in vollem Lauf und fiel leblos mit dem Gesicht nach unten in den Sand.

Das war Gao.

Da lag er nun. Blutend neben seinem toten Bruder.

Die Gefangenen nahmen ihre Arbeit wieder auf und der Lärm der Werkzeuge schallte erneut durch die Trostlosigkeit der Wüste. Fiete stand wie gelähmt am Fuß der Treppe. Die Totenscheine waren ihm aus der Hand gerutscht und lagen vom Wind verstreut auf dem Boden.

Der Meldeoffizier befahl ihm, die Papiere aufzusammeln und ordentlich zu übergeben. Fiete tat, was man ihm befohlen hatte.

Der Offizier steckte die Totenscheine in seine Satteltasche, salutierte, gab seinem Pferd die Sporen und ritt davon. Fiete starrte mit verzweifeltem Gesicht und Grimm in den feuchten Augen auf die Leiche des kleinen Jungen. Ich verließ eilig den Waggon, kniete mich neben Gao und fühlte seinen Puls. Er lebte noch. Fiete erwachte aus seiner Schockstarre und half mir, den angeschossenen Mann in unseren Waggon zu tragen. Wir räumten ein paar Kisten zur Seite, legten Gao auf den Boden und inspizierten die Schusswunde. Er hatte Glück. Das Projektil hatte ihn unterhalb des Schlüsselbeins getroffen und war oberhalb des Schulterblattes wieder ausgetreten. Wir desinfizierten die Wunde, nähten alles so gut es ging zusammen und bastelten aus einem fast sauberen Diensthemd einen Druckverband.

Gao war die ganze Zeit bei Bewusstsein. Seine Augen suchten panisch nach Halt. Er konnte nicht sprechen, weil er keine Luft bekam.

Als seine Atmung wieder ruhiger wurde, gaben wir ihm einen großen Schluck von dem Burenkorn, den wir vorher für die Desinfektion der Wunde benutzt hatten. Kurz darauf schlief er ein. Sechs Tage lang versteckten wir ihn in unserem Waggon. Als er stark genug war, um einen Marsch durch die Wüste überleben zu können, schloss er sich einer der Gruppen an, die wir nachts befreiten.

Im darauffolgenden Jahr war unsere Dienstzeit zu Ende. Fiete ging nach Keetmanshoop und ich kaufte das Land in der Nähe von !Aus.

Ich wusste, dass ich nach Wasser bohren musste, um mich ansiedeln zu können. Leider wusste ich aber nicht, wo ich bohren sollte, um das Wasser zu finden. Der Dorfschmied von !Aus riet mir, in einem nahegelegenen Nama-Dorf um Hilfe zu bitten. Die wüssten genau, wo man graben muss, versicherte er mir mit einem wissenden Lächeln.

Ich hatte das Nama-Dorf kaum betreten, da strömten seine Bewohner ebenso misstrauisch wie neugierig auf mich zu. Knapp 100 Männer, Frauen und Kinder, für die es normalerweise nichts Gutes verheißt, wenn weiße Männer in ihre Dörfer kommen. Einige der Männer und Frauen waren nur mit einem traditionellen Lendenschurz aus Springbockleder bekleidet. Andere trugen noch die Dienstmädchengewänder und Latzhosen ihrer ehemaligen Herren. Ein besonders großer Krieger in Latzhosen überragte die Menge.

Es war Gao.

Als er mich sah, rief er ein paar Wörter seiner Stammessprache über den Dorfplatz. Die Stimmung änderte sich in derselben Sekunde. Die Frauen fingen an zu singen. Die Kinder kamen näher und wollten meinen Hut aufsetzen, während die Männer mich umringten und mir murmelnd auf die Schultern klopften. Nach und nach erkannte ich immer mehr Gesichter derer, denen wir damals zur Flucht verholfen hatten. Offensichtlich hatten sie eine Zuflucht gefunden. Sie wohnten in traditionellen runden Hütten. Hölzerne Gerippe, die aus vielen, entsprechend positionierten Stöcken bestehen, deren Zwischenräume mit trockenem Gestrüpp gefüllt werden.

Die Dorfbewohner entzündeten ein großes Feuer und organisierten ein spontanes Fest. Sie sangen und tanzten die ganze Nacht.

Die traditionellen Gesänge klangen mystisch.

Die Frauen sangen fließende Melodien mit immer wiederkehrenden Wiederholungen, sprangen auf und ab und klatschten dabei frenetisch in die Hände. Die Männer standen auf der Stelle und brachten ihre Körper im Feuerschein zum Vibrieren, bis sich ihre Augen verdrehten.

Am nächsten Morgen begleitete mich Gao nach !Aus und wir kamen hierher. Er fand das Wasser und blieb bei mir. Seitdem passen wir aufeinander auf. Gao zeigt mir, wie man in der Wüste überlebt und ich schütze ihn vor der Willkür der weißen Siedler und Soldaten."

Margarete liefen Schauer über den ganzen Körper. Sie war fasziniert von der außergewöhnlichen Freundschaft der beiden Männer. Gleichermaßen war sie erschüttert.

Die menschenverachtenden Grausamkeiten, deren Zeuge und Opfer Adam und Gao geworden waren, sprengten ihre Vorstellungskraft.

Adam zuckte mit den Achseln:

„Es macht keinen Sinn, die Vergangenheit zu betrauern. Das Leben kennt nur eine Richtung ..."

Gao vervollständigte den Satz:

„Vorwärts."

Die Wärme der Vertrautheit durchflutete Margaretes Seele.

Mit dem Lächeln eines Lausbuben fixierte Adam ihre blauen Augen und bemerkte schnippisch:

„Ich habe ihren Wunsch erfüllt und ihnen erzählt, wie ich Gao getroffen habe. Jetzt könnten sie mir eigentlich auch erzählen, wie sie Gao getroffen haben."

Margarete verstand den Wink mit dem Zaunpfahl und lachte herzlich. Gao grinste erwartungsvoll.

Das Mädchen holte tief Luft, atmete ruhig aus, stellte sich hin und reichte den Männern die Hand:

„Ich bin Margarete. Die Tochter des Gauklers Robert Frese."

Adam stand auf und erwiderte den Handschlag: „Willkommen, Margarete."

Gao tat es ihm gleich:

„Eeh, Margarete"

Nachdem man wieder Platz genommen hatte, goss Gao frischen Kaffee in die Becher und Margarete begann, ihre Geschichte zu erzählen.

Sie erzählte von ihrer Mutter, die bei ihrer Geburt unter einer Brücke in Hamburg gestorben war. Sie beschrieb, wie sie ihr Leben lang mit ihrem Vater und anderen Landstreichern von Volksfest zu Volksfest gezogen war, bis der Vater sie als Dienstmädchen an einen Doktor in Bremen verkaufte. Das Mädchen gab zu, dem Arzt einen Teil seines Augenlichts genommen zu haben, weil sie sich verteidigen musste. Sie erzählte von Johanna, von Paul und von dem unglücklichen Zufall, der sie in die Wüste getrieben hatte.

Die Männer waren von dem Mut der jungen Frau beeindruckt.

Adam schenkte ihr einen respektvollen Blick:

„Du bist verdammt tapfer, Margarete. Du hast kluge Entscheidungen getroffen, um die Freiheit zu finden und du hast mutig dafür gekämpft. Alle Achtung!"

Das Mädchen blickte verlegen zu Boden und bemerkte, dass ihr Körper keinen Schatten mehr warf. Die Sonne war kurz davor, hinter dem Horizont zu verschwinden. Die intensiven Erzählungen hatten die Zeit ein weiteres Mal nahezu unbemerkt verstreichen lassen.

Also leerte man die Becher und wünschte eine gute Nacht, bevor jeder seinen Schlafplatz aufsuchte und das Traumland betrat.

KAPITEL VII

Margarete lebte sich auf Adams kleiner Farm gut ein. Sie lernte Gaos junge Frau Kasa kennen. Gemeinsam machten sie viele Spaziergänge. Kasa hatte ein wunderschönes, filigranes Gesicht, mit einer fast schon asiatisch anmutenden Augenpartie. Ihr gekräuseltes Haar war kurz geschoren. Sie war immer mit einem traditionellen Lendenschurz bekleidet und um den Hals trug sie eine lange Kette aus schwarzen Kügelchen und Bruchstücken von Straußeneierschalen. Ihre kleinen runden Brüste waren meistens an der frischen Luft. Nur an kühlen Abenden bedeckte sie sich mit der getrockneten Haut eines Oryx, die sie wie einen Poncho nutzte. Schuhe hatte sie nicht. Der harsche Boden der Namib hatte ihren Fußsohlen eine geradezu undurchdringliche Hornhaut geschenkt. Die zierliche, kleine Frau vom Stamm der San hütete ein Jahrtausende altes Wissen über das Zusammenspiel von Flora und Fauna. Sie kannte die Kräfte der Pflanzen und konnte allerlei Gifte und Heilmittel damit herstellen. Margarete hörte aufmerksam zu, wenn Kasa während ihrer gemeinsamen Spaziergänge in gebrochenem Deutsch erklärte, welche Schätze der Natur die Wüste den Menschen schenkt. Oft führte ihre Route durch den ausgetrockneten Fluss. Weg von den Felsen und in die Wüste hinein. Am Rande des Flussbettes wuchs ein auffälliger kleiner Strauch. Sein feines Geäst war begrünt, wie winzige Tannenbäume. Aus dem Inneren des Strauches erhoben sich rote Blüten von der Konsistenz eines Kaktus. Die Blüten waren fingerdick, ebenso lang und sahen aus wie die Scheren einer Krabbe. Fasziniert betrachtete Margarete die Pflanze, kniete sich daneben, fasste sie an und roch an ihr. Dann sah sie mit leuchtenden Augen zu Kasa hinüber:

„Was ist das?"

Kasa hockte sich neben Margarete, streichelte eine der Blüten liebevoll mit ihrem Zeigefinger und erklärte:

„Wir nennen Insiswa. Bekämpfer von Dunkelheit. Ihre Blüte macht glücklich. Vertreibt böse Gedanken und Angst."

Margarete fing an, laut zu denken:

„Böse Gedanken habe ich nicht. Die Angst packt mich aber schon manchmal."

Kasa schmunzelte:

„Warum Angst? Angst ist für morgen. Es ist aber immer heute."

Die Frauen setzten ihren Spaziergang fort. Margarete erzählte Kasa von der Pflanzenwelt, die sie aus den Wäldern Deutschlands kannte.

Die Geschichten von grünen Landschaften und natürlichen Gewässern beflügelten Kasas Fantasie. Sie fragte immer wieder nach den Flüssen, Bächen und Seen, von denen Margarete ihr erzählte. Ein Ort, an dem das Wasser einfach so durch die Landschaft fließt, ohne dass es jemandem gehört und ohne dass man danach graben muss. Kasa träumte sich in diese für sie völlig utopische Welt hinein und stellte sich vor, wie es wohl wäre, in einem See ein Bad zu nehmen.

Auf dem Rückweg fand Kasa noch ein seltsam aussehendes Kraut. Es schien, als wäre eine hellgrüne Koralle, geradezu leuchtend, aus dem kargen Wüstenboden herausgewachsen. Kasa pflückte einen Teil der Pflanze ab und warf Margarete einen verbündenden Blick zu:

„Sambock ... damit können wir uns waschen. Riecht gut."

Margarete beugte sich vor. Kasa hielt ihr das frisch gepflückte Kraut unter die Nase. Margaretes Augen wurden riesengroß. Sie hob den Kopf und sah Kasa verzückt an:

„Blumen ... es riecht nach Blumen."

Als der Spaziergang zu seinem Ende kam, ging Margarete direkt zum Windrad. Sie wollte sich waschen und das wundersame Kraut ausprobieren.

Mit voluminösen Locken, auskuriertem Gesicht, einem knöchelfreien, weißen Kleid, aufreizendem Dekolleté und schwarzen Schnallenschuhen trat Margarete wohlig duftend hinter der Kutsche hervor. Adam saß an dem Tisch neben der Feuerstelle. Er hörte ihre Schritte und drehte sich um. Ihre Anwesenheit trieb ihm ein Leuchten ins Gesicht:

„Da bist du ja wieder. Setz dich, ich hole uns eine Flasche Wein."

Auf dem Tisch stand ein Blechteller, der mit Trockenfleisch und Tomaten gefüllt war. Margarete setzte sich und Adam holte den Wein aus der Höhle. Margarete war hungrig und nahm sich eine Stange Biltong. Adam kam mit einer Flasche Wein und zwei Bechern zurück und schenkte ein:

„Das ist die letzte. Wir haben auch kaum noch Tabak und könnten Salz gebrauchen. Ich mache morgen eine Versorgungsfahrt. Möchtest du mich begleiten?"

Margarete freute sich über das Angebot:

„Wo geht die Reise denn hin?"

Adam zeigte nach Westen:

„Wir fahren nach Kolmannskuppe. Dort verkaufen wir die Milch von meinen Schafen.

Danach fahren wir nach !Aus und kaufen, was wir brauchen. Mit ein bisschen Glück können wir unterwegs sogar noch einen Oryx schießen. Wir brauchen Fleisch."

Margarete wunderte sich:

„Fleisch? Was ist denn mit den Schafen?"

Adam lachte:

„Nein, nein, meine Schafe haben Namen. Die werden nicht gegessen."

Margarete war gerührt.

Sie nahm einen Schluck Wein und sah Adam dermaßen intensiv in die Augen, dass sie ihr Spiegelbild darin entdecken konnte. Adam erwiderte den tiefen Blick:

„Du hast mit Kasa Sambock gepflückt. Ich kann es riechen."

Er schloss die Augen und ließ den Duft in seine Nase strömen:

„Herrlich ... der Geruch steht dir wirklich gut."

Margarete freute sich über das Kompliment:

„Kasa ist ein Schatz. Ich lerne so viel von ihr."

Adam nickte:

„Niemand weiß mehr über dieses Land als die Menschen vom Stamm der San. Sie leben hier seit fast 30.000 Jahren."

Das Mädchen war erstaunt:

„Wie haben sich die Menschen denn in der Wüste mit Wasser versorgt, bevor es die Windräder gab?"

Adam erklärte geduldig:

„Ein Buschmann findet überall Wasser. Sie pressen es aus den Wurzeln unscheinbarer Gräser, suchen es in den Mulden der Kameldornbäume und wissen, wo sich der Morgentau sammelt."

Margarete schnaubte nostalgisch:

„Bevor du mich in der Wüste gefunden hast, habe ich den Morgentau von meinen eigenen Stiefeln geleckt."

Adam grinste:

„Siehst du ..."

Sie lachte und wollte wissen:

„Wie entsteht eigentlich der Morgentau?"

Adam trank einen Schluck Wein und antwortete:

„Die Nama sagen, dass der Mond in der Nacht weint, weil er in die Sonne verliebt ist, sie aber nie erreichen kann."

Margaretes Gedanken verloren sich in ihrer Fantasie. Sie schaute auf seine starken Arme und sehnte sich nach einer Umarmung. Dann ertappte sie sich dabei, wie sie auf seine vollen Lippen starrte und ein heftiges Bedürfnis verspürte, ihn zu küssen.

Plötzlich schallte ein ohrenbetäubender Schrei durch das Tal und wurde von hysterischem Kreischen erwidert. Margarete erschrak und zuckte zusammen. Adam beruhigte sie:

„Das sind Baboons. Große Paviane, die in den Felsen leben. Das hört sich gefährlich an, aber die Jungs sind ziemlich feige."

Er goss noch etwas Wein in die Becher.

Sie plauderten, aßen, tranken und lachten, bis die Sonne das Firmament verließ.

KAPITEL VIII

Als der Morgen graute, hatte Adam die Kutsche bereits beladen. Die kondensierte Schafsmilch stand abgefüllt, in großen, fest verschlossenen Blechkannen, auf der Ladefläche. Die Pferde waren eingespannt und der Kaffee stand qualmend auf dem Tisch. Auch Margarete war reisefertig. Sie tranken den Kaffee und machten sich auf den Weg.

Adam trieb die Pferde an, bis sie locker trabten.

Margarete wunderte sich:

„Haben wir es eilig?"

Adam wackelte mit dem Kopf von Schulter zu Schulter:

„Nicht wirklich, aber es ist eine volle Tagesreise. Solange es noch kühl ist, können die Pferde Strecke machen. In Kolmannskuppe können wir dann im Haus des Ingenieurs übernachten. Der ist ein alter Kamerad von mir."

Kurz vor Sonnenuntergang kam Kolmannskuppe in Sicht. Das riesige Einfahrtstor wurde von einem großen Schild flankiert, auf dem der Name der Siedlung zu lesen war. Zwei große Lagerhallen und mehrere Verwaltungsgebäude waren umringt von hochherrschaftlichen Steinhäusern nach wilhelminischem Vorbild. Die Gebäude fügten sich mit ihren sandfarbenen Fassaden perfekt in die Wüstenlandschaft ein. Adam steuerte die Lagerhallen an, entlud den Wagen, verkaufte die Milch und setzte die Fahrt fort. An einem der Gebäude war das Wort ‚Schwimmbad' zu lesen. Margarete traute ihren Augen nicht. Kolmannskuppe hatte knapp 400 Einwohner. Die Damen trugen weiße Kolonialkleider mit aufwendig dekorierten Hüten, hingegen waren die meisten Männer in Uniform oder Arbeitskleidung zu sehen. Überall liefen schwarze Arbeiter verschiedener Stämme über das Gelände. Es gab ein Theater, eine Turnhalle und sogar eine Eisfabrik. Es war unfassbar, wie diese Siedler ihren unermesslichen Reichtum dazu nutzten, der Wüste zu trotzen. Hinter den Verwaltungsgebäuden befand sich eine Schule, und eine Schmalspurbahn verband die einzelnen Ortsteile.

Die Kutsche rollte noch an einem Elektrizitätswerk, einem Krankenhaus, dem Ballsaal und der Kegelbahn vorbei, bevor Adam die Pferde vor dem Haus des Ingenieurs zum Stehen brachte. Der Ingenieur trat vor die Tür.

Die Männer begrüßten sich freudig und Adam stellte vor: „Das ist mein alter Kamerad Kurt Valentin."

Dann zeigte er auf Margarete.

Das Mädchen fürchtete die Preisgabe ihres Namens und wurde sofort nervös.

Dann hörte sie Adam sagen:

„Das ist die Frau Frese. Sie hilft mir bei der Auslieferung."

Margarete war erleichtert und bewunderte die Lässigkeit, mit der Adam das Problem umschifft hatte.

Kurt machte eine einladende Handbewegung und bat seine Gäste herein.

Das Haus war luxuriös ausgestattet und feudal dekoriert. Elektrisches Licht, fließendes Wasser, Badewannen und Eisschränke schienen in Kolmannskuppe zur Grundausstattung zu gehören. Kurt war Junggeselle und hatte daher viel Platz in dem großen Haus. Er zeigte Adam und Margarete ihre Zimmer und wies seine schwarzen Dienstmädchen an, den Tisch zu decken.

Die Gäste machten sich frisch und setzten sich kurz nach Einbruch der Dunkelheit an die reich gedeckte Tafel.

Kurt hatte schon Platz genommen und grüßte freundlich:

„Da seid ihr ja. Hattet ihr eine gute Reise?"

Adam nickte:

„Ja, wir sind ganz gut vorangekommen. Was gibt es Neues aus der Heimat? Bekommst du noch die Zeitung?"

„Die Zeitung kommt immer noch regelmäßig hier an, aber ich mag schon gar nicht mehr hineinsehen", entgegnete Kurt.

Dann fügte er hinzu:

„Es ist doch immer dasselbe. Der Pöbel arbeitet sich zu Tode, während die adelige Hofgesellschaft Orgien und Gelage feiert.

Die spritzen Heroin von Bayer, schlucken Aspirin mit Kokain und der Paragraf 175 unseres Reichsstrafgesetzbuches scheint für die hohen Herrschaften auch keine Geltung zu haben."

Margarete fragte nach:

„Paragraf 175?"

Adam löste das Rätsel:

„Die Unzucht zwischen Männern ist gesetzlich verboten."

Margarete wollte mehr wissen:

„Wer hat sich das denn ausgedacht?"

Kurt spottete:

„Wahrscheinlich die Kirche. Gott sieht es nicht gerne, wenn Männer Unzucht miteinander treiben."

Margarete wurde skeptisch:

„Gilt das auch für Frauen?"

Adam dachte kurz nach:

„Nein, nicht dass ich wüsste."

Kurt lachte:

„Wahrscheinlich sieht Gott es gerne, wenn Frauen Unzucht miteinander treiben."

Dann machte er spöttisch eine höfische Handbewegung:

„Außerdem sind Max von Baden und Charlotte von Preußen immer mittendrin. Die wildesten Orgien feiert Charlotte auf dem Jagdschloss Grunewald."

Margarete zog verwundert ihre Augenbrauen hoch:

„Die Schwester von Kaiser Wilhelm?"

Kurt nickte:

„Genau die! Das ach so tugendhafte deutsche Kaiserhaus. Auch der Kaiser selbst ist ein Heuchler. Er preist die christliche Ehe. Dabei umgibt er sich mit Hellsehern und besucht Huren in Österreich. Der narzisstische, alte Krüppel wird uns alle noch Kopf und Kragen kosten."

Nach dem Abendbrot ging Margarete auf ihr Zimmer und schlief erschöpft ein. Die Männer blieben bis spät in die Nacht sitzen, diskutierten über Politik und philosophierten über das Leben.

Als Adam und Margarete am nächsten Morgen die Heimreise antraten, bot sich ihnen ein demütigendes Bild, während ihre Kutsche am Rande der Kolmannskuppe in die Wüste rumpelte. Die schwarzen Diamantensammler hatten bereits mit der Arbeit begonnen. Hunderte von Männern lagen bäuchlings auf dem Wüstenboden. Sie lagen da wie Perlen auf einer Kette, mit jeweils einer Armlänge Abstand von Mann zu Mann. Um ihre Hälse trugen die gepeinigten Unglücksraben kleine Ledersäckchen, in denen sie die Diamanten sammelten, die sie fanden, während sie durch den heißen Sand robbten. Weiße Aufseher ritten hinter der Menschenkette auf und ab, brüllten Kommandos und knallten mit den Peitschen. Adam und Margarete sahen sich wortlos an, als ihre Kutsche an dem unwürdigen Schauspiel vorbeirollte. Beide waren angewidert.

Als die Siedlung langsam hinter dem Horizont verschwand, brach Adam die Stille:

„Wohlstand ist eine feine Sache, aber meistens klebt viel Blut daran."

Margarete sah ihn skeptisch an:

„Wo haben sie denn die ganzen Sachen her? Die Diamanten verwandeln sich ja nicht von ganz alleine in ein Schwimmbad."

Adam lachte:

„Als August Stauch 1908 beim Reinigen der Bahnlinie den ersten Diamanten fand, gab es in diesem Teil der Wüste gar nichts. Die Männer kampierten in Zelten und sammelten tagsüber die Edelsteine auf. Dann stand alles Kopf.

Von überall kamen sie hierher. Matrosen, Händler, Farmer, Reservisten und Glücksjäger. Sie steckten ihre Claims ab, heuerten schwarze Arbeiter für Hungerlöhne an und ließen sie über den heißen Wüstensand kriechen. Die haben über 1000 Karat in weniger als einem Jahr eingesammelt. Von dem Reichtum haben sie dann Baumaterial aus Kapstadt und Luxusgüter aus Deutschland anliefern lassen. Sogar ein Röntgengerät haben sie importiert, weil sie die Schwarzen verdächtigten, einige Diamanten während der Arbeit zu verschlucken, anstatt sie abzuliefern."

Friedlich verrichteten die Pferde ihre Arbeit. Die Räder der Kutsche knirschten über den Sand. Plötzlich legte Margarete aufgeregt ihre Hand auf Adams Bein und zeigte seitlich in die Wüste:

„Da ... schau ... dein Fleisch!"

Adam blickte über seine rechte Schulter und sah einen Oryx in der Ebene stehen.

Ein wunderschönes Tier von der Größe einer Kuh. Er hatte graues Fell mit schwarzen Streifen, weißen Fesseln und einer klaren Blesse im Gesicht. Stolz hob er seinen Kopf, auf dem armlange, säbelförmige Hörner mit gefährlichen Spitzen thronten. Adam brachte die Kutsche zum Stehen und musterte das Tier. Dann schüttelte er den Kopf:

„Der ist zu jung. Den kann ich nicht schießen."

Margarete machte ein überraschtes Gesicht. Adam vervollständigte seine Erklärung:

„Man darf der Natur nichts entnehmen, was sie noch braucht. Sieh nur, wie jung und stark er ist. Er wird viele Nachkommen haben. Wenn ich ihn jetzt töte, dann unterbreche ich den Zyklus. Wenn ich aber ein altes oder ein krankes Tier töte, dann beende ich einen Zyklus, dessen sich die Natur bereits entledigt hat."

Der Richtschütze schnalzte mit der Zunge. Die Pferde zogen wieder an.

Die Landschaft zog gemächlich an Margarete vorbei und sie war ihr nicht mehr fremd. Sie entdeckte immer wieder die Pflanzen, Kräuter, Gräser, Käfer und Reptilien, über die Kasa sie unterrichtete.

Als die Pferde den Wagen über eine kleine Wanderdüne zogen, versank eines der Hinterräder im losen Sand. Es knackte unheilverheißend und die Kutsche blieb stecken.

Adam spannte die Pferde aus und inspizierte den Schaden:

„Das Rad ist gebrochen. So können wir nicht weiterfahren."

Margarete wurde es leicht mulmig. Trotzdem blieb sie zuversichtlich, denn Adam hatte diese Leichtigkeit des Seins, mit der man jeder Katastrophe noch einen Funken Hoffnung abringen kann. Er holte die Schaufel, den Wasserkanister, den Kochtopf und ein bisschen Brennholz von der Ladefläche. Er zeigte auf die Vorderseite des Wagens:

„Du kannst dich in den Schatten setzen, den die Kutsche auf den Boden wirft. Die Reparatur wird eine Weile dauern."

Margarete brauchte mehr Informationen:

„Kannst du das Rad denn ohne Werkzeug überhaupt reparieren?"

Adam grinste:

„Reparieren nicht … aber ich kann was basteln. Mach dir keine Sorgen. Wenn es nicht funktioniert, dann lassen wir den ganzen Krempel hier und reiten auf den Pferden nach Hause. Aber lass mich erstmal machen."

Reiten? Margarete konnte nicht reiten. Sie hatte noch nie auf einem Pferd gesessen. Gespannt drückte sie Adam die Daumen.

Adam nahm die Schaufel und begann das angebrochene Hinterrad vom Sand zu befreien. Der innere Holzrahmen des Wagenrades war zwischen zwei Speichen gebrochen. Geschickt zielte er mit der Schaufelspitze zwischen die Speichen und schlug das beschädigte Stück aus dem Rahmen. Er brach ein dünnes Brett aus der Seitenwand der Kutsche, nahm die Machete und teilte es, wie ein Holzhacker der Länge nach in zwei schmale Hälften.

Dann machte er ein Feuer, füllte den Kochtopf mit Wasser und stellte ihn in die Glut. Als das Wasser zu kochen begann, hielt er das Holz in den Wasserdampf. Vorsichtig und mit leichtem Druck begann er, dem Brett eine leichte Biegung zu verleihen. Als er mit der Krümmung zufrieden war, sägte er das Scheitelstück mit der Machete aus der Leiste heraus und schnitzte es zurecht. Er pulte mit seinem Messer zwei Nägel aus dem Sitz des Kutschbocks und schnitt zwei handlange Streifen von den Zügeln ab. Zu guter Letzt passte er das gebogene Holzstück zwischen den Speichen ein, befestigte es mit den Lederriemen an dem äußeren Metallring des Rades und fixierte das Ganze mit den Nägeln. Zufrieden sah er zu Margarete hinüber:

„Das müsste erstmal halten. Aber es ist schon spät. Vielleicht sollten wir hier kampieren."

Margarete war einverstanden. Nur wenige Handgriffe später saßen sie voreinander auf einer großen Decke neben einem Lagerfeuer, aßen Trockenfleisch und tranken Wein. Margarete zeigte auf eine kleine Narbe, die sich über Adams Schläfe befand:

„Was ist da passiert?"

Adam rieb mit der Hand über die Narbe:

„Das war ein Felsensplitter. Ich stand hinter einem Felsen in Deckung, als man auf mich schoss. Eines der Projektile hat das Gestein direkt neben meinem Gesicht getroffen."

Das Mädchen staunte:

„Da hast du aber Glück gehabt."

Adam schüttelte den Kopf:

„Nein, meine Zeit war einfach noch nicht gekommen."

Margarete sah ihm in die Augen:

„Du glaubst an das Schicksal?"

Adam winkte ab:

„Schicksal ist ein großes Wort. Aber ich glaube daran, dass alles mit allem verbunden ist."

Margarete war verwirrt:

„Wie meinst du das?"

Adam zuckte mit den Achseln:

„Sieh uns an. Ich komme aus Frankfurt und du kommst aus Hamburg. Jetzt schau mal, wo wir hier sind. Welten von der Heimat entfernt.

Ich habe dich in der Wüste gefunden, und wenn ich den Krieg nicht überlebt hätte, dann wärst du bei deiner Flucht wahrscheinlich verdurstet ... und wenn du nicht geflüchtet wärst oder dein Vater dich gar nicht erst verkauft hätte, dann wären wir uns nie begegnet.

Alles ist mit allem verbunden, als ob alles das, was jemals in unseren Leben geschehen ist, dazu geführt hat ...“

Margarete legte ihren Finger auf seinen Mund, während eine Träne über ihr Gesicht lief:

„Ich weiß Adam, alles hat dazu geführt, dass wir jetzt hier sind. Du und ich, Adam. Das wusste ich schon, als ich dich zum ersten Mal sah und dir halbtot in die Augen schaute."

Margarete wurde von dem Verlangen nach Adams Berührung überwältigt. Sie nahm sein Gesicht liebevoll in beide Hände, küsste ihn zärtlich und ihre Körper verschmolzen leidenschaftlich unter der funkelnden Milchstraße.

KAPITEL IX

Als die Kutsche am darauffolgenden Tag wieder nach Osten rollte, glitzerte Margarete das von den Dünen reflektierte Morgenlicht, in allen Farben des Regenbogens, in die Augen.

Sie saß neben Adam auf dem Kutschbock, hielt seinen Arm fest umschlungen, lehnte sanft an seiner Schulter und blickte verzaubert in die Weite.

Adam hielt die Zügel fest in beiden Händen.

Sein Gesicht strahlte unter dem Schatten seiner Hutkrempe hervor. Er war glücklich und fühlte sich auf eine fast schon mystische Art vervollständigt. Die Bilder der letzten Nacht tanzten durch seinen Kopf und er konnte Margaretes ersten Kuss noch immer auf seinen Lippen spüren.

In zufriedenes Schweigen gehüllt fuhren sie der aufgehenden Sonne entgegen.

Adam und Margarete erreichten !Aus noch vor der Mittagszeit.

!Aus ist eine kleine Wüstenstadt. Der wichtigste Handelsposten zwischen Lüderitz und Keetmanshoop. Das Drehkreuz für Transporte und Reisen in den Norden des Landes sowie ein wichtiger Wasserversorgungspunkt in der erbarmungslosen Weitläufigkeit am Rande der Namib. Im Zentrum der Ortschaft befand sich der Bahnhof, als Lebensader der Siedlung. Dahinter der Dorfplatz, umringt von zwei Hotels nach wilhelminischem Vorbild, einer Poststation im Jugendstil, sechs Ladengeschäften und einem Warenhaus. Auf der anderen Seite der Gleise standen, gut geordnet und durch staubige Straßen miteinander verbunden, knapp 20 simple Wohnhäuser in unterschiedlichen Pastellfarben, eine deutsche Schule und zwei Caféhäuser.

Adams Kutsche holperte am Bahnhof vorbei in die Stadt hinein. Margarete sah sich neugierig um. Im Gegensatz zu dem glanzvollen Prunk von Kolmannskuppe erschien !Aus eher karg. Kernig aussehende Männer bevölkerten die staubigen Straßen. Grobes Schuhwerk und Hosenträger ließen auf harte Arbeit und ein einfaches Leben schließen. Schutztruppensoldaten patrouillierten auf Kamelen reitend durch die Stadt. Ochsenkarren transportierten Waren, die von schwarzen Arbeitern in der sengenden Sonne verladen wurden, durch den Ort.

Auf den Terrassen der Cafés saßen Bahnarbeiter, Händler und Glücksritter.

Die deutschen Damen des Städtchens, mit ihren langen, weißen Kleidern, absurd bestickten Sonnenschirmen und Art-Nouveau-Kinderwägen, wirkten in dieser spartanisch anmutenden Umgebung geradezu entrückt.

Adam brachte die Pferde vor dem Warenhaus zum Stehen. Schwarze Kinder kamen angelaufen, baten um Geld und versprachen die Versorgung der Pferde mit Wasser sowie die Bewachung der Kutsche während des Einkaufs.

Adam gab den Kindern ein paar Münzen, Margarete hakte sich ein und sie schlenderten durch !Aus. Adam kaufte Tabak, Salz und Wein. Sie tranken Kaffee im Caféhaus und kauften eine Zeitung im Bahnhofshotel.

Im Herrenbekleidungsgeschäft erstanden sie zwei Blue Jeans und ein paar Hemden für Margarete.

Bevor sie die Heimfahrt antraten, erwarb Adam noch ein paar Holzbalken und mehrere Bretter im Warenhaus.

Er belud die Kutsche, half Margarete auf den Bock, setzte sich daneben, nahm die Zügel in die Hand, schnalzte mit der Zunge und die Pferde zogen an.

Das Gespann erreichte Adams Farm noch vor der Abenddämmerung. Er spannte die Pferde aus, entlud die Kutsche und brachte Gao einige Beutel Tabak, während Margarete ein Feuer machte und Kartoffeln mit Bohnen kochte.

Sie aßen, plauderten und tranken Wein. Die Sonne färbte den Horizont blutrot. Baboons sprangen durch die Felsen und die ersten Sterne erschienen am Himmel. Dann gingen Adam und Margarete gemeinsam in dem kleinen Beduinenzelt zu Bett.

Sie lagen nebeneinander. Beide auf der Seite, mit dem Kopf auf den Händen und sie sahen sich an. Sie sprachen nicht, sie schauten nur. Adam versank geradezu in Margaretes großen, blauen Augen. Er war im Einklang mit der Welt, dachte an nichts und spürte die warme Macht der Liebe.

Margaretes Herz raste. Gerne hätte sie gewusst, was Adam wohl gerade dachte. Sie malte sich aus, mit ihm das Leben zu verbringen, stellte sich vor, wie sie miteinander alt würden, und überlegte, wie sie sich auf der Farm nützlich machen könnte. Sie dachte und dachte und als die Dunkelheit der Nacht die Wüste langsam zu verschlingen begann, schliefen beide ein.

Die Sonne stand schon hoch am Himmel, als sie eng umschlungen aufwachten.

Adam setzte sich auf. Margarete sah ihn verschlafen an. Er lächelte:

„Da bist du ja wieder. Hast du gut geschlafen?"

Sie gähnte wie eine Löwin, streckte sich wie eine Katze und nickte:

„Mmhhhm."

Adam strich ihr zärtlich über den Kopf:

„Bleib ruhig liegen. Ich bringe dir einen Kaffee und füttere die Tiere."

Er setzte sich auf die Bettkante, griff nach seiner Hose, zog sich an und legte los. Margarete nahm genüsslich das Kissen in den Arm und rollte sich in die Decke ein. Sie döste in die Landschaft und sah Adam dabei zu, wie er Feuer machte und die Tiere fütterte. Dann war der Kaffee fertig. Er setzte sich mit zwei dampfenden Bechern neben Margarete:

„Tadaaah!"

Sie setzte sich auf, rieb mit beiden Händen über ihr Gesicht und griff nach einem der Becher:

„Danke, du bist ein Schatz."

Margarete hielt den Becher in beiden Händen und schlürfte vorsichtig einen Schluck von dem heißen Getränk. Adam küsste ihre Stirn, stand auf, nahm einen Schluck Kaffee und zeigte auf den Paddock:

„Heute stelle ich dir die Pferde vor."

Margarete sah ihn skeptisch an:

„Wie meinst du das?"

Adam grinste:

„Du weißt schon. Zieh eine von den neuen Hosen an und komm dann auf die Koppel."

Er nickte ihr ermutigend zu und machte sich auf den Weg.

Als Margarete die Koppel erreichte, trug sie eine Blue Jeans, ein weißes, kurzärmeliges Hemd und die schwarzen Schnürstiefel, in denen die Hose unterhalb der Wade verschwand.

Adam stand zwischen den beiden Pferden und fütterte sie mit Karotten. Sanft nahmen die Tiere das Gemüse mit ihren riesigen Lippen aus seiner Hand.

Margarete war aufgeregt, als sie den Paddock betrat. Adam bat sie mit einer Kopfbewegung an seine Seite. Er umarmte den Hals eines der Pferde und strich ihm liebevoll über die Stirn:

„Das ist Goldstaub. Er hat mich in Schlachten, über Gebirge und durch die Wüste getragen. Er ist ein alter Soldat und ein hervorragender Freund."

Adam reichte Margarete eine Karotte:

„Gib ihm die Karotte und begrüße ihn, damit er deine Stimme hört."

Das große Tier war dem Mädchen nicht geheuer. Sie zögerte. Adam bemerkte die Unsicherheit:

„Schau ihm in die Augen. Er wird dir nichts tun."

Goldstaub hatte große dunkle Augen mit langen Wimpern. Die Treue stand ihm ins Gesicht geschrieben. Margarete fasste Vertrauen und hielt dem Pferd die Karotte unter das Maul:

„Hallo Goldstaub, ich bin Margarete."

Der Wallach hob seinen Kopf, streckte den Hals, zog seine Oberlippe hoch, bis die Schneidezähne entblößt waren, als würde er lachen, scharrte mit einem der vorderen Hufe und mümmelte vorsichtig die Karotte aus Margaretes Hand. Dem Mädchen lief ein warmer Schauer über den ganzen Körper. Ihre Kopfhaut kribbelte und ihr Atem stockte. Sie näherte ihre Hand vorsichtig der Stirn des Tieres, legte sie sanft zwischen seine Augen und strich ihm langsam über das Gesicht. Als ihre Fingerkuppen die Nüstern erreichten, wurde Margaretes Körper von purer Glückseligkeit durchflutet. Noch nie hatte sie etwas berührt, das sich derart sanft und weich anfühlt.

Goldstaub stupste Margarete mit der Nase an und schnaubte. Adam strahlte zufrieden und hielt Margarete noch eine Karotte hin:

„Er mag dich. Gib ihm noch eine …"

Margarete hatte ihre Scheu verloren. Sie fütterte und streichelte das treue Tier. Sie sah dem Pferd in die Augen und es erwiderte ihren Blick. Das Mädchen spürte die Unschuld seines Wesens und ließ sich von seiner stolzen Aura verzaubern. Ihre Hand lag zwischen seinen Nüstern. Sie spürte seinen Atem und synchronisierte ihre eigene Atmung mit dem Rhythmus des Tieres. Die Umgebung verschwamm, als ob sie mit dem Pferd unter einer riesigen Käseglocke stünde, während sich die Welt auf der anderen Seite des beschlagenen Glases befindet. Sie nahm Goldstaubs Gesicht in beide Hände und sah Adam mit glücklichen Augen an:

„Danke."

Adam lächelte:

„Gerne."

Margarete hob fragend eine Augenbraue:

„Und jetzt?"

„Jetzt gehen wir reiten", antwortete Adam.

Das Mädchen sah verlegen zu Boden:

„Ich weiß doch gar nicht, wie das geht."

Adam zeigte auf Goldstaub:

„Keine Sorge, er weiß es."

Obwohl diese Antwort Margarete überhaupt nicht beruhigte, verspürte sie ein unendliches Vertrauen.

Adam sattelte das Pferd, half Margarete beim Aufsitzen, justierte die Steigbügel und führte Goldstaub am Zügel durch den Paddock.

Das Mädchen hielt sich am Knauf des amerikanischen Sattels fest. Sie war erstaunt, wie leicht es war, das Gleichgewicht zu halten.

Es dauerte nicht lange, bis Margarete die Zügel selbst in der Hand hatte und gemächlich an Adams Seite in die Wüste ritt.

In den folgenden Tagen verbrachte Margarete viel Zeit mit Goldstaub, machte Spaziergänge mit Kasa und lernte von Gao, wie man Spuren liest.

Adam hatte damit begonnen, ein Haus zu bauen.

Er sprengte mit ein paar Stangen Dynamit in knapp 2 Metern Höhe einen Hohlraum in einen großen Felsen. Mit Hammer und Meißel formte er den Raum. Die freigesprengten Trümmer nutzte er für den Bau der Wände eines Vorbaus. Die einzelnen Brocken fixierte er mit Mörtel. Aus den Brettern und Balken, die er in !Aus gekauft hatte, zimmerte er eine Treppe sowie eine Plattform, die den Vorbau erweiterte. Das alte Tuch des Beduinenzeltes diente als Sonnensegel über der entstandenen Terrasse. Margarete half, so gut sie konnte. Sie meißelte kleine Ablagen in die Felswand, fixierte das Holz, wenn Adam die Bretter zurechtsägte, und sammelte verdorrte Kameldornstöcke für das Treppengeländer.

Schon nach wenigen Wochen war die Behausung bezugsfertig. Adam und Gao fuhren mit der Kutsche nach !Aus, um in dem Warenhaus einen kleinen Diamanten gegen ein Bett, ein Fass und einen Schlauch zu tauschen.

Das Bett positionierten sie im Inneren des Felsens, mit Blick über die Terrasse und in die Ebene hinein. Das große Holzfass fand seinen Platz am vorderen Rand der Terrasse. Adam schlug ein daumengroßes Loch in den unteren Rand des Fasses, verschloss den Ausgang mit dem Schlauch, sicherte dessen Öffnung mit einem Korken und ließ ihn dann von der Terrasse herunterhängen. Zu guter Letzt holte er mehrere Eimer Wasser von seinem Windrad und füllte das Fass.

Zufrieden saßen die Männer auf der Treppe und rauchten, als die Frauen von ihrem Spaziergang zurückkamen. Neugierig inspizierte Margarete das neue Bett. Adam stand auf der Terrasse, wie ein aufgeregter Webervogel, der hofft, dass seiner Partnerin das neue Nest gefällt.

Margarete fiel ihm glücklich um den Hals:

„Jetzt ist es perfekt."

Sie küsste ihn, sah im in die Augen und streichelte ihm über die Wange:

„Unser kleines Wüstenschloss."

Stolz zeigte Adam auf das Fass:

„Geh mal nach unten und nimm den Korken aus dem Schlauch."

Mit großen Augen sah sie ihn an und eilte die Treppe hinunter. Als sie den Korken aus dem Schlauch herauszog, floss das Wasser von der Gravitation getrieben aus der Öffnung.

Margarete war begeistert:

„Eine Dusche! Unglaublich! Eine Dusche! Du bist der Beste."

Sie lebten ein friedliches Leben in der Abgeschiedenheit der Wüste. Sie waren glücklich und fühlten sich frei wie die Vögel. Die Regenzeit kam und ging.

Als Adam und Margarete im August 1914 eine der üblichen Versorgungsfahrten nach Kolmannskuppe machten, herrschte in der außergewöhnlichen, kleinen Siedlung eine auffallend angespannte Stimmung. Wie immer verkauften sie die kondensierte Milch und besuchten Adams alten Kameraden Kurt.

Auch Kurt wirkte bedrückt, als die Freunde sich begrüßten. Als das Abendbrot von den schwarzen Dienstmädchen serviert wurde, gab Adam seiner Verwunderung nach:

„Was ist denn hier los?"

Kurt ließ die Katze aus dem Sack:

„Es ist Krieg. Der Kaiser hat den Krieg erklärt."

Margarete erstarrte. Adam wurde blass und wollte es genau wissen:

„Gegen wen?"

Kurt entglitt ein verzweifeltes Lachen:

„Gegen alle."

Adam lehnte sich erleichtert zurück und schmunzelte:

„Du verscheißerst mich."

Kurt schüttelte dramatisch langsam den Kopf, presste die Lippen zusammen und senkte den Blick.

Adam wurde wieder nervös:

„Wie kann denn sowas sein? Und wer sind alle?"

Kurt zuckte mit den Achseln:

„Na ja, alle eben. Der Kaiser ist größenwahnsinnig. Er hat allen den Krieg erklärt. Holland, Frankreich, Belgien, Großbritannien, Russland, Serbien ... dieser Hundsfott hat die ganze Welt gegen uns aufgebracht."

Margarete sah Kurt fassungslos an:

„Aber was ist denn passiert?"

Der Ingenieur machte seinem Ärger Luft:

„Der österreichische Thronfolger Franz Ferdinand wurde mit seiner Frau bei einem Attentat in Sarajevo getötet. Österreich erklärte daraufhin Serbien den Krieg und unser dummer Kaiser schwor den Österreichern die Nibelungentreue. Dabei hat der eitle Fatzke nicht bedacht, welche Bündnisse zwischen den verschiedenen Nationen bestehen."

„Da haben wir ja Glück, dass wir am anderen Ende der Welt leben", entgegnete Margarete.

Adam schüttelte den Kopf:

„Ich glaube nicht."

Margarete sah ihn fragend an:

„Wie meinst du das?"

Adam zeigte durch das Fenster in die Wüste:

„Die Diamanten."

Kurt nickte:

„Er hat recht. Die Klunker könnten kriegsentscheidend sein und die Briten haben Truppen am Kap."

Bis in die späten Abendstunden rätselten die Freunde darüber, wie die Geschehnisse in der alten Heimat ihre Leben in der Ferne beeinflussen könnten.

Kurz vor Sonnenaufgang machten sich Adam und Margarete auf den Heimweg.

Am darauffolgenden Tag führte Adam das Mädchen in die Vorratshöhle. Er schob eine große hölzerne Truhe zur Seite. Darunter kam eine Bodenklappe zum Vorschein. Der Richtschütze öffnete die Klappe. Darunter befand sich eine schmale Holztreppe, die in eine unterirdische Kammer führte. Er entzündete eine Ölfunzel, betrat die Treppe und reichte der verblüfften

Frau die Hand. Sie ließ sich von ihm in die Kammer hinabführen. Er hob die Funzel über seinen Kopf. Im spärlichen Feuerschein der flackernden kleinen Flamme konnte Margarete die Umrisse eines Waffenlagers erkennen. Vor der Rückwand stand ein riesiges Maschinengewehr auf seinem Stativ. An der linken Seitenwand lehnten sechs Gewehre. Dem gegenüber lagerten Kisten voller Munition und Dynamit. Darüber hingen Lunten und Patronengurte an der Wand. Es roch nach einer Mischung aus Moder und Schießpulver. In den Ecken hingen Spinnennetze und überall krabbelte irgendwas.

Adam nahm eines der Gewehre und gab es Margarete:

„Das wird jetzt dein neuer bester Freund."

Wortlos griff sie nach der Waffe. Adam warf einen Patronengürtel über seine Schulter. Sie stiegen aus der Kammer und verließen die Höhle. Adam führte Margarete an dem Windrad vorbei in die Wüste hinein. An einem Ausläufer der Bergkette, die sein Land umrahmte, legte er einen kopfgroßen Stein auf einen mannshohen Felsen. Er nahm sie an die Hand und entfernte sich 20 Schritte von der Konstruktion. Dann erklärte er ihr, wie man das Gewehr lädt, und zeigte auf den Stein:

„Leg das Gewehr an deine Schulter, mach ein Auge zu und ziele auf den Stein."

Margarete legte an. Die Waffe war ziemlich schwer. Es bereitete ihr Mühe, den langen Lauf gerade zu halten. Der Richtschütze ergänzte seine Erklärung:

„Drück das Gewehr fest an deine Schulter. Das gibt dir Stabilität und schützt dich vor dem Rückstoß."

Margarete setzte das Gewehr ab und sah Adam prüfend an:

„Rückstoß?"

Der wiegelte ab:

„Nein, nein, da kann überhaupt nichts passieren. Wenn das Projektil abgefeuert wird, weicht das Gewehr dem Druck und schlägt zurück. Deshalb drückt man es fest an die Schulter, damit einem der Kolben nicht ins Gesicht schlägt."

Margarete zog die Augenbrauen hoch:

„Bist du dir sicher?"

Adam nickte:

„Ich bin Richtschütze."

Das klang überzeugend. Das Mädchen legte wieder an, drückte das Gewehr fest gegen ihre Schulter und nahm den Stein ins Visier. Adam korrigierte die Position ihres Ellenbogens:

„Jetzt atmest du aus, hältst kurz die Luft an und drückst ab."

Krachend zerriss der Schuss die Stille. Volltreffer.

Begeistert sah sie Adam an. Ein lustiges Gemisch aus Schreck, Stolz und Spaß strahlte aus ihrem Gesicht.

Dann wurde ihr bewusst, was gerade geschehen war:

„Glaubst du wirklich, dass ich auf jemanden schießen muss?"

Adam zuckte mit den Achseln:

„Deutschland führt Krieg. Wir sind Deutsche. Sicher ist sicher."

Von nun an übte Margarete jeden Tag. Sie traf aus 20 Metern, 30 Metern, 50 Metern und schließlich aus bis zu 100 Metern, alles, was die Größe eines Kopfes hatte. Sie lernte, wie man das Dynamit scharf macht, wie man ein Messer wirft und wo man in der Wüste Wasser findet.

Keine drei Wochen waren so vergangen, als Adam und Margarete auf der Terrasse ihres Hauses frühstückten, während die Silhouette einer Kutsche in der Ferne erkennbar wurde.

Adam rieb sich das Kinn:

„Da kommt er."

Margarete schwante nichts Gutes:

„Wer ist das?"

Adam sah besorgt aus:

„Das ist Fiete. Ich wusste, dass er irgendwann kommen würde."

Margarete konnte Adams plötzliche Niedergeschlagenheit nicht verstehen:

„Aber Fiete ist doch dein Freund. Du solltest dich freuen."

Adam sah ihr ernsthaft in die Augen:

„Margarete, wir sind Reservisten. Er kommt, um mich abzuholen."

Ihre Magengrube wurde eiskalt. Sie nahm seine Hand, sah ihn mit panischen Augen an und zitterte, als sie versuchte, einzuatmen.

Adam strich ihr sanft mit dem Handrücken über die Wange:

„Mach dir keine Sorgen. Mir fällt schon was ein. Ich lasse dich auf gar keinen Fall alleine hier zurück."

Er trank noch einen Schluck Kaffee, stand auf, zog sich den Hut ins Gesicht und ging die Treppe hinunter, um seinen alten Freund zu begrüßen.

Fietes Kutsche holperte auf Adam zu. Die Begrüßung war emotional. Fiete hatte selbstgemachtes Bier dabei. Margarete holte einen dritten Becher, die Männer setzten sich an den Tisch neben der Feuerstelle und Fiete schenkte ein:

„Das ist lange her, mein alter Freund. Gut siehst du aus."

Margarete stellte sich vor und setzte sich dazu. Fiete kam ihr bekannt vor. Sie war sich sicher, ihn schon mal gesehen zu haben, wusste aber nicht mehr, wo das gewesen sein könnte. Er war groß und hager, hatte ordentlich geschnittenes, blondes Haar und war glattrasiert. Er hatte freundliche Gesichtszüge, blaue Augen und eine Nase, die im Lauf seines Lebens offensichtlich mehrere Brüche erlitten hat. Er trug die Uniform der kaiserlichen Schutztruppe. Freundschaftlich legte er seine Hand auf Adams Schulter und sprach mit rauer Stimme:

„Du hast endlich ein Haus gebaut. Wer hätte das gedacht."

Er lächelte Margarete an:

„Das haben sie gut gemacht, junge Dame. Ich habe schon befürchtet, er würde für immer unter dem alten Lappen schlafen."

Adam ließ den Kopf hängen:

„Warum bist du hier, Fiete?"

Der große Friese beugte sich vor. Sein Blick suchte Adams Augen, während seine Hand immer noch auf dessen Schulter lag:

„Das erste Feldregiment wird einberufen. Die Briten sind vor drei Tagen mithilfe der südafrikanischen Unionstruppen in Lüderitz einmarschiert. Sie sind mit Kriegsschiffen gelandet und haben die Stadt besetzt. Beinahe gleichzeitig überquerte ihre Infanterie von Süden her den Oranje-Fluss. Wir müssen nach Sandfontein, um die Wasserstellen zu verteidigen."

Der Richtschütze rieb sich das Kinn:

„Es ist völkerrechtlich untersagt, die Kriege europäischer Großmächte auf die Kolonien auszuweiten. Aber ich habe mir schon gedacht, dass die Kongoakte von den Briten ignoriert wird. Sie wollen die Diamanten."

Adam sah zu Margarete hinüber und bewegte seinen Kopf subtil zur Seite. Sie verstand sofort, stand auf und holte Gao.

Fiete wollte seinen Freund ermutigen:

„Kopf hoch, Kamerad. Wir haben schon ganz andere Stürme überstanden."

Er bemerkte, wie Adam Margarete hinterhersah:

„Ich habe auch eine Frau. Meine Farm liegt nordöstlich von Keetmanshoop, im südlichen Teil der Kalahari. Da ist es sicher. Wenig Wasser und keine Diamanten. Das interessiert die Briten nicht. Die Frauen könnten dort gemeinsam auf uns warten. Ich habe ein ziemlich großes Haus und der alte Heinz passt auf alles auf."

Adam entspannte sich augenblicklich und trank erleichtert einen großen Schluck Bier:

„Der alte Heinz hat das Scharmützel im Komas-Gebirge überlebt?"

Fiete wackelte mit der Hand:

„Er hat nur noch ein Bein, aber er lebt. Ich habe ihm eine Prothese geschnitzt und auf meinem Land ein kleines Haus für den alten Knochen bauen lassen. Er kümmert sich um die Arbeiter und verwaltet mein Vieh."

Adam lächelte nostalgisch:

„Weißt du noch, wie er damals im Suff sein Pferd mit dem Zebra verwechselt hat?"

Fiete lachte:

„Er ist dem armen Tier so lange hinterher gestolpert, bis es ihn getreten hat."

Beide hoben die Becher:

„Auf Heinz!"

Sie tranken aus und als Fiete seinen Becher wieder abstellte, sah er Adam nachdrücklich an:

„Hast du noch das alte MG, das dir der Kommandeur damals zu treuen Händen überlassen hat?"

Adam nickte:

„Es ist alles noch da."

Margarete kam mit Gao zurück. Sie setzte sich auf Adams Schoss und legte ihren Arm um seine Schultern. Gao und Fiete begrüßten sich herzlich.

Der Namakrieger setzte sich auf den freien Stuhl:

„Margarete sagt, es gibt Problem?"

Fiete erklärte ihm die Situation:

„Es ist wieder Krieg. Adam und ich müssen kämpfen oder wir werden standrechtlich erschossen. Du bringst Margarete und Kasa auf meine Farm."

Gao zögerte nicht:

„Wann fahren wir?"

Adam erläuterte den Plan:

„Heute Abend beladen wir die Kutschen und morgen Früh machen wir uns auf den Weg.

Du nimmst Dunya und Goldstaub. Ich fahre mit Fiete. Wir nehmen das MG und die Munitionskisten mit. Ich behalte den alten Karabiner und die Machete. Die Gewehre und die Patronengürtel gebe ich euch."

Margaretes Griff um Adams Schultern wurde fester. Er konnte spüren, wie sie zitterte.

Gao ging zu Kasa, um sie auf die Reise vorzubereiten. Fiete ging in die Höhle, um das MG zu inspizieren. Adam nahm Margarete in den Arm. Sie legte den Kopf auf seine Brust und er spürte, wie ihre Tränen sein Hemd benetzten.

Nachmittags packten sie ihre Habseligkeiten in Kisten und Seesäcke. Sie beluden die Kutschen und gingen zu Bett. Fiete schlief unter seinem Wagen. Adam und Margarete verbrachten eine unvergessliche Nacht und waren immer noch wach, als die Sonne das Tal erhellte.

Gao spannte die Pferde ein, die Soldaten zogen ihre Uniformen an, Kasa trug, wie immer, einen Lendenschurz und Margarete hatte ihre Blue Jeans mit Hemd und Schnürstiefeln angezogen. Die blonde Mähne war zu einem Pferdeschwanz gebunden und auf ihrem Rücken hing Adams Hut.

Adam nahm Margarete liebevoll in den Arm. Sie konnte spüren, wie sein Herz an ihre Brust hämmerte. Dann nahm er ihr Gesicht in beide Hände und legte seine Stirn sanft auf ihren Scheitel:

„Du bist Margarete, meine Margarete. Du bist stark und furchtlos. Du hast den Ozean befahren und die Wüste durchquert. Du schießt besser als ich und reitest wie ein Husar. Du bist mein Leben."

Er küsste sie.

Dann strahlte er sie mit dem Lächeln eines Lausbuben an:

„Ich gehe mal eben was erledigen und hole dich dann schnell wieder ab."

Margarete stieß ein kurzes Lachen aus, während sie gegen die Tränen kämpfte. Sie drückte Adam nochmal an sich und flüsterte ihm ins Ohr:

„Du und ich Adam. Du und ich."

Adam sah zu Gao. Der zeigte mit zwei Fingern auf seine Augen und dann mit einem Finger auf Margarete.

Adam gab ihr ein Ledersäckchen, in dem sich ein paar kleine Diamanten befanden:

„Das sind die letzten. Nutze sie klug."

Alle saßen auf. Adam und Fiete rollten mit dem MG auf der Ladefläche gen Süden, während Margarete, Kasa und Gao von Dunya und Goldstaub nach Osten gezogen wurden.

KAPITEL X

Es waren bereits drei Tage und Nächte vergangen, als Gao die Richtung änderte und die Kutsche mit den beiden Frauen und all ihrer Habe orientierungssicher nach Norden steuerte. Nur wenige Stunden nach dem Richtungswechsel veränderte sich die Landschaft. Die graue Steppe knirschte noch monoton unter den Rädern der Kutsche, als Margarete in der Ferne ein faszinierendes Farbenspiel entdeckte. Der Sand wurde plötzlich rot. Er hatte die Farbe frisch gebrannter Backsteine. Die Trennlinie schlängelte sich von links nach rechts über den Wüstenboden und verschwand auf beiden Seiten hinter dem Horizont. Als der Wagen in den roten Sand hineinrollte, veränderte sich das Fahrgeräusch. Das Knirschen der Räder wich einem schweren Rauschen. Der rote Sand war fein. Seine Oberfläche war vom Wind geglättet, wie das Wasser eines ruhigen Sees. Flache, lange Dünen erhoben sich wie die Wellen des Ozeans aus dem Sand. Grüne Büsche, Wüstengräser und kleine Bäume krallten sich tapfer in den außerirdisch anmutenden Boden. Flauschige Wolken zierten, wie von Geisterhand gemalt, den tiefblauen Himmel. Milane kreisten majestätisch über der Kutsche, während ihre Schatten über den Boden huschten. Eine Herde Springböcke schreckte auf und hastete mit akrobatischen Sprüngen und der perfekten Synchronisation eines Vogelschwarms durch die Ebene. Immer wieder rollte der Wagen an zahllosen Zebras vorbei und in kleinen Gruppen zupften riesige Giraffen mit gebogenen Hälsen die saftigen Blätter aus den dornigen Baumkronen der Akazien. Immer wieder kreuzten Warzenschweine ihren Weg. Eine Familie Erdhörnchen saß mit erhobenen Pfötchen um ihren Bau herum und sah dem Gespann neugierig hinterher.

Gao bemerkte die Begeisterung in Margaretes Augen:

„Kgalagadi. Platz, wo Abstand weit. Adam und Fiete sagen Kalahari. Fietes Farm jetzt nicht mehr weit."

Tatsächlich kamen noch vor der Dämmerung die Umrisse einer Farm in Sicht.

Ein Windrad, ein geräumiges Reetdachhaus, eine große hölzerne Scheune, Felder, Vieh, Koppeln, Stallungen und Nebengebäude. Die einzelnen Bauten fügten sich der Länge nach in den Auslauf einer langen Düne ein, die das Haupthaus schützend von hinten überragte.

Die Pferde hoben die Köpfe. Dunya schnaubte. Sie konnte die Wasserstelle riechen. Ungeduldig trabten die Tiere an. Menschliche Silhouetten wurden sichtbar. Ein gutes Dutzend schwarzer Feldarbeiter, die ihre Arbeit unterbrachen, als sie die nahenden Ankömmlinge bemerkten, ein alter Mann mit Bart und Hut, der auf einem Schaukelstuhl vor einer Holzhütte saß und eine Frau, die in einem langen, weißen Kleid auf dem Treppenabsatz des Reetdachhauses stand. Alle beobachteten die Ankunft der Schicksalsgemeinschaft. Gao steuerte das Haupthaus an und brachte die Pferde im Vorhof zum Stehen. Die Hausherrin trat der Kutsche entgegen. Sie grüßte freundlich:

„Willkommen. Ihr müsst Gao und Kasa sein. Mein Mann sagte schon, dass ihr vielleicht kommen würdet."

Dann trat sie seitlich an den Wagen heran, sah, dass die dritte Person am anderen Ende des Kutschbocks eine weiße Frau war, machte große Augen, hielt beide Hände aufgeregt vor ihren Mund und fragte ungläubig:

„Mathilde?"

Verstört beugte Margarete sich vor, um die Hausherrin auf der anderen Seite der Kutsche besser sehen zu können. Wie hatte es die Lüge geschafft, ihr bis hierher zu folgen?

Die Blicke der Frauen trafen sich.

Margaretes Körper wurde von unbändiger Freude durchflutet. Sie quietschte wie eine Feldmaus und rief:

„Johanna!"

Das Mädchen sprang von der Kutsche, lief euphorisch um die Ladefläche herum und fiel ihrer Freundin glücklich in die Arme.

Dann winkte sie Kasa herbei und die Frauen verschwanden schnatternd im Inneren des Hauses. Gao versorgte die Pferde.

Der alte Mann verließ seinen Schaukelstuhl und half dem Namakrieger dabei, den Wagen zu entladen. Die Kisten, Seesäcke und Gewehre verstauten sie in einem Schuppen. Nach getaner Arbeit brachte er ihn zu einer Hütte:

„Dat is' jetzt deine Bude. Ich bin der Heinz. Wenn du was brauchst, dann frag mich. Wasser findest du am Windrad und Abendbrot gibt es gleich neben der Scheune."

Der kauzige alte Mann hatte lange, graue Haare, die aus seinem ausgefransten Strohhut heraus zottelten, einen schlohweißen Vollbart und eine besonders runde Nase. Stahlblaue Augen stachen aus seinem sonnengegerbten Gesicht heraus, das mit tiefen Kerben und Falten die Geschichte eines wilden Lebens erzählte.

Heinz war groß und trotz seines Alters ziemlich kräftig. Er trug eine blaue Latzhose und ein weißes Hemd. Sein linker Unterschenkel samt Fuß waren aus Holz und er trug schwarze Arbeitsstiefel. Er hinkte, war aber trotz der Prothese recht agil.

Als er das Haus betrat, um die Frauen über die anstehende Essensausgabe zu informieren, war er Margarete sofort sympathisch. Höflich grüßte sie den alten Mann und fragte überrascht:

„Wir essen draußen?"

Johanna klärte auf:

„Wir essen immer alle zusammen. Dafür brauchen wir einen ziemlich langen Tisch und neben der Scheune ist ausreichend Platz."

Die Frauen gesellten sich mit Heinz und Gao zu den schwarzen Arbeitern. Alle begrüßten die Neuankömmlinge herzlich. Margarete genoss die Geselligkeit der langen Tafel sehr. Sie führte erstaunliche Gespräche, stellte viele Fragen, gestand Johanna das Geheimnis ihres Namens und erzählte die Geschichte ihrer Reise.

Noch lange, nachdem alle zu Bett gegangen waren, saßen Margarete und Johanna mit einer Flasche Wein an der langen Tafel, unter den Sternen der Kalahari.

Sie sprachen über Adam und Fiete, die raue Schönheit des Landes, das grausame Schicksal seiner Ureinwohner und den

Krieg, der, obwohl er in der Heimat tobte, ihre Leben in der Ferne bedrohte. Sie philosophierten über die Ereignisse, die dazu geführt hatten, dass sie tatsächlich wieder voreinander saßen und zerstreuten gemeinsam die fast schon schmerzhafte Angst um ihre Männer.

Adam und Fiete hatten mittlerweile das Feldlager der kaiserlichen Schutztruppen vor Sandfontein erreicht. Drei Bataillone kampierten in dem Canyon einer Gebirgskette. Die Felsen umrahmten eine Ebene von Osten nach Westen. Im Süden bot eine massive Felswand Schutz und Schatten. Nach Norden hin war das Gelände offen. Ein Wasserloch befand sich im Zentrum des Tals. Die Bataillone hatten ihre Artillerie bereits auf mehreren Anhöhen, im Halbkreis um die Ebene herum, in Stellung gebracht.

Es war der 24. September des Jahres 1914, als der Meldeoffizier auf einem motorisierten Fahrrad das Lager erreichte und den Marschbefehl überbrachte. Am 25. September bezogen die Bataillone ihre Positionen.

Adam und Fiete montierten ihr MG auf einer Anhöhe der westlichen Stellung. Sie stellten das Stativ in eine Vertiefung. Nur die Mündung blitzte durch die Felsen. Das grobe Gestein bot eine sichere Deckung und dahinter gab es genügend Platz für die Munitionskisten und den Dampfschlauch. Nachdem die Stellung mit Sandsäcken gesichert war, begutachtete Adam die Umgebung:

„Sobald sich die Briten dem Wasserloch nähern, sind sie eingekesselt. Gar nicht mal so dumm, unsere Herren Offiziere."

Fiete pflichtete ihm bei:

„Der Geländevorteil ist unsere einzige Chance. Der Meldeoffizier sprach von über 3.000 feindlichen Soldaten. Wir sind maximal 1.700 Mann. Aber mit einer gut geführten Kesselschlacht könnten wir sogar gewinnen."

Noch vor Einbruch der Dunkelheit hatten sich alle Soldaten der Schutztruppe strategisch klug in den Felsen verteilt. In den frühen Morgenstunden des darauffolgenden Tages blinkten die Lichtsignale der deutschen Heliografen von Stellung zu Stellung. Das unterschwellige Dröhnen der nahenden Armee drängte sich durch die Stille der Ebene. Eine gewaltige Staubwolke erhob sich in der Ferne und verriet die Position der feindlichen Streitmacht. Langsam und vom Durst gezeichnet näherten sich die ersten Truppen dem Wasserloch. Schwarze und weiße Soldaten. Briten und Südafrikaner. Kavallerie und Infanterie. Pferde, die mit letzter Kraft massive Artilleriegeschütze über den steinigen Boden zogen, und Hunderte von Ochsenkarren, auf denen Munition und Verpflegung geladen war. Durstig und dementsprechend unvorsichtig näherten sich Mensch und Tier der Wasserstelle.

Ein letztes Mal zuckten die Blitze der Heliografen über die Anhöhen. Der Befehl war eindeutig: „Warten, bis alle feindlichen Truppen die Ebene erreicht haben."

Langsam, aber stetig, füllte sich die Ebene. Die ankommenden Soldaten versorgten sich selbst und ihre Tiere mit Wasser. Die Offiziere ließen Stühle abladen und Tücher spannen, um in deren Schatten der unbarmherzigen Hitze zu entfliehen. Niemand konnte die Stellungen der deutschen Schutztruppen in den umliegenden Anhöhen entdecken. Als die letzten britischen Artilleriegeschütze in die Ebene gezogen wurden, setzte sich ein Aufklärungstrupp der Südafrikaner in Bewegung. Fiete grub den Dampfschlauch ein und entsicherte das MG. Adams Hände umschlossen die Führungsgriffe der Waffe. Gewehrschützen gingen rechts und links von dem MG in Stellung. 25 Mann auf jeder Seite. Sie legten sich hinter die Sandsäcke, luden durch und legten an. Als der feindliche Aufklärungstrupp die erste Anhöhe erreichte, eröffnete die Artillerie der südlichen Stellung das Feuer. Dann erhielten die Richtschützen ihre Schießbefehle. Mit 4 MGs säten sie aus verschiedenen Stellungen einen flächendeckenden Kugelhagel über das Tal.

Die südafrikanischen Hundertschaften zogen sich unter schweren Verlusten zurück. Die Briten suchten Deckung in den nordöstlichen Felsen, brachten ihre Geschütze in Stellung und erwiderten das Feuer. Da keiner der Offiziere beider Seiten den

Fehler machte, seinen Truppen den Befehl zur Erstürmung der Ebene zu geben, gab es keine direkte Konfrontation.

Mit Einbruch der Dunkelheit endete das Artilleriegefecht. Sanitäter sammelten die Verwundeten ein und brachten sie in den schützenden Canyon. Berittene Boten versorgten die verschiedenen Stellungen mit frischer Munition und Späher schwärmten aus, um die Position der Briten auszukundschaften. Da der Gegner ähnliche Maßnahmen durchführte, herrschte in dieser Nacht ein reges Treiben in den Bergen Sandfonteins. Der Mond warf sein fahles Licht in die steinige Landschaft. Schatten huschten durch die Felsen. Hin und wieder fiel ein Schuss. Fiete zählte die neue Munition. Adam unterbrach ihn:

„Fiete, ich hab' eine Idee."

Fiete sah seinen Freund erwartungsvoll an:

„Was hast du dir ausgedacht?"

Adam zeigte auf die hinter ihm befindliche Felswand:

„Wenn wir das MG auf die obere Kante der Schlucht bringen, dann könnten wir die Briten ins Kreuzfeuer nehmen."

Fiete antwortete skeptisch:

„Die Briten stehen in den Felsen. Der Winkel ist viel zu steil. Du wirst keinen treffen."

Adam winkte ab:

„Ich muss niemanden treffen. Das sind über 3.000 Mann und die haben da hinten nicht wirklich viel Platz. Wenn wir sie von oben unter Beschuss nehmen, beschneiden wir ihre Bewegungsfähigkeit und berauben sie jeglicher Rückzugsmöglichkeiten. Unsere Kameraden können sie dann in die Zange nehmen, bis die britischen Truppen an ihrer eigenen Masse ersticken."

Fiete schmunzelte:

„Wie willst du das MG denn da hoch bringen?"

Adam zuckte mit den Achseln:

„Schau dich um. Alle sammeln ihre Verletzten ein. Wir wickeln das MG in eine Decke, legen es auf eine Pritsche und tragen es hinauf."

Fiete strich sich mit der Hand über das Gesicht, atmete tief ein und schnaufte:

„Du spinnst, aber wir machen das. Ich gehe in den Canyon und informiere den Kommandeur. Dann besorge ich uns sechs Freiwillige und eine Pritsche. Du packst das MG zusammen und wartest hier auf mich."

Kurz vor Mitternacht machten sich die zwei Freunde mit sechs Freiwilligen auf den Weg. Adam und Fiete trugen die mit dem MG beladene Pritsche. Vier Freiwillige trugen jeweils eine Munitionskiste, während zwei weitere den Transport aus der Distanz sicherten. Vorsichtig schlich der kleine Trupp durch das unwegsame Gebirge. Einige wenige Felsbrocken schützten sie vor dem verräterischen Schein des Mondlichts. Jeder Schritt wurde mit Bedacht gegangen. Ihre Stiefel fanden lautlos Halt im losen Geröll. Es dauerte knapp drei Stunden, bis Adam die perfekte Position oberhalb der feindlichen Stellung gefunden hatte. Sie montierten das MG, legten sich zwischen die Felsen und ruhten bis zum Sonnenaufgang.

Bei Tagesanbruch gingen die Freiwilligen in Stellung.

Fiete lud das MG. Adam packte den Heliografen aus und schickte einen einzigen Blitz über die Ebene.

Adam und Fiete sahen sich an. Für einen kurzen Moment war es so still, dass sie den Wind hören konnten. Dann krachte das Donnern der kaiserlichen Artillerie durch die Ebene.

Im Schutz des Trommelfeuers ihrer Richtschützen rückten die Schutztruppen von zwei Seiten auf die Briten vor. Diese brauchten umgehend Platz, um ihre zahlenmäßige Überlegenheit schlachtentscheidend einsetzen zu können.

Fiete sah Adam an und fragte:

„Jetzt?"

Adam nickte ermutigend:

„Jetzt!"

Fiete entsicherte das MG. Adam drückte den Abzug. Die Projektile regneten von hinten auf die feindliche Stellung herab und nahmen den britisch-südafrikanischen Truppen jede

Chance einer Neuformation. Auch konnte Adam alle Fluchtwege und Rückzugsmöglichkeiten von seiner uneinnehmbar gelegenen Stellung aus kontrollieren. Der Feind saß in der Falle.

Tapfer verteidigten die Briten ihre aussichtslose Position, bis sie in den Morgenstunden des folgenden Tages die weiße Flagge hissten.

Zwei Tage nach der Schlacht wurden die Truppen neu eingeteilt. Major Viktor Franke hielt eine Ansprache. Man hatte ihm ein kleines Podest gebaut und ein großes Sprachrohr besorgt. Die Truppe war vollständig angetreten. Der Major sprach mit fester Stimme:

„Soldaten der kaiserlichen Schutztruppe. Bei der siegreichen Verteidigung von Sandfontein haben wir 14 Kameraden auf dem Schlachtfeld verloren.

Auch unser befehlshabender Major Emil von Rappard ist während des Gefechts den Heldentod gestorben."

Adam murmelte in seinen Bart:

„Von wegen Heldentod. Der feine Pinkel hat laut ‚Attacke' gerufen und sich dann hinter einem Stein versteckt, der zufällig von einer Granate getroffen wurde."

Fiete verspürte den unbändigen Drang, zu lachen. Er atmete schwer und kämpfte gegen sein eigenes Zwerchfell, bis es schmerzte. Er presste seine Lippen fest aufeinander und senkte den Blick, um die Schweigeminute der Truppe nicht mit schallendem Gelächter ad absurdum zu führen, da er wusste, dass ein derartiges Verhalten für gewöhnlich mit Arrest bestraft wird.

Der Major fuhr fort:

„Das dritte Feldbataillon bleibt hier, sichert die Wasserstelle und interniert die Gefangenen.

Das zweite Bataillon eskortiert die Verwundeten nach Keetmanshoop und bezieht dort Stellung.

Die Reservisten des ersten Feldregiments werden nach !Aus verlegt, um dort den Vorstoß der britisch-südafrikanischen Truppen ins Hinterland zu stoppen. Die Wasserstelle von !Aus darf dem Feind unter keinen Umständen in die Hände fallen."

Der Major schlug die Hacken zusammen und salutierte. Die Truppe tat es ihm gleich. Das Geräusch von 1.700 Paar Stiefel, deren Hacken in derselben Sekunde aufeinanderprallten, hallte imposant durch den Canyon.

Margarete und Johanna hatten unterdessen einen gemeinsamen Alltag etabliert. Sie frühstückten mit den schwarzen Arbeitern an der langen Tafel, halfen Heinz dabei, die Tiere zu versorgen, reinigten das Haus und kümmerten sich um die Wäsche. Johanna hatte ihre eigene Herkunft nie vergessen und verweigerte daher die Anstellung eines Dienstmädchens. Nachmittags gingen die Frauen in die Scheune. Dort befanden sich Fietes Braukessel. Der Mann braute ein sehr schmackhaftes Bier, das sich hervorragend verkaufte. Die meisten Fässer wurden mit dem Zug von Keetmanshoop nach Lüderitz und Kolmannskuppe gebracht.

Johanna zeigte Margarete, wie man Bier braut, und Margarete brachte Johanna das Schießen bei. Die Abende endeten nun oft mit einem Krug Bier an der langen Tafel neben der Scheune.

Es war ein bewölkter Nachmittag in den ersten Tagen des Oktobers, als sich zwei Kutschen und mehrere berittene Soldaten der Farm näherten.

Sie trugen die Uniformen der Schutztruppe und auf den Ladeflächen der Wagen lagen mehrere Verwundete.

Als der Trupp den Vorhof des Haupthauses erreichte, versammelten sich alle Bewohner der Farm neugierig um die Kutschen. Heinz drückte sich selbstbewusst durch die schaulustige Menge und fragte nach dem befehlshabenden Offizier. Dieser saß auf einem weißen Pferd und gab sich salutierend zu erkennen:

„Ernst Fischer, Kompaniefeldwebel des zweiten Feldbataillons der Kaiserlichen Schutztruppe. Das Lazarett in Keetmanshoop ist überfüllt. Ich habe Befehl, die Verwundeten auf die umliegenden Farmen zu verteilen.“

Ein einarmiger Soldat mit schlecht verbundenem Stumpen verließ die Kutsche. Einem weiteren wurde von der Ladefläche geholfen. Sein rechtes Bein sah bemitleidenswert aus.

Der Blick des Kompaniefeldwebels fiel auf Johanna und Margarete, die vor der Scheune standen und die Geschehnisse fassungslos beobachteten:

„Machen sie sich keine Sorgen, meine Damen. Die Kameraden wurden bereits vom Feldarzt versorgt. Sie müssen sich nur auskurieren und werden dann wieder abgeholt."

Der Trupp setzte seine Auslieferungsfahrt fort, die Frauen begrüßten die Neuankömmlinge, die schwarzen Arbeiter gingen wieder auf die Felder und Heinz richtete in einer der Hütten das Krankenzimmer ein. Heinz hatte während seiner Dienstzeit oft im Feldlazarett ausgeholfen. Er wusste genau, was zu tun war. Es dauerte nicht lange, bis die Soldaten mit gereinigten Wunden und frischen Verbänden auf ihren Pritschen lagen.

Margarete und Johanna kochten eine Suppe und brachten sie den Männern. Margarete setzte sich auf einen Hocker und half dem Einarmigen dabei, die stärkende Brühe zu sich zu nehmen. Johanna stand im Türrahmen. Der einarmige Soldat sah Margarete dankbar an:

„Es ist sehr liebenswürdig von ihnen, uns hier aufzunehmen. Ich heiße Franz, Kanonier Franz Becker."

Das Mädchen rührte die Suppe um und entgegnete:

„Guten Tag Franz. Ich heiße Margarete."

Sie wurde neugierig:

„Was ist ihnen denn passiert?"

Franz sah mit verklärtem Blick auf seinen Stumpen:

„Ich habe in der Schlacht von Sandfontein gekämpft. Unsere Stellung wurde von britischer Artillerie getroffen."

Sandfontein? Margaretes Herz fing an, zu rasen. Johanna wurde blass:

„Habt ihr die Schlacht verloren?"

Der Soldat lächelte:

„Nein, nein, wir haben es ihnen gezeigt."

„Gezeigt haben wir es ihnen", wiederholte er mit leerem Blick und trostlosem Tonfall.

Margarete verspürte einen Anflug von Erleichterung und fragte:

„Kennen sie den Adam Melber? Er ist Richtschütze."

Franz verkniff nachdenklich das Gesicht:

„Wir hatten nur vier Richtschützen."

Der Soldat mit dem zertrümmerten Bein meldete sich zu Wort:

„Ja, Adam. Ich erinnere mich. Das war doch der Verrückte, der mit seinem MG über die feindlichen Stellungen geklettert ist. Er und der große Friese."

Der Kanonier stimmte zu:

„Du hast recht. Jetzt fällt es mir wieder ein. Adam und Fiete. Die sind nach dem Sieg mit den Reservetruppen nach !Aus geschickt worden.

Sie sollen den Vormarsch der britischen Truppen aufhalten, die vor zwei Wochen in Lüderitz gelandet sind."

Margarete und Johanna sahen sich an. Die anfängliche Beruhigung wich einer neuen Sorge.

In der folgenden Woche machten die Frauen eine Versorgungsfahrt nach Keetmanshoop.

Die kleine Stadt war während der kühlen Morgenstunden in weniger als vier Stunden erreichbar. Die Köchin brauchte Salz und Heinz benötigte frisches Verbandszeug für die Soldaten. Johanna wollte drei Fässer Bier verkaufen und Margarete hoffte auf ein Stück Schwarzwälder Kirschtorte, da sie beim Brauen geholfen und Johanna ihr einen Anteil des Erlöses versprochen hatte.

Keetmanshoop war hervorragend ausgestattet. Geschäfte für jeglichen Bedarf umringten den Bahnhof. Werkstätten, Schneidereien, Hotels und Caféhäuser säumten die staubigen Straßen. Johanna verkaufte das Bier an die Hoteliers, während Margarete das Verbandszeug und Salz besorgte. Danach gingen die Frauen ins Caféhaus.

Als die Kellnerin die Tortenstücke servierte, schaute Margarete voller Vorfreude auf das perfekte, kleine Dreieck, das auf einem bunt verzierten Porzellanteller darauf wartete, von ihr gegessen zu werden. Die Kuchengabel glitt widerstandslos durch die luftig gebackene Creme. Der Biskuitboden knackte verheißungsvoll. Der Geschmack erweckte ein Feuerwerk der Erinnerungen. Lüderitz, der Ozean, das Bett, in dem sie geschlafen hatte, wie auf einer Wolke, Kapps Ballsaal und das Luxusleben. Ein nostalgisches Lächeln huschte über ihr Gesicht.

Eine deutsche Frau betrat das Caféhaus, entdeckte Johanna und begrüßte sie freudig:

„Frau Baumann, sie habe ich ja schon lange nicht mehr gesehen. Ist ihr Mann auch in der Stadt?"

Johanna erwiderte den Gruß:

„Guten Tag, Frau Allgeier. Nein, mein Mann wurde einberufen. Er kämpfte gegen die Briten."

Frau Allgeier trug ein langes, weißes Kleid, die klassischen Schnürstiefel in Braun sowie einen aufwendig dekorierten Hut. Sie war brünett, dünnlippig und hatte ein fliehendes Kinn.

Höflich stellte sie sich Margarete vor, nahm ungefragt Platz und ließ ihrer kleinlichen Klatschsucht freien Lauf:

„Ja, ja, der Krieg. Alle kommen jetzt nach Keetmanshoop. Die Stadt ist voller Fremder und die Lebensmittelregale in den Geschäften leeren sich zusehends. Überall laufen plötzlich diese Kapweiber herum, weil wir Arbeitskräfte brauchen. Die Hottentotten haben wir ja fast alle getötet."

Margarete fragte nach:

„Kapweiber?"

Frau Allgeier antwortete aufgeregt:

„Das sind Mischlinge von der Küste Südafrikas.

Sie sprechen Englisch und Holländisch.

Ihr Negerblut hat sich mit dem der weißen Rasse vermischt. Sie verlangen bis zu 80 Mark im Monat, tragen unsere Trachten und verwirren unsere Männer. Sie bekleiden sich mit weißen Hemdblusen und fußfreien Leinenröcken. Dazu tragen sie Rosenhüte mit langen Chiffon-Schleiern, die sie unter dem Kinn zusammenbinden. Wenn man sie von hinten sieht, könnte man fast schon denken, sie wären Damen. Drehen sie sich aber um, kann man ihre stumpfsinnigen, schokoladenbraunen Gesichter mit den aufgequollenen Negerlippen sehen.

80 Mark, das muss man sich mal vorstellen. Wer soll das denn noch bezahlen? Die sprechen nicht einmal ordentlich Deutsch. Mein Mann hat gesagt ..."

Eine weitere deutsche Dame betrat das Caféhaus und winkte Frau Allgeier zu. Die unterbrach ihren unerträglichen Redeschwall und erklärte:

„Das ist meine Verabredung."

Sie verabschiedete sich formgewandt von Johanna und Margarete, stand auf und ging.

Margarete sah Johanna fassungslos an:

„Was war das denn?"

„Das war der Grund dafür, dass ich die Farm so gut wie nie verlasse", entgegnete Johanna.

Die Frauen bezahlten ihre Rechnung und machten sich auf den Heimweg. Erleichtert kutschierte Johanna das Gespann aus der Stadt hinaus.

Keetmanshoop lag schon weit hinter ihnen, als die Notdurft sie zur Rast zwang.

Margarete hockte sich hinter einen Kameldornbusch. Als das Plätschern ihrer Erleichterung verstummte, hörte sie ein leises Fiepen. Margarete hielt die Luft an und spitzte die Ohren. Es fiepte erneut.

Das Mädchen folgte dem Geräusch. Sie ging um den Busch herum. Vorsichtig bog sie ein paar der dornigen Zweige zur Seite und entdeckte einen flauschig verstrubbelten Fellball von der Größe einer Honigmelone. Zwei kleine Knopfaugen schauten sie erbarmungswürdig an. Liebevoll hob sie das ängstliche Tier mit beiden Händen auf und legte es behutsam an ihre Brust.

Entzückt ging Margarete wieder zur Kutsche zurück:

„Schau mal Johanna, ich habe ein Kätzchen gefunden."

Johanna sah das hilflose Wesen an und schüttelte mit dem Kopf:

„Das ist keine Katze."

Neugierig hob Margarete die Augenbrauen.

Johanna vervollständigte ihre Erklärung:

„Das ist ein Gepard."

Margarete sah ihre Freundin ungläubig an:

„Bist du dir sicher?"

Johanna sah sich das Tier noch mal genauer an und prüfte das Geschlecht:

„Ja, ganz sicher. Das ist ein kleines Gepardenmädchen. Acht bis zehn Wochen alt. Entweder hat die Mutter ihre letzte Jagd nicht überlebt oder das Junge ist verloren gegangen. Du kannst sie gerne mitnehmen, aber ich habe keine Ahnung, wie man einen Geparden aufzieht."

Margarete war zuversichtlich:

„Kasa, die weiß das. Da bin ich mir sicher."

Die Frauen saßen wieder auf.

Johanna schnalzte mit der Zunge, die Pferde zogen an und der kleine Gepard schlief in Margaretes Armen ein.

Am frühen Abend erreichten sie die Farm. Margarete brachte die kleine Raubkatze auf ihre Stube. Sie baute ihr mit einer Gemüsekiste und einer Decke ein Lager. Dann holte sie Kasa.

Die Frau vom Stamm der San zeigte Margarete, wie man das Tier mit der Flasche aufzieht, und erklärte ihr alles, was sie wissen musste:

„Ingwenkala braucht viel Platz. Muss jagen und ist sehr klug. Hat Körper von Katze und Seele von Hund."

Das gefiel Margarete:

„Ich glaube, mein kleiner Ingwenkala braucht noch einen Namen."

Betört sah sie das Gepardenjunge an:

„Melissa, ich nenne sie Melissa. Das war der Name meiner Mutter."

Kasa fragte nach:

„Wo ist deine Mutter?"

Margarete zeigte durch das Fenster in den Himmel:

„Sie ist tot."

Kasa schüttelte den Kopf und schnalzte mehrmals mit der Zunge:

„Warum glauben weiße Menschen, dass Tote in Himmel gehen? Kein Boden. Alle fallen runter."

Margarete wollte mehr wissen:

„Was glaubst du denn, wo wir hingehen, wenn wir sterben?"

Kasa lachte:

„Hingehen? Wenn sterben, ist Leben vorbei. Dann nicht mehr gehen."

Margarete schmunzelte.

Von nun an verbrachte das Mädchen jede freie Minute mit Melissa. Schon nach wenigen Tagen folgte ihr die kleine Raubkatze auf Schritt und Tritt. Oft saßen Margarete und Johanna zusammen im Garten und beobachteten freudig, wie der junge Gepard die Welt entdeckte. Der intensive Kontakt mit dem Tier brachte die Hundeseele der Raubkatze deutlich zum Vorschein. Sie kam, wenn Margarete sie rief, wartete, wenn man ihr sagte „Bleib!". Und obwohl Melissa kaum größer war als ein Dackel, stellte sie sich schützend vor Margarete, wenn sie dachte, es droht Gefahr.

Sie fraß mittlerweile ein paar Hundert Gramm Fleisch am Tag. Margarete exerzierte bei jeder Fütterung das gleiche Ritual. Sie rief den Geparden herbei, legte das Fleisch vor der Raubkatze auf den Boden und das Tier musste warten, bis das Kommando kam: „Friss!"

Melissa half den beiden Frauen dabei, die Trennung von ihren Männern besser ertragen zu können. Die Wochen verstrichen, der Gepard wuchs, die verwundeten Soldaten wurden wieder abgeholt und die Regenzeit begann.

Das erste Feldregiment hatte bereits seit 18 Wochen die Stellung in !Aus gehalten, als am 21. März 1915 die Evakuierung der Stadt und die Sprengung der Bahnlinie befohlen wurden. Die feindlichen Truppen standen nur noch wenige Kilometer vor !Aus.

In den vergangenen Monaten hatten Adam, Fiete und ihre Kameraden Schützengräben ausgehoben und MG-Stellungen gebaut. Das sollte sich nun auszahlen. Die Männer sprengten die Gleise, verschanzten sich in ihrer Verteidigungsanlage und warteten.

Adams MG-Stellung befand sich seitlich des Schützengrabens und war mit Steinen und Sandsäcken gesichert. Die Briten rückten mit großer zahlenmäßiger Überlegenheit an. Sie brachten ihre Artillerie in Stellung. Die Infanteristen gingen hinter Felsbrocken in Deckung und montierten zwei MGs auf einer kleinen Anhöhe. Fiete sah Adam besorgt an:

„Das sieht nicht gut aus, alter Freund."

Die letzten Befehle der britischen Offiziere schallten durch die Ebene. Dann eröffneten sie das Feuer.

Fiete entsicherte. Adam drückte den Abzug. Auch die Männer im Schützengraben erwiderten das Feuer. Projektile prasselten gegen die Felsen. Das unaufhörliche Rattern der MGs krachte durch das Tal. Die Einschläge der Artilleriegeschosse kamen näher und Fietes Munitionskiste leerte sich zusehends:

„Adam! Wir sind gleich leer."

Der Gefechtslärm war ohrenbetäubend.

Adam konnte die Stimme seines Kameraden nicht hören:

„Was hast du gesagt?"

Fiete schrie:

„Wir haben keine Munition mehr!"

„Im Schützengraben müssen noch Munitionskisten sein", schrie Adam zurück.

Fiete sprang in den Graben, um eine der Kisten zu holen, Adam nahm sein Gewehr, ging hinter den Sandsäcken in Deckung und verteidigte die MG-Stellung. Zwei Gewehrschützen sprangen aus dem Graben und halfen ihm.

Eine Hundertschaft feindlicher Soldaten rückte vor. Einer der Gewehrschützen, die Adam flankierten, wurde getroffen.

Fiete hatte mittlerweile die Munitionskisten gefunden und rannte mit einer Kiste beladen durch den Schützengraben. Er hatte Adam schon fast erreicht, als er sah, wie die MG-Stellung von einem britischen Geschütz getroffen wurde:

„Adaaaam!"

Der Einschlag trieb das MG durch die Luft wie ein Spielzeug. Der aufgewirbelte Sand stach in Fietes Gesicht. Er ließ die Munitionskiste fallen und rannte auf die zerstörte Stellung zu, als ein zweiter Einschlag den Schützengraben traf, Fiete von den Füßen riss und ihn wie eine Marionette zu Boden schleuderte.

Fiete lag auf dem Rücken. Sein Blick war trüb. Sand, Rauch und Staub verdunkelten die Sonne. Der Gefechtslärm drang dumpf in sein Ohr und wurde von einem lauten Piepen übertönt. Er richtete sich auf, konnte aber nicht aufstehen. Sein rechtes Bein war gebrochen.

Das Hosenbein war zerrissen.

Der Schienbeinknochen ragte mehrere Zentimeter weit aus der aufgeplatzten Haut heraus. Fiete starrte ungläubig auf sein blutendes Bein, aber er spürte keinen Schmerz.

Die ersten britischen Soldaten sprangen in den Schützengraben. Fiete griff nach dem Gewehr eines toten Kameraden, der neben ihm lag.

Doch bevor seine Hand die Waffe erreichte, wurde sie vom Stiefel eines feindlichen Soldaten in den Sand getreten. Ein Gewehrkolben traf ihn mit voller Wucht im Gesicht und ihm wurde schwarz vor Augen.

Kurzzeitig erlangte er das Bewusstsein, als britische Soldaten ihn wie einen Sack auf die Ladefläche eines Ochsenkarrens warfen. Er spürte die Körper seiner Kameraden. Es roch nach Schweiß und Blut. Fliegen schwirrten um die frischen Wunden und manche Männer stöhnten vor Schmerz. Dann erlag Fiete endgültig seiner Erschöpfung.

Als der große Friese wieder aufwachte, lag er mit dem Gesicht nach oben auf einer Pritsche, in einem Zelt. Er sah an sich herab. Das Bein war noch dran. Der Verband sah ordentlich aus. Neben ihm lag ein Kamerad ohne Bewusstsein.

Fiete hörte Stimmen und knirschende Schritte auf der anderen Seite der Zeltwand. Er machte sich bemerkbar:

„Hallo?"

Ein Kamerad schaute in das Zelt hinein:

„Fiete, du bist wach. Wir dachten, du schaffst es nicht."

Fiete fragte nach:

„Wie lange war ich denn weg?"

Der Kamerad trat ein und hockte sich neben Fietes Pritsche:

„Zwei Tage. Du hattest hohes Fieber. Manchmal bist du kurz aufgewacht und hast fantasiert."

Fiete rieb sich besorgt das Kinn:

„Wo ist Adam?"

„Die MG-Stellung wurde vollständig zerstört", entgegnete der Kamerad, während er traurig den Kopf hängen ließ.

Fiete lag auf dem Rücken und starrte verzweifelt an die Decke des Zeltes. Das Tuch bewegte sich sanft im schwachen Wind. Tränen liefen aus Fietes Augenwinkeln. Adam war sein bester Freund, sein Kumpan und sein Vertrauter. Sie waren damals gemeinsam nach Afrika gekommen, als sie noch junge Spunde waren, hatten einander den Rücken freigehalten, so manche Schlacht miteinander geschlagen, der Obrigkeit getrotzt und gemeinsam die Freiheit gesucht. Fiete wurde von Erinnerungen übermannt.

Dann richtete er sich auf, wischte sich mit beiden Händen über das Gesicht und fragte:

„Habt ihr seine Leiche irgendwo gesehen?"

Der Kamerad zuckte mit den Achseln:

„Keiner hat ihn gesehen, aber wir wissen auch nicht, was die Briten mit den Gefallenen gemacht haben."

„Wo sind wir?", wollte Fiete wissen.

„In einem Kriegsgefangenenlager südöstlich von !Aus", entgegnete der Kamerad.

Dann gab er Fiete seine Feldflasche, klopfte ihm mit ermutigendem Blick auf die Schulter und verließ das Zelt.

Die Tage vergingen. Fiete kam allmählich wieder zu Kräften. Auf Krücken humpelte er durch den Hof des Lagers, als ein berittener britischer Offizier das Camp erreichte.

Alle Kriegsgefangenen mussten antreten. Der Offizier verkündete in schlechtem Deutsch, mit starkem britischem Akzent:

„Alle Reservisten kann nack Hause gejn. Ik lejse ein Liste mit Namen. Wer hort sein Namen, muss treten nack vorne."

Dann verlas er die Liste. Als Fiete seinen Namen hörte, trat er vor.

Die freigelassenen Reservisten wurden in einem Treck mit Ochsenkarren nach !Aus gebracht.

In !Aus fand Fiete Platz auf der Kutsche einer Gruppe Flüchtlinge, die sich gerade auf den Weg nach Keetmanshoop machte. Dort angekommen, lieh er sich von dem Hotelier, der sein Freund und Kunde war, ein Pferd.

Unter großen Schmerzen ritt er mit gebrochenem Bein, in langsamer Gangart nach Hause.

Johanna arbeitete auf dem Feld, als Fiete sich der Farm näherte. Sie erkannte die Silhouette des Reiters sofort, ließ ihre Schaufel fallen und rannte ihm entgegen. Fiete stieg vorsichtig ab und hielt sich mit einer Hand stützend an der Mähne des Pferdes fest, als Johanna ihm überglücklich um den Hals fiel.

Die schwarzen Arbeiter näherten sich freudig und Heinz verließ aufgeregt seinen Schaukelstuhl. Auch Gao und Kasa gesellten sich dazu, um Fiete willkommen zu heißen.

Margarete befand sich mit Melissa in der Scheune, hörte die fröhlichen Begrüßungen und trat ins Freie.

Sie sah den kleinen Pulk von Menschen, der um das Pferd herumstand und ging darauf zu.

Dann entdeckte sie Fiete, der gerade Heinz mit einer Umarmung begrüßte. Ihre Augen suchten nach Adam. Ihr wurde eiskalt. Sie konnte nicht mehr schlucken. Das Herz hämmerte in ihrem Kopf. Ihre Beine wurden schwer und die Geräusche der Umgebung verschwammen.

Als sie Fiete erreichte, fasste sie ihm von hinten auf die Schulter: „Wo ist Adam?"

Fiete drehte sich um. Er sah Margarete kurz an und blickte dann beschämt zu Boden.

„Fiete, wo ist Adam?", wiederholte Margarete mit zitternder Stimme.

Der große Friese sah sie schwermütig an und schüttelte einmal langsam mit dem Kopf. Margarete wurde schwindelig. Sie ging in die Knie. Johanna hockte sich neben sie und nahm das verzweifelte Mädchen in den Arm.

Fiete sah die Frauen traurig an:

„Seine Stellung wurde von einem Geschütz getroffen. Ich wurde im Schützengraben verletzt und dann gefangengenommen. Ich war nicht mehr bei Bewusstsein, als man uns abtransportiert hat, und weiß deshalb nicht, was mit ihm passiert ist.“

Margarete sah Fiete an. Tränen standen in ihren Augen. Zitternd atmete sie durch, um sprechen zu können:

„Glaubst du, er hat überlebt?“

Fiete zog die Schultern hoch:

„Nicht wirklich, aber seine Leiche wurde angeblich nicht gefunden.“

Heinz sah Fiete besorgt an:

„Bist du geflüchtet?“

Fiete winkte ab:

„Die Reservisten haben sie freigelassen.“

Johanna half Margarete wieder auf die Beine und brachte sie auf ihr Zimmer. Melissa kam aus der Scheune und folgte den Frauen.

Fiete sah den fast ausgewachsenen Geparden. Heinz bemerkte die Verwirrung seines Freundes:

„Das ist Melissa. Die Frauen haben sie gefunden und mit der Flasche großgezogen. Das Tier folgt Margarete wie ein Hund.“

Heinz half Fiete ins Haus, versorgte das gebrochene Bein und wechselte den Verband.

Margarete saß mit ausgestreckten Beinen auf ihrem Bett, lehnte mit dem Rücken an der Kopfplatte und starrte seitlich aus dem Fenster. Der Kopf der neben ihr ausgestreckten Raubkatze lag in ihrem Schoss. Johanna saß auf der Bettkante und hielt still die Hand ihrer Freundin. Margarete fühlte sich taub und leer. Sie konnte keinen klaren Gedanken fassen. Stumme Schreie brannten in ihrer Brust.

Erst spät in der Nacht wurde sie von der Erschöpfung in den Schlaf gezwungen.

Johanna deckte sie zu, strich ihr sanft über den Kopf, schloss leise die Tür, ging die Treppe hinunter und suchte Fiete. Der lag auf dem Wohnzimmersofa und schnarchte. Johanna sah ihn liebevoll an, löschte die Ölfunzel, die auf dem Beistelltisch neben dem Sofa stand, legte sich dazu, schmiegte ihren Kopf an seine Schulter und schlief ein.

Margarete öffnete die Augen, noch bevor die ersten Sonnenstrahlen durch ihr Fenster schienen. Der Kummer hatte sie geweckt.

Sie ging in den Stall, sattelte ihr Pferd und ritt vom Hof. Die Raubkatze folgte ihr. Als die Felder der Farm hinter ihr lagen, schnalzte sie mit der Zunge. Goldstaub trabte an. Margarete lehnte sich leicht nach vorn, ließ die Zügel locker und drückte ihre Waden an den Rumpf des Pferdes.

Das schnaubende Tier streckte seinen kraftvollen Körper und galoppierte mit langen Sprüngen über den Sand. Die Landschaft flog im trüben Morgenlicht an Margarete vorbei. Der Wind ließ ihre Haare fliegen und der Gepard flankierte sie mit eleganten Sätzen. Sie wurde von dem Gefühl der totalen Freiheit durchflutet und der Kummer wich für einen Augenblick der Gänsehaut.

Den Tag verbrachte sie mit Kasa und abends fand sie Trost in den Geschichten, die Fiete an der langen Tafel neben der Scheune erzählte.

Auch den darauffolgenden Tag begann Margarete mit einem Ausritt. Nachmittags saß sie mit Melissa in der Scheune und sah Fiete und Johanna beim Brauen zu. Kurz vor der Dämmerung half sie dabei, die lange Tafel einzudecken. Als die Bewohner der Farm gerade Platz nahmen und die Köchin damit begann, das Essen aufzutragen, war plötzlich ein knatterndes Geräusch leise in der Ferne zu hören. Das Geräusch wurde lauter. Es kam näher. Alle drehten sich um. Gao blickte erstaunt in die Runde:

„Ich sehe Kutsche ohne Pferde."

Heinz löste das Rätsel:

„Das ist ein Automobil."

Johanna bemerkte:

„In Keetmanshoop hat niemand ein Automobil."

Fiete antwortete besorgt:

„Vielleicht sind es Briten."

Das Knattern wurde lauter und das Automobil steuerte direkt auf die Farm zu.

Fiete wurde nervös:

„Heinz, hol die Gewehre. Johanna, bring alle in die Scheune."

Er stand auf:

„Und Margarete, versteck den Geparden."

Alle kamen in Bewegung. Der Platz leerte sich zügig.

Das Automobil erreichte die Einfahrt. Fiete, Heinz und Gao standen mit Gewehren bewaffnet am Fuß der Treppe des Haupthauses. Sie standen nebeneinander. Das Automobil erreichte den Vorhof. Der Fahrer trug die Mütze eines britischen Offiziers. 100 Meter. 80 Meter. 60 Meter. Fiete legte das Gewehr an und brüllte mit fester Stimme:

„Stop immediately!"

Das Gefährt kam gute 20 Meter vor den Männern zum Stehen. Der Motor verstummte. Der Fahrer setzte seine Staubschutzbrille ab und rief:

„Fiete? Bist du das?"

Fiete setzte das Gewehr ab:

„Adam?"

Er ließ die Waffe fallen und humpelte ein paar Schritte auf das Fahrzeug zu:

„Das ist Adam! Heinz, kneif mich mal."

Margarete hatte die vertraute Stimme leise durch das Scheunentor gehört. Sie verließ den Schober und ging langsam auf das Automobil zu.

Adam stieg aus. Margarete fing an zu rennen und versank in seinen Armen. Dann küsste sie ihn, nahm sein Gesicht in beide Hände und sah ihn erleichtert an:

„Hast du alles erledigt?"

Er lachte mit feuchten Augen und nahm sie glücklich in den Arm:

„Ja Margarete, ich habe alles erledigt."

Sie drückte ihn so fest, dass sie seinen Herzschlag an ihrer Brust spüren konnte.

Dann begrüßte er Fiete, Heinz und Gao. Die Scheune öffnete sich. Alle kamen heraus und grüßten. Fiete stellte ihm Johanna vor und er lernte Melissa kennen.

Sie nahmen alle gemeinsam an der langen Tafel Platz und aßen, was die Köchin kurz vor Adams Ankunft aufgetischt hatte. Margarete saß auf Adams Schoss. Einen Arm hatte sie um seine Schultern gelegt und in der anderen Hand hielt sie ein Bier. Adams Arm umschlang Margaretes Hüfte und auch er hielt in der anderen Hand ein Bier. Fiete stocherte mit aufgestütztem Ellenbogen ungeduldig in seinem Essen herum. Er sah Adam an. Der saß ihm direkt gegenüber. Fiete schmunzelte:

„Wie hast du das geschafft, du Dollbrägen? Und das Automobil? Woher hast du das Automobil?"

Heinz zeigte mit seiner Gabel auf das Fahrzeug, das nur wenige Meter entfernt im Vorhof stand:

„Wenn mich nicht alles täuscht, dann iss dat der Dernburg-Wagen."

Lachend fügte er hinzu:

„Auf die Zote bin ich ja mal gespannt."

Adam war überrascht:

„Du kennst den Wagen?"

Heinz fuchtelte mit seiner Gabel herum, als wäre sie ein Zeigestock:

„Daimler Motoren Gesellschaft 1907, Allradantrieb, 6,8 Liter Hubraum, 35 PS und 40 Stundenkilometer Höchstgeschwindigkeit. Dat Dingen wurde von Paul Daimler höchstpersönlich konstruiert. Ich war in Swakopmund, als es 1908 hier abgeladen wurde. Wir haben damals die Auslieferung gesichert. Dat is ein Einzelstück. Spezialanfertigung für die Wüste. Der Wagen hat zwei Kühler und die Querlenker sind verkapselt, damit der feine Sand die Lenkung nicht zerstört. Die Hinterräder drehen sich mit, wenn man einschlägt. Das verringert den Wendekreis ungemein. Der Käufer war der damalige Staatssekretär der Kolonie, Bernhard Dernburg."

Heinz und Fiete standen auf und betrachteten das futuristische Gefährt aus der Nähe.

Das Automobil war knapp 5 Meter lang, 2 Meter breit und hatte ein Sonnendach, das den Wagen komplett von vorne bis hinten bedeckte. Auf dem Dach lagen jeweils drei Benzinkanister in drei Reihen hintereinander auf einem Dachgepäckträger. Im vorderen Teil des Gepäckträgers lagen zwei Ersatzreifen nebeneinander.

Die Motorhaube hatte die Form einer kleinen Lokomotive. Im vorderen Teil des Fahrzeuges befand sich eine gut gepolsterte Doppelbank. Der hintere Bereich bot vier weiteren Passagieren Platz und war mit Werkzeug und Ersatzteilen beladen. Die Reifen hatten geschlossene Radscheiben, um die Trommelbremsen zu schützen, und wurden von fast schon kunstvoll geschwungenen Kotflügeln oberseitig umrahmt. Die Lackierung des Gefährts erinnerte an eine grau-grüne Militärgrundierung. An den seitlichen Rändern des Sonnendaches befanden sich aufgerollte Planen, die man im Falle eines Sandsturmes hätte herunterlassen können, um die Insassen zu schützen.

Paul Daimler hatte tatsächlich an alles gedacht.

Die Freunde nahmen wieder Platz und Johanna füllte die Bierkrüge.

Fiete prostete Adam zu:

„Also?"

Adam erzählte:

„Die Druckwelle von dem Artilleriegeschoss hat mich in die Sandsäcke geschleudert. Ich habe sofort das Bewusstsein verloren. Als ich wieder zu mir kam, war ich fast vollständig mit Schutt und Staub bedeckt. Die Schlacht war vorbei und abgesehen von ein paar Leichen war niemand mehr da. Es war kurz vor Einbruch der Dunkelheit. Ich stand auf, klopfte mir den Staub von der Kleidung und nutzte die Nacht, um ungesehen nach Hause zu laufen."

Margarete sah ihn besorgt an:

„Hattest du denn Wasser?"

Adam zuckte mit den Achseln:

„Na ja, das Schlachtfeld war keine 30 Kilometer weit von unserer Farm entfernt und unterwegs habe ich eine Wüstengraswurzel gefunden."

Heinz und Fiete nickten respektvoll. Margarete fragte nach: „Wüstengraswurzel?"

Adam löste auf:

„Das ist ein seltener, hellbrauner Grashalm, der mutterseelenallein auf freier Flur aus der Steppe herauswächst. Er ist schmal und unscheinbar. Selten länger als ein Unterarm. Wenn man ihn vorsichtig ausgräbt, dann findet man seine Wurzel. Die ist erstaunlicherweise fast so groß, wie dein Kopf. Man schabt mit einem Stein ein paar Fasern von der Wurzel ab, nimmt sie in die Hand, legt den Kopf in den Nacken, zielt mit gestreckten Daumen auf den eigenen Mund und erhöht den Druck in der Faust. Das Wasser wird aus den Fasern gepresst, läuft aus der Faust heraus und tropft über den Daumen in den Mund. Sobald man genug geschabt, gedrückt und getrunken hat, gräbt man die Wurzel wieder ein. So bleibt die Pflanze für den nächsten durstigen Mann erhalten."

Margarete schmunzelte:

„Du stillst deinen Durst, respektierst das Leben der Pflanze und sorgst dich um das Wohlergehen von Menschen, denen du wahrscheinlich nie begegnen wirst? Das hast du doch bestimmt von Kasa gelernt."

Adam nickte grinsend:

„Von wem sonst?"

Margarete atmete tief durch:

„Wie sieht es denn zu Hausè aus?"

Adam senkte den Kopf:

„Alles zerstört. Unser Häuschen haben sie gesprengt, Gaos Hütte verbrannt, das Zelt hat der Wind geholt und die Schafe sind weg. Nur das Windrad stand noch und in der Vorratshöhle lagen noch ein paar leere Milchkannen herum. Ich konnte aber nicht lange bleiben, weil ich nichts zu essen hatte. Ich habe eine Nacht dort geschlafen. Dann habe ich zwei von den 5-Liter-Milchkannen mit Wasser gefüllt, sie mit einem Riemen zusammengebunden und mir wie ein Joch über die Schultern gehängt. Ich bin zuerst nach Norden gelaufen, weil mir klar war, dass die Briten !Aus genommen hatten. Nach vier Tagen kam ich dann in Bethanie an. Ich kam über eine Anhöhe und sah eine Farm in der Ebene. Ein großes Holzhaus, eine Scheune, Stallungen, Vieh und ein paar Felder. Im Hof standen zwei gesattelte Pferde vor einer Tränke. Zwischen Haus und Scheune schien ein toter weißer Mann zu liegen. An einer Akazie vor dem Haus stand eine gefesselte, schwarze Frau. Sie war nackt. Man hatte sie mit aneinandergebundenen Händen an einen Ast gehängt. Ihre Zehenspitzen berührten knapp den Boden. Hinter der Tränke schien eine weitere Leiche zu liegen. Als ich mich geduckt und schleichend der Farm näherte, hörte ich betrunkenes Gelächter, das aus dem Holzhaus herausdrang. Die Männer waren zu zweit und sie sprachen Englisch. Ich ging hinter einem Schuppen in Deckung. Möglichst lautlos entledigte ich mich der fast leeren Milchkannen.

Zeitgleich öffnete sich die Tür des Hauses.

Ein Soldat mit der Uniform eines britischen Meldekuriers kam heraus und ging geifernd auf das schwarze Mädchen zu, das hilflos und ängstlich an dem Baum hing. Der Brite befummelte sie, drückte ihren Körper an sich und leckte an ihrem fest verschlossenen Mund herum. Die nackte Frau wimmerte panisch und versuchte angewidert, sich abzuwenden. Ich habe mich von hinten angeschlichen und ihm mein Messer in den Hals gesteckt, damit er nicht schreit. Ich befreite die junge Frau und gab ihr meine Jacke. Sie rannte weg. Ich hockte mich zwischen den Pferden hinter die Tränke und wartete. Ich konnte den Hauseingang gut sehen und war ziemlich nahe dran. In meiner Dienstpistole waren noch zwei Patronen.

Die verräterische Stille lockte den zweiten Briten aus dem Haus. Als er stehen blieb, um sich umzusehen, drückte ich ab. Das Projektil traf ihn in die Brust. Er machte ein seltsam überraschtes Gesicht, ging in die Knie und fiel vornüber in den Staub. Dann habe ich nach Vorräten gesucht. Das Automobil stand in der Scheune. Den Kraftstoff, die Ersatzreifen und das Werkzeug habe ich im Schuppen gefunden.

Die Speisekammer war gut gefüllt. Ich hatte seit Tagen nichts gegessen. Ich habe mir den Bauch vollgeschlagen, den Wagen beladen und es nach wenigen Versuchen geschafft, das Ding in Bewegung zu setzen.

Die Nacht habe ich am Fisch-Fluss verbracht.

Dort habe ich dann auch noch mal zwei Tage verloren, weil der Fluss viel Wasser führte und ich ziemlich weit nach Norden fahren musste, um eine halbwegs trockene Furt zu finden."

Heinz war mit der Erzählung noch nicht ganz zufrieden:

„Und die britische Offiziersmütze?"

Adam lachte:

„Na ja, meinen Lederhut hat Margarete, den Schutztruppenhut habe ich während der Schlacht verloren, und damit mir die Sonne nicht die Rübe verbrennt, habe ich dem toten Briten seine Offiziersmütze geklaut."

Adam sah Margarete an und machte eine subtile Kopfbewegung. Beide standen auf.

Adam klopfte zweimal auf den Tisch:

„So Männer, ich schaue noch mal nach meinen Zossen und gehe dann ins Bett."

KAPITEL XI

Am darauffolgenden Morgen machten Adam und Margarete gemeinsam einen Ausritt. In gestrecktem Galopp flogen sie nebeneinander her durch die Kalahari. Melissa flankierte sie mit langen Sätzen. Den Tag verbrachten sie in ihrem Zimmer und auch Johanna und Fiete waren nicht oft außerhalb ihrer Stube zu sehen. Nach dem Abendbrot blieben Adam, Fiete und Heinz an der langen Tafel neben der Scheune zurück und schmiedeten Pläne.

Adam war besorgt:

„Bevor ich die Farm bei Bethanie fand, habe ich mehrere feindliche Truppenverbände gesehen. Der Dernburg-Wagen war auch nicht das einzige Fahrzeug, das ich gesehen habe. Die Briten sind ziemlich gut ausgerüstet. Wir sollten uns für alle Fälle eine kleine Verteidigungsanlage bauen. Ein paar Gräben ziehen, Fallgruben ausheben und vielleicht sogar einen Schützenturm bauen."

Heinz war skeptisch:

„Wenn die hier mit Artillerie und ihrem ganzen Zirkus ankommen, dann haben wir keine Chance."

Adam war anderer Meinung:

„Wenigstens könnten wir uns gegen kleine Trupps oder Plünderer verteidigen und die Frauen davor schützen, vergewaltigt zu werden."

Heinz sah zu Fiete hinüber:

„Meinst du, die Arbeiter werden uns helfen, die Farm zu verteidigen?"

Fiete nickte:

„Die haben doch auch Frauen. Manche haben sogar Töchter, und die Farm ist ihr Zuhause."

Adam fragte in die Runde:

„Habt ihr Baumaterial?"

Heinz gab Auskunft:

„Hinter der Scheune haben wir noch Balken, und wenn wir Bretter brauchen, dann könnten wir einen der Schuppen abbauen. Nägel und Schrauben sind in der kleinen Kammer im Stall. Ich habe sogar noch ein paar Stangen Dynamit, aber wir haben nur neun Gewehre und drei Pistolen."

Adam hakte nach:

„Munition?"

Heinz schüttelte den Kopf:

„Keine 100 Schuss."

Fiete zuckte mit den Achseln:

„Wir müssen sowieso eine Versorgungsfahrt machen."

Heinz grinste verschmitzt:

„Ihr könnt ja mit dem Dernburg-Wagen fahren."

Adam wiegelte ab:

„Viel zu auffällig. Wir nehmen die Kutsche."

Fiete stimmte zu:

„Dann kann ich auch das geborgte Pferd wieder nach Keetmanshoop zurückbringen."

Die Männer tranken ein letztes Bier und gingen zu Bett.

Kurz nach Sonnenaufgang beluden sie die Kutsche. Fiete und Adam verabschiedeten sich. Dann rollte das Gespann vom Hof. Das geborgte Pferd hatte Fiete mit einer Longe am hinteren Teil der Ladefläche angebunden.

Sie erreichten Keetmanshoop noch vor der Mittagszeit. Sie kauften Munition und Vorräte. Bevor sie die Stadt wieder verließen, brachte Fiete die Kutsche vor dem Hotel zum Stehen, um das Pferd zurückgeben zu können. Der Hotelier grüßte erfreut und bat die zwei Freunde auf ein Bier herein. Der Speisesaal hatte eine bayrische Einrichtung. Es hingen sogar ein Hirschgeweih und ein ausgestopfter Auerhahn an der Wand. Lange Holzbänke standen an alten Bierzelttischen. Abgesehen von den Barhockern vor dem halbrunden Tresen gab es keine Stühle. Große Fenster ließen viel Licht herein. Adam und Fiete nahmen auf den Barhockern Platz. Der Hotelier ging hinter den Tresen und schenkte aus:

„Habt ihr unterwegs feindliche Truppen gesehen?"

Fiete schüttelte den Kopf:

„Nein, niemanden."

Adam ergänzte die Aussage seines Freundes:

„Ich habe vor ein paar Tagen beängstigende Truppenbewegungen in der Nähe von Bethanie gesehen und in !Aus hatten wir keine Chance. Wissen sie denn, wie es in der Heimat aussieht?"

Der Hotelier nahm einen großen Schluck Bier und berichtete:

„Deutschland hat neue Waffen. Unsere Truppen kämpfen jetzt an der Westfront mit Gas. Der alte Fritz Haber hatte die Idee, das Chlorgas, das bei der Sprengstoffherstellung entsteht, als Massenvernichtungswaffe zu nutzen. Die Franzosen urinieren verzweifelt auf ihre abgerissenen Hemdsärmel und binden sich die vollgepissten Lappen vor Mund und Nase, weil sie unerklärlicherweise glauben, sich damit schützen zu können."

Adam bat um weitere Erklärungen:

„Wer ist denn Fritz Haber?"

Der Hotelier antwortete geduldig:

„Fritz Haber ist der Vater des Gaskrieges. Er hat gemeinsam mit seinem Kollegen Carl Bosch das Haber-Bosch-Verfahren entwickelt. Das dient der katalytischen Synthese von Ammoniak aus Wasserstoff und Stickstoff. Damit kann man Unmengen von Dünger herstellen. Als aber zu Kriegsbeginn aufgrund der britischen Seeblockade kein chilenisches Natriumsalpeter mehr nach Deutschland geliefert werden konnte, hat Fritz Haber das aus dem Verfahren gewonnene Ammoniak mit wenigen zusätzlichen Verfahrensschritten in Ammoniumnitrat umgewandelt. Mit dem Ammoniumnitrat kann die BASF Schießpulver und Sprengstoff herstellen. Dabei entsteht das Chlorgas, das Haber dann bei unserem Kriegsministerium als extrem effektive Massenvernichtungswaffe angepriesen hat.

Ich bin zwar kein Soldat, aber diese Art der Kriegführung finde ich beschämend, und ob es den Kaiser zum Sieg führen wird, halte ich für fraglich."

Adam sah Fiete fassungslos an:

„Gaskrieg? Was machen die Kameraden denn, wenn der Wind dreht?"

Fiete musste lachen, während er gerade trank. Er prustete kurz und das Bier lief ihm aus der Nase.

Der Hotelier wischte den Tresen ab und spendierte noch eine Runde.

Adam und Fiete diskutierten mit dem Wirt noch einige Minuten darüber, ob man die Kolonie trotz der verheerenden Lage und angesichts des Verlustes der Diamantenfelder überhaupt noch halten könne, tranken aus und machten sich auf den Heimweg.

Auf der Farm hatten die Arbeiter mittlerweile damit begonnen, den ersten Graben auszuheben, Gao sortierte die Balken für den Bau des Schützenturmes und Heinz reinigte die Waffen.

Als Adam und Fiete den Hof erreichten, war die lange Tafel neben der Scheune bereits gedeckt.

Während des Abendbrotes erzählten die Männer von den Neuigkeiten aus der alten Heimat und machten einen Arbeitsplan für die kommenden Tage.

Der Bau der Verteidigungsanlage ging gut voran. Adam und Margarete machten jeden Morgen einen Ausritt mit Dunya, Goldstaub und Melissa.

Die Frauen brauten Bier und die Männer waren gerade dabei, die Leiter des Schützenturmes fertigzustellen, als am äußeren Rand der Felder ein Kamel erschien. Ein schwer verletzter Schutztruppensoldat hing kraftlos zwischen seinen Höckern. Heinz und Gao liefen auf das Tier zu und halfen dem fast leblosen Reiter dabei, abzusteigen. Er war nicht besonders groß, leicht stämmig, hatte einen schwarzen Schnauzbart und trug die Uniform eines Offiziers. Der Soldat brach sofort zusammen und verlor das Bewusstsein. Er blutete stark. Heinz legte ihn auf den Rücken:

„Bauchschuss, seitlich. Er hat Glück. Dat war ein Durchschuss."

Johanna kam aus der Scheune.

Margarete folgte ihr:

„Heinz! Bringt ihn in die Hütte, in der wir die anderen Soldaten gepflegt haben. Ich bringe dir alles, was du brauchst, um ihn verarzten zu können."

Als Margarete mit dem Verbandszeug und einer Schüssel voller Wasser das Krankenzimmer betrat, hatte Heinz dem bewusstlosen Mann bereits das Hemd geöffnet und die Wunde freigelegt. Er sah besorgt aus:

„Dat iss heftig entzündet und er hat viel Blut verloren. Ich habe zwar kein Projektil gefunden, aber dat sieht nich' gut aus."

Margarete legte das Verbandszeug auf einen Beistelltisch und stellte die Schüssel ab:

„Ich hole Kasa."

Margarete verließ die Hütte und Heinz reinigte die Wunde. Die junge Frau lief zu der Hütte ihrer Freundin, erklärte ihr die Situation und bat sie um Hilfe.

Kasa braute einen Tee aus der Wurzel der Teufelskralle, um eine Blutvergiftung zu vermeiden. Sie verbrannte ein handgroßes Stück Holz von einem Kameldornbaum und vermischte die Asche mit den zerquetschen Blättern eines Weißstammes. Dann ging sie zu dem verletzten Soldaten in die Hütte, setzte sich auf die Kante seiner Pritsche und trug die desinfizierende Paste vorsichtig auf seine Wunden auf. Heinz hatte die Hütte bereits verlassen. Margarete lehnte im Rahmen der offenen Tür.

Der Soldat kam langsam wieder zu Bewusstsein. Er öffnete die Augen, versuchte, den Kopf zu heben, und sah an sich herab. Dann fiel sein Blick auf Kasa und er sagte mit schwacher Stimme, aber herrischem Tonfall:

„Nimm sofort die Finger von mir."

Kasa wich zurück.

Er sah zu Margarete hinüber:

„Ich will, dass die das macht. Ich habe preußisches Blut. Ich lasse mich nicht von Kaffern anfassen."

Margarete war entrüstet und machte ihrer Wut umgehend Luft:

„Ich werde das preußische Blut aus ihnen herausfließen lassen und ihren Kadaver der Wüste schenken, wenn sie sich nicht umgehend auf eine gute Kinderstube besinnen."

Der Soldat versuchte, sich aufzusetzen. Sein Gesicht war schmerzverzerrt:

„Ich bin Offizier der Kaiserlichen Schutztruppen. Ich verlange, dass man mich gebührend behandelt."

Margarete schüttelte den Kopf:

„Hier sind sie einfach nur ein Mensch, der dringend Hilfe braucht."

Sie trat an die Pritsche heran und legte ihren Arm schützend um Kasas Schultern:

„Diese Frau ist weit und breit der einzige Mensch, der über das Wissen verfügt, ihr Leben zu retten. Sie können jetzt weiterhin an ihren absurden Ideen festhalten und dafür elendig am Wundbrand verrecken oder sie lassen sich von ihr behandeln."

Der Soldat ließ seinen Kopf wieder auf das Kissen sinken. Er starrte panisch an die Decke der Hütte. Fieber, Angst und starke Schmerzen trieben ihm den kalten Schweiß aus den Poren.

Dann schloss er für einen kurzen Moment die Augen und nickte.

Kasa setzte sich wieder auf den Rand der Pritsche, half ihm dabei, den Tee der Teufelskralle zu trinken, trug den Rest der Kameldornpaste auf, gab ihm die Blüte einer Hoodia-Pflanze, um die Krämpfe zu mildern, und Kralbusch, um das Fieber zu senken. Zu guter Letzt legte sie ihm ein paar schmerzlindernde Krebsbuschblätter unter die Zunge. Kurz darauf schlief der Mann ein und die Frauen verließen die Hütte.

Mehrere Tage kämpfte der Soldat mit Kasas Hilfe um sein Leben. Als er zum ersten Mal wieder dazu in der Lage war, aufrecht auf der Pritsche sitzend, eine Mahlzeit eigenständig zu sich zu nehmen, sah er Kasa befremdet an, während er ihr die leere Schüssel zurückgab:

„Warum hilfst du mir?"

Kasa antwortete mit gütigem Blick:

„Leben ist wertvoll. Egal, wem gehört."

Der Soldat sprang über seinen Schatten:

„Danke."

Am darauffolgenden Abend war der Mann schon stark genug, um mit den Bewohnern der Farm an der langen Tafel neben der Scheune Platz zu nehmen. Die gemischte Gemeinschaft verunsicherte ihn. Er war es nicht gewohnt, mit schwarzen Menschen zu essen. Schon gar nicht aus denselben Töpfen. Verstört blickte er in die Runde:

„Guten Abend. Ich bin Andreas Hagen, Leutnant der Kaiserlichen Schutztruppen."

Adam bemerkte die Verwunderung des Soldaten:

„Adam Melber, Richtschütze der Reserve. Erstes Feldregiment. Seien sie ganz beruhigt. Hier sind wir alle Freunde."

Der Leutnant zog eine Augenbraue hoch:

„Sind sie sich da auch ganz sicher?"

Adam nickte:

„Also, ich bin 1904 in Deutsch-Südwest angekommen. Damals hatten wir noch gemischte Truppenverbände. Die Nama haben an unserer Seite gegen die Herero gekämpft. Sie trugen sogar unsere Uniformen."

Andreas blieb skeptisch:

„Vielleicht haben sie an unserer Seite gekämpft, aber sie haben nicht für uns gekämpft. Die haben gemerkt, dass wir ihren Erzfeind ausrotten, und haben einfach nur mitgemacht. Dann haben sie gesehen, was wir den Herero am Waterberg angetan haben, fürchteten, dass sie die Nächsten sein könnten, und haben sich gegen uns gewandt."

Adam sah zu Gao hinüber:

„Stimmt das?"

Gao nahm kein Blatt vor den Mund:

„Herero haben unser Land gestohlen, Deutsche haben unser Land gekauft. Unser Anführer Hendrik Witbooi hat gesagt, wir finden Frieden, wenn wir euch helfen. Aber viele weiße Männer sehr gierig. Wollen Land, Gold und Diamanten.

Viel Betrug. Kein Respekt. Kein Frieden."

Der Leutnant hakte nach:

„Und warum sitzt du dann an diesem Tisch und brichst mit weißen Männern das Brot?"

Gao lächelte den Soldaten an, als wäre dieser ein unwissendes Kind:

„Nicht alle Männer gleich."

Heinz brannte darauf, zu erfahren, wo der Leutnant herkam:

„Wat iss ihnen denn eigentlich passiert?"

Andreas antwortete bedrückt:

„Mein Zug ist bei Rehoboth in einen Hinterhalt der britisch-südafrikanischen Truppen geraten. Die Übermacht des Feindes war vernichtend."

Der Leutnant sah besorgt zu Adam hinüber:

„Wo ist mein Kamel?"

Adam beruhigte ihn:

„Dem Kamel geht es gut. Es steht mit den Pferden auf der Koppel hinter der Scheune."

Andreas war erleichtert:

„Ohne das Tier wäre ich in der Wüste gestorben."

Dann sah er Kasa an. Sein Blick war voller Dankbarkeit. Sagen konnte er aber nichts.

Der Widerspruch, der in ihm kämpfte, schnürte ihm die Kehle zu, und damit ihm keine Träne aus den Augen flösse, erhob er seinen Bierkrug und leerte ihn in einem Zug.

Im Morgengrauen bat der Leutnant um Proviant, bedankte sich für die Gastfreundschaft, salutierte zum Abschied und ritt auf seinem Kamel davon.

Der Alltag auf der Farm normalisierte sich. Der Schützenturm war fertig, die Arbeiter kümmerten sich wieder um die Felder, Fiete braute Bier, Johanna nähte sich ein neues Kleid, Heinz erklärte Adam, wie der Motor des Dernburg-Wagens funktioniert und Margarete verbrachte viel Zeit mit Kasa.

Die Frauen machten wieder ihre gemeinsamen Spaziergänge, bei denen Kasa ihrer aufmerksamen Schülerin nun die Flora und Fauna der Kalahari näherbrachte. Zum ersten Mal in ihrem Leben sah Margarete Nashörner. Sie war fasziniert von den sanften Riesen. Kasa hatte ihr erklärt, dass die Tiere nur angreifen, wenn sie sich bedroht fühlen. Auch bezeichnete die junge Frau vom Stamm der San die grauen Kolosse als die Gärtner Afrikas, da sie Vegetarier sind, die Samen ihrer Kost in ihren Mägen kilometerweit durch die Landschaft transportieren und die kostbare Fracht mit ihrem Kot verbreiten. Margarete sah Elefanten, Giraffen, Gnus und dermaßen viele Zebras, dass man den Kopf drehen musste, um das gesamte Ausmaß einer Herde erfassen zu können. Immer wieder huschten Springböcke in kleinen Gruppen mit flinken Sprüngen vor ihnen her. Erdmännchen kamen neugierig aus ihren unterirdischen Bauten und wieselten in sicherem Abstand aufgeregt um die Frauen herum.

Kasa hatte Margarete nicht verschwiegen, dass in diesem Teil des Landes auch Löwen ihre Wege kreuzen könnten. Daher trugen die Frauen während ihrer Spaziergänge traditionelle Speere bei sich, die Gao für diese Zwecke gefertigt hatte. Ein solcher Speer bestand aus einem stabilen Stock, dessen Länge in etwa der Größe seines jeweiligen Besitzers entsprach. An einem Ende wurde der Stock leicht gespalten. In den Spalt steckte Gao einen spitz geschlagenen, schwarzen Stein mit sehr scharfen Kanten.

Mit den Sehnen von Antilopen umwickelte er stramm die Kerbe und fixierte das tödliche Dreieck aus Stein.

Kasa hatte Margarete glaubwürdig davon überzeugt, dass es sehr unwahrscheinlich ist, einen angreifenden Löwen, mit einem Gewehr zu treffen:

„Zu schnell, zu wendig."

Ohne mit der Wimper zu zucken, hatte sie Margarete für den Fall einer Begegnung angewiesen, in die Hocke zu gehen, ihre Unterarme auf ihre Oberschenkel zu stützen, während sie mit beiden Händen den Speer hält, dessen stumpfes Ende sie zwischen ihren Beinen in den Boden bohren sollte, damit die tödliche Spitze leicht angewinkelt nach vorne über ihren Körper hinausragen würde.

Ist der Löwe satt und fühlt sich nicht bedroht, zieht er weiter. Greift der Löwe an, springt er in den Speer. Über die Möglichkeit einer Flucht ließ Kasa keinen Zweifel:

„Wenn du rennst, bist du tot."

Angst hatte Margarete trotz allem aber nicht. Die Spaziergänge fanden tagsüber statt und sie hatte gelernt, dass Löwen zu dieser Zeit meist faul im Schatten der Akazien liegen.

Schlangen sahen sie eher selten, Hyänen manchmal in der Ferne, Strauße in der Ebene und Oryxe zwischen den Dünen.

Die Kalahari war voller Leben und Margarete wollte alles über dieses Leben und seine wundersamen Zusammenhänge erfahren.

Sie begann damit, die Pflanzen zu zeichnen, notierte Kasas Erklärungen und beobachtete manchmal stundenlang eine Herde Elefanten, ein Nashorn oder die Erdmännchen.

Am 9. Juli 1915 kapitulierte die Kaiserliche Schutztruppe. Die britisch-südafrikanischen Truppen hatten den Krieg um Deutsch-Südwestafrika gewonnen.

Der Gouverneur Theodor Seitz hatte sich dem südafrikanischen Premierminister Louis Botha ergeben.

Da der Krieg in Europa allerdings noch nicht entschieden war, wurde es den meisten deutschen Farmern und Händlern zunächst gestattet, in der Kolonie zu bleiben.

!Aus war allerdings immer noch von südafrikanischen Truppen besetzt. Daher entschied Adam, die Heimreise auf unbestimmte Zeit zu verschieben. Das harmonische Leben auf Fietes Farm ging unverändert weiter.

Unterdessen tobte während der folgenden zwei Jahre westlich der Heimat die Schlacht von Verdun, Russland erlebte eine Revolution und die Amerikaner wurden zur gegnerischen Kriegspartei.

Im November 1918 erreichte eine Kutsche die Farm. Die Ladefläche war voll bepackt. Auf dem Kutschbock saß Kurt. Voller Freude begrüßten Adam, Fiete und Heinz ihren alten Kameraden.

Einer der Arbeiter spannte aus und versorgte die Pferde.

Die Männer nahmen an der langen Tafel neben der Scheune Platz. Margarete und Johanna brachten Bier und gesellten sich dazu.

Alle sahen Kurt neugierig an. Der erahnte die Unwissenheit seiner Freunde und fragte in die Runde:

„Ihr wisst es noch nicht?"

Kollektives Kopfschütteln und Achselzucken waren die Antwort. Mit niedergeschlagenem Gesichtsausdruck fuhr Kurt fort:

„Der Krieg ist vorbei. Wir haben verloren."

Die Stimmung kippte. Adam legte tröstend seine Hand auf Kurts Schulter:

„Und wo kommst du jetzt her? Kolmannskuppe wurde doch schon vor drei Jahren von den Briten genommen."

Kurt atmete tief durch:

„Ich habe die letzten drei Jahre in Lüderitz gelebt. Das war auch gar nicht mal so schlecht, weil ich noch ziemlich viele Diamanten hatte.

Die Briten haben uns weitestgehend in Ruhe gelassen. Bis am 11. November die Delegierten des Kaisers mit der Unterzeichnung eines Waffenstillstandes, irgendwo im nordfranzösischen Wald, die Niederlage Deutschlands besiegelt haben. Seitdem haben die Südafrikaner damit begonnen, Listen zu erstellen.

Ich habe Gerüchte gehört, dass Deutsche ausgewiesen werden sollen. Südafrika will Deutsch-Südwest angeblich annektieren.

Da habe ich meine Sachen gepackt und bin abgehauen. Ich will auf gar keinen Fall zurück in die alte Heimat. Die Leute hungern und eine geheimnisvolle Grippe tötet Millionen von Menschen."

Heinz unterbrach seinen Kameraden und fragte ungläubig nach:

„Wie kann eine Grippe denn Millionen von Menschen töten."

Kurt zuckte mit den Achseln:

„Keiner weiß das, aber die ganze Welt ist betroffen. Sogar im Kriegsgefangenenlager von !Aus sterben unsere Kameraden schon seit Oktober wie die Fliegen. Sie sprechen von einer ‚Spanischen Grippe', die mit einem Blitzkatarrh beginnt und mit einer Lungenpest endet."

Margarete zog eine Augenbraue hoch:

„Spanisch? Warum spanisch?"

Kurt löste das Rätsel auf:

„Na ja, in der Zeitung stand, es käme aus Spanien."

Adam war besorgt:

„Ist es nur im Gefangenenlager oder in der gesamten Umgebung von !Aus?"

Kurt wackelte schätzend mit dem Kopf hin und her:

„Es verbreitet sich durch die Luft. Angeblich muss man eine infizierte Person nicht einmal berühren, um sich anzustecken. Es soll schon ausreichen, wenn man danebensteht und deren Odem einatmet. Wahrscheinlich ist es am besten, wenn man sich erst einmal eine Zeit lang von den Siedlungen fernhält."

Fiete sah Adam an:

„Vielleicht sollten wir noch eine Versorgungsfahrt machen und ein paar Fässer Bier verkaufen, bevor die Grippe Keetmanshoop erreicht."

Adam nickte:

„Von mir aus können wir morgen losfahren."

Dann sah er zu Kurt hinüber:

„Kommst du mit?"

Kurt schüttelte den Kopf:

„Ich habe andere Pläne. Ich bin auf dem Weg nach Botswana-Land. Ein paar Diamanten sind noch übrig. Ich suche mir eine Frau, siedele mich dort an und baue ein Haus."

Heinz grinste:

„Dat geht aber andersrum, mein alter Freund. Erst musst du dat Haus bauen und dann kannst du dir eine Frau suchen."

Adam war anderer Meinung:

„Ich habe unter einem Tuch geschlafen, als Margarete mir ihr Herz geschenkt hat."

Margarete lächelte ihn gerührt an.

Fiete grinste frech:

„Da hast du aber richtig Glück gehabt, du alter Vagabund."

Die Freunde tranken, plauderten, scherzten, diskutierten und philosophierten bis spät in die Nacht hinein und die anfängliche Trübsal über den verlorenen Krieg wich allmählich der Erleichterung über dessen Ende.

KAPITEL XII

Sonnenaufgang. Fiete und Adam spannten ein. Auch Kurt machte seine Kutsche wieder reisefertig. Nachdem sich alle voneinander verabschiedet hatten, rollte Kurts Gespann in nordöstlicher Richtung davon.

Fiete und Adam machten sich mit der Ladefläche voller Bierfässer auf den Weg nach Keetmanshoop. Sie verkauften das Bier und besorgten alles, was sie brauchten, um die Farm für viele Wochen nicht verlassen zu müssen.

Abends setzten sich Adam und Margarete gemeinsam auf das Sofa im Wohnzimmer des Hauses. Margarete legte ihren Kopf an Adams Schulter und umschlang seinen Arm. Sie konnte seine Unruhe spüren:

„50 Pfennig für deine Gedanken.“

Adam lächelte:

„Ein Königreich für deine.“

Margarete blickte auf:

„Du willst wieder nach Hause.“

Adam nickte.

Margarete gab ihm einen Kuss auf die Wange und legte eine Hand auf seinen Bauch:

„Aber du machst dir Sorgen.“

Adam antwortete nachdenklich:

„Wir haben den Krieg verloren. Ich weiß nicht einmal, ob wir das Land überhaupt behalten dürfen.“

Margarete ergänzte seufzend:

„Und dann ist da auch noch dieses spanische Dingsbums.“

Adam lachte mit geschlossenem Mund und schnaufte durch die Nase, um den Druck abzulassen:

„Ja, ja, das spanische Dingsbums. Ich weiß gar nicht, was ich davon halten soll.“

Margarete wusste allerdings ganz genau, was sie davon halten sollte:

„Na ja, wir sind dem Teufel beide schon mindestens einmal von der Schippe gesprungen. Es wäre doch ärgerlich, wenn wir jetzt an einer tödlichen Grippe sterben."

Adam stimmte lächelnd zu:

„Ja, sehr ärgerlich!"

Dann rieb er findig sein Kinn:

„Andererseits ist Waffenstillstand und sie werden einen Friedensvertrag unterschreiben. Wir könnten den Dernburg-Wagen nehmen und ein bisschen im Land herumfahren."

Er zwinkerte ihr zu:

„Vielleicht finden wir die Palmen."

Margarete lachte:

„Ja, ja, die Palmen. Aber ohne die Plakate wären wir uns wahrscheinlich nie begegnet."

Adam setzte sich auf und sah Margarete erwartungsvoll an:

„Na, was sagst du?"

Margarete war skeptisch:

„Wo willst du denn hinfahren?"

Adam antwortete selbstbewusst:

„Bis zum Waterberg kenne ich den Weg. Der Rest wird ein Abenteuer."

Margarete zog eine Augenbraue hoch:

„Ein Abenteuer?"

Adam nickte:

„Ein Abenteuer!"

Margarete war nicht abgeneigt:

„Woher bekommen wir den Treibstoff für das Automobil und wovon sollen wir leben?"

Adam strahlte wissend:

„Wir haben neun Kanister. Jeder fasst 25 Liter. Die meisten sind noch voll. Wir könnten ein paar Fässer Bier mitnehmen und diese unterwegs gegen Treibstoff tauschen. Dann haben wir noch die ganze Munition, die wir damals gekauft haben. Wir nehmen zwei Gewehre mit und jagen, was wir brauchen. Fiete hat bestimmt ein paar alte Wasserkanister. Die machen wir voll und nehmen sie mit. Unterwegs finden wir auf jeden Fall Wasserstellen, an denen wir nachfüllen können."

Margarete legte den Kopf auf die Seite, wie eine neugierige Katze:

„Und wo schlafen wir?"

Adam zuckte mit den Achseln:

„Auf dem Dach. Über drei Meter lang und gut zwei Meter breit. Das ist perfekt! Wir laden die Kanister abends ab und machen uns da oben ein Lager unter den Sternen."

Margarete teilte ihre letzte Sorge:

„Was machen wir mit Melissa?"

Er zögerte nicht:

„Die nehmen wir mit."

Margarete lächelte.

Seine Augen fingen an, zu leuchten:

„Ja?"

Sie nickte:

„Ja!"

Adam nahm sie glücklich in den Arm.

Während des Frühstücks teilten Adam und Margarete der Gemeinschaft ihre Entscheidung mit.

Heinz half Adam dabei, den Dernburg-Wagen wieder flottzumachen. Fiete, Johanna und Margarete brauten das Bier und Kasa stellte aus verschiedenen Heilpflanzen eine Reiseapotheke zusammen. Schon nach wenigen Tagen stand der Wagen bepackt und reisefertig vor der Scheune.

Nach einem emotionalen Abschied rollte das Automobil vom Hof. Melissa saß auf einem der hinteren Sitze und schaute leicht verwirrt aus der seitlichen Öffnung des Fahrzeugs heraus. Margarete war aufgeregt. Sie hatte sogar ein leicht mulmiges Gefühl in ihrem Bauch. Noch nie hatte sie in einem Automobil gesessen. Es war überraschend bequem, aber die Tatsache, dass sich das schwere Gefährt wie von Geisterhand, mit der konstanten Geschwindigkeit eines schnellen Pferdes über den Sand bewegte, war gewöhnungsbedürftig. Adam steuerte den Wagen allerdings derart sicher dem Horizont entgegen, dass Margarete bald Vertrauen fasste.

Sie sahen sich zufrieden an, hielten ihre Gesichter in den Fahrtwind und genossen das Gefühl der Freiheit, das dem Reisen innewohnt.

Sie fuhren in nordöstlicher Richtung und verbrachten die ersten Nächte an den Ufern des Fisch-Flusses. Adam ging angeln, Margarete machte Feuer und Melissa jagte zwischen den Büschen kleinen Säugetieren hinterher. Am Morgen des zweiten Tages erschien ein Oryx mit einem verkrüppelten Horn am gegenüberliegenden Flussufer. Adam holte leise sein Gewehr, stützte seinen Ellenbogen auf der Motorhaube des Wagens ab und legte an. Margarete saß mit Melissa hinter dem Automobil und hielt den Geparden ruhig. Als die Antilope ihren Durst gestillt hatte, drückte Adam ab.

Einen knappen Kilometer flussaufwärts floss das Wasser nur kniehoch durch das Flussbett. Adam musste den Fluss mehrfach überqueren, um die brauchbaren Teile der aufgebrochenen Beute über das Gewässer zu transportieren. Schon kurz, nachdem er das letzte Stück in Sicherheit gebracht hatte, erschienen die ersten Schakale und machten sich über die Reste her. Dann kam ein Rudel Hyänen und machte den Schakalen das Aas streitig. Die Geräuschkulisse der im Kampf japsenden Aasfresser machte Melissa sehr nervös. Sie stand zähnefletschend am Flussufer, schlug immer wieder mit beiden Vorderpfoten auf den Boden, fauchte und stieß zwischendurch ein angsteinflößendes Schnaufen aus, dem ein geradezu besessen klingendes Knurren folgte. Glücklicherweise waren die beiden Szenarien durch den Fluss voneinander getrennt. Adam gab Melissa ein großes Stück des frischen Fleisches. Der Gepard beruhigte sich.

Margarete spannte Kordeln zwischen den Holmen, die das Dach des Wagens trugen. Sie schnitten einen Teil des Fleisches in Streifen und hängte diese über die Kordeln, um sie zu trocknen. Die Hüftstücke pökelten sie mit Salz ein. Dann bereiteten sie das Filet auf dem Lagerfeuer zu und genossen ein üppiges Mahl.

Fasziniert staunten sie kauend in die saftig grüne Landschaft hinein, die den Flusslauf umgab. Sie hörten neue Geräusche. Der Ruf eines Vogels schallte aus den Büschen:

„Koeeh, Koeeh."

Die ersten Geier begannen über dem Kadaver des Oryx zu kreisen. Sie warteten auf den Abzug der Hyänen. Von Ungeduld getrieben setzten zwei der Geier zur Landung an und hopsten wie unbeholfene Sackhüpfer mit weit ausgebreiteten Flügeln auf die Hyänen zu. Die Schakale umkreisten in sicherer Entfernung das Geschehen. Sie witterten eine neue Chance.

Die Hyänen schwärmten aus und versuchten, die Geier einzukreisen. Ein dritter Geier setzte mit angelegten Flügeln zu einem beeindruckenden Sturzflug an, breitete seine Schwingen aus, kurz bevor er den Boden erreichte, und schoss bedrohlich knapp über die Köpfe der Hyänen hinweg, während er einen urzeitlichen Schrei ausstieß. Immer mehr Geier setzten zur Landung an. Die Hyänen teilten sich in zwei Gruppen auf. Die eine schirmte den Kadaver des Oryx ab, während die andere ihren Hunger daran stillte. Die Positionen wurden ständig gewechselt. Mit gesenkten Köpfen und gefletschten Zähnen trieben die Hyänen die Geier immer wieder tapfer zurück. Dann wurde die Übermacht zu groß. Die Raubtiere wichen der Gewalt und die Greifvögel bemächtigten sich der Beute.

Margarete wandte ihre Augen keine Sekunde lang ab. Sie hatte Gänsehaut am ganzen Körper.

Das Schauspiel war grausam, denn es ging um Leben und Tod. Aber es war auch wunderschön, ursprünglich und archaisch.

In der Nacht bot sich den beiden Abenteurern ein seltenes Schauspiel. Dutzende von Sternschnuppen zogen in kurzen Abständen und teilweise sogar gleichzeitig ihre Bahnen durch die Dunkelheit. Adam und Margarete lagen rücklings nebeneinander auf dem Dach des Wagens und betrachteten verzaubert den Sternenregen.

Adam griff liebevoll nach Margaretes Hand:

„Hast du dir schon was gewünscht?"

Margarete lächelte:

„So ungefähr zehnmal."

Adam lachte.

Als das galaktisch anmutende Spektakel zu seinem Ende kam, schliefen sie auf dem Dach des Dernburg-Wagens ein.

Melissa bezog ihren Schlafplatz unter dem Allradfahrzeug.

Sie verbrachten zwei weitere Tage an den Ufern des Flusses, bevor sie ihre Reise in nordöstlicher Richtung fortsetzten. Ihr Weg führte sie durch ein steiniges Tal hindurch in die Berge hinein.

Auf den steilen Schotterwegen, die schon während der Besiedlung den Ochsenkarren die Überquerung des Gebirges ermöglichen sollten, zeigte das Allradfahrzeug, was in ihm steckte. Der Motor zog das über drei Tonnen schwere Gefährt mühelos den stark ansteigenden Pass hinauf. Hinter dem höchsten Punkt der Strecke ging es dermaßen steil bergab, dass der Pass ins Leere zu fallen schien. Adam brachte den Wagen auf dem Scheitel der Strecke zum Stehen. Der Ausblick war atemberaubend, die Weite unbeschreiblich.

Im Süden konnten sie über die Steppe bis in die mehrere hundert Kilometer entfernte Namib hineinsehen. Im Norden endlose Gebirgsketten. Im Osten tausende Antilopen in grünen Tälern und endlose Ebenen voller Elefanten im Westen.

Die Luft war dünn und die Hände schwollen leicht an. Adam schätzte den Standort auf mindestens 2000 Meter über dem Meeresspiegel. Margarete war von der Aussicht überwältigt:

„Schau dir das an, Adam. Es sieht aus wie das Land der vielen Welten."

In der Nähe des Gipfels fanden sie ein Plateau. Dort schlugen sie ihr Lager auf.

Von der Schönheit des Platzes fasziniert blieben sie mehrere Tage, ehe sie ihre Reise in östlicher Richtung fortsetzten. Die Abfahrt war kompliziert. Der Weg war schmal, führte steil bergab und der Schotter gab nach, wenn Adam bremste. Scharfe Kurven bargen daher ein Lotteriespiel. Bremst man zu scharf, rutscht der Wagen geradeaus über den Schotter aus der Kurve hinaus und stürzt in die Schlucht. Bremst man zu schwach, ist der Wagen zu schnell, wird von der Fliehkraft aus der Kurve herausgedrückt und fällt in die Schlucht. Adam bremste den Wagen hauptsächlich mit dem Getriebe, indem er kleine Gänge wählte und plante die Einfahrt in jede Kurve mit Bedacht. Da der Dernburg-Wagen neben dem Allradantrieb auch über eine Allradlenkung verfügte, konnte Adam das Fahrzeug auf diese Weise ziemlich sicher den Gebirgspass hinunter schlängeln. Als er das Ende des Passes schon fast erreicht hatte, wurde der Weg immer schlechter, bis er schließlich nicht mehr befahrbar war. Ein Erdrutsch hatte tonnenweise Geröll zu Tal getragen und dabei den Gebirgspass verschüttet und zum Teil sogar mit sich gerissen. Adam stoppte das Automobil. Der Erdrutsch hatte sich in einer Breite von etwa 20 Metern wie ein Fluss über den Pass ergossen.

Die Erdmassen versperrten hüfthoch die Durchfahrt.

Auf der anderen Seite war der Weg allerdings intakt.

Adam stieg aus und begutachtete die Situation:

„Wir müssen uns irgendwie eine Schneise bauen."

Margarete staunte:

„Du willst den Pass reparieren?"

Adam nickte:

„So in etwa. Irgendwie muss es ja weitergehen."

Er stieg auf das Geröll und ging vorsichtig auf die andere Seite. Er sah sich um und rief Margarete zu:

„Das sieht ziemlich stabil aus. Wir müssen nur ein paar von den großen Brocken wegschaffen, eine kleine Rampe bauen und ein bisschen buddeln."

Margarete verließ den Wagen und half Adam dabei, eine Schneise durch das Geröll zu ziehen. Melissa sprang von der Rückbank und erkundete die nähere Umgebung. Für die Auffahrt auf das Geröll baute Adam eine kleine Rampe mit den Steinen, die er und Margarete zuvor aus dem Weg geräumt hatten. Mit der Schaufel grub er flache Spuren für die Räder über das Hindernis und Margarete füllte gefährliche Löcher und Gräben mit Geröll auf. Die Arbeiten dauerten den ganzen Tag. Als die Sonne unterging, machte Margarete ein Feuer.

Adam holte Trockenfleisch aus einer der Vorratskisten. Margarete saß im Schneidersitz neben dem Lagerfeuer und ließ ihre Blicke in die Ferne schweifen. Adam setzte sich hinter die junge Frau, gab ihr eine Stange Trockenfleisch und legte seine Arme um sie. Margarete saß zwischen Adams Beinen, lehnte sich mit dem Rücken an seine Brust und versank in seinem Körper, wie in einem Sessel.

In den frühen Morgenstunden fuhr Adam den Dernburg-Wagen vorsichtig über seine Rampe auf das hüfthohe Geröll, überquerte das Hindernis und erreichte sicher den intakten Weg auf der anderen Seite. Adam und Margarete sahen sich an. Beide lächelten stolz und siegesbewusst. Das Gefälle flachte ab. Adam schaltete hoch und trat aufs Gaspedal. Wenige Stunden später kam der Stadtrand von Windhoek in Sicht.

In einem breiten Gebirgstal lagen rote und weiße Häuser, getrennt von staubigen Straßen. Weiße Villen mit bunten Gärten, ein Bahnhof, ein Gerichtsgebäude und ein Anwesen von der Größe einer mittelalterlichen Burg.

Da Adam und Margarete aus den Bergen kamen, hatten sie einen hervorragenden Überblick.

Adam zeigte auf den Bahnhof:

„Hinter dem Bahnhof müsste ein Hotel am Stadtrand stehen. Da können wir das Bier verkaufen. Dann besorgen wir Treibstoff, Salz, eine Landkarte, einen Kompass und vielleicht noch einen Sack Kartoffeln. Windhoek ist sehr belebt. Da können wir mit Melissa unmöglich hineinfahren. Nachdem wir das Bier abgeladen haben, lassen wir den Wagen hinter dem Hotel stehen. Du bleibst bei Melissa und ich besorge die Vorräte. Den Treibstoff bekommen wir neben dem Bahnhof. In der Werkzeugkiste müsste noch ein Seil sein. Das kannst du als Leine für Melissa benutzen, damit sie nicht aus dem Wagen springt."

Wenig später parkte Adam hinter dem Hotel. Rechter Hand das Tal am Fuße des Gebirges und linker Hand die Stadt. Hinter ihnen lagen der Bahnhof, eine Lagerhalle und eine Werkstatt.

Das Bier war dem Hotelier sehr willkommen.

Auch fand Adam alles, was er kaufen wollte, auf der Kaiser Wilhelm Straße. Margarete wurde unterdessen von den wenigen schwarzen und weißen Passanten, die sich zwischen Hotel und Bahnhof aufhielten, neugierig beäugt.

Eine wunderschöne, blonde Frau, ein Gepard und ein Automobil. Nichts davon sieht man alle Tage.

Allerdings machte jeder einen großen Bogen um den Dernburg-Wagen, da sie die Raubkatze fürchteten. Margarete saß gemeinsam mit Melissa auf einer der Rückbänke. Der Gepard beobachtete ruhig, aber aufmerksam, das Geschehen, das ihn umgab.

Adam kam mit einem Sack Kartoffeln über der Schulter und einem Beutel voller Kleinigkeiten in der Hand wieder zurück. Er verstaute die Einkäufe, startete den Wagen und steuerte die Lagerhalle neben der Werkstatt an. Nachdem der Tank des Automobils und alle Treibstoffkanister wieder aufgefüllt waren, ließen Adam und Margarete die Stadt hinter sich. Sie fuhren nach Norden und fanden noch vor Einbruch der Dunkelheit einen See auf einer grünen Lichtung. Umringt von Felsen und Bäumen schlugen sie ihr Lager auf. Adam sammelte Holz. Margarete machte das Feuer. Melissa wurde unruhig. Sie stand am Ufer des Sees und fixierte gebannt die Wasseroberfläche. Das weckte Margaretes Interesse und sie näherte sich neugierig dem Ufer. Dann tauchte nur wenige Meter vom Ufer entfernt der gigantische Kopf eines Flusspferdes aus dem Wasser auf. Das mächtige Tier öffnete sein unfassbar großes Maul, in dem riesige Zähne sichtbar wurden, und stieß mehrere tief dröhnende Rufe aus.

Margarete hatte schon oft Bilder und kleine Holzfiguren von Flusspferden gesehen, aber die reale Größe des urzeitlich anmutenden Tieres durchbrach ihre Vorstellungskraft. Atemlos wich sie zurück. Melissa schlug mit beiden Pfoten auf den Boden, zeigte die Zähne, fauchte und knurrte. Adam kam aufgeregt aus den Büschen herausgelaufen, taxierte die Situation und zog vorsichtshalber ein Gewehr aus dem Wagen. Andere Flusspferde tauchten auf und erwiderten den Ruf ihres Artgenossen. Immer wieder tauchten sie auf und ab und sangen ihr donnerndes Lied. Das Schauspiel war imposant. Adam und Margarete setzten sich in sicherer Entfernung vom Ufer auf einen Baumstamm und beobachteten die außergewöhnliche Darbietung der durchaus gefährlichen Kolosse.

Als die Sonne hinter dem Horizont verschwand, wurden die Wolken blutrot und spiegelten sich auf der Oberfläche des Sees. Libellen schwebten bunt schimmernd über das Wasser und eine Vielzahl von Fröschen inszenierte ein beruhigend monotones Konzert.

Margarete hatte das Gefühl, in einem Gemälde zu sitzen.

Kurz bevor es endgültig dunkel wurde, entstiegen die Flusspferde am gegenüberliegenden Ufer dem Gewässer und fingen friedlich an zu grasen.

Die Nacht verlief ohne Zwischenfälle.

In der Morgendämmerung nahmen Adam und Margarete ein schnelles Bad am Ufer des Sees, füllten ihre Wasserreserven auf und schmissen den Motor des Automobils wieder an. Sie fuhren stundenlang durch weite Ebenen. Die Landschaft war saftig grün und voller Leben. Immer wieder kreuzten die Tiere Afrikas ihren Weg oder schreckten auf, wenn sich das Motorgeräusch des Dernburg-Wagens näherte. Irgendwann hielt Melissa es nicht länger aus. Sie wurde unruhig und drohte, aus dem fahrenden Fahrzeug zu springen. Adam stoppte das Automobil. Der Gepard sprang mit einem riesigen Satz in die Ebene hinein und rannte mit angelegten Ohren auf eine Herde Springböcke zu. Die schockierten Antilopen stoben panisch davon. Mit artistischen Sprüngen flüchteten sie vor der pfeilschnellen Raubkatze. Melissa hatte sich offensichtlich bereits einen der Springböcke ausgesucht und versuchte, diesen von der Herde zu trennen. Der Gepard wurde so schnell, dass seine Pfoten den Boden kaum noch berührten. Der Springbock hatte keine Chance. Melissa sprang ihn seitlich von hinten an, packte seinen Nacken mit beiden Pranken, verbiss sich in seinem Hals und rang ihn mit ihrem Körpergewicht zu Boden. Elendig fiepend verlor die Antilope in der tödlichen Umarmung der Raubkatze allmählich das Bewusstsein und starb. Melissa ließ ab, streifte einmal stolz um ihre Beute herum, schnappte nach einem der Vorderläufe und legte sich das tote Tier zurecht, bevor das Festmahl begann.

Margarete war konsterniert. Sie wusste, dass Melissa regelmäßig die Farm verließ, um jagen zu gehen. Sie hatte es aber noch nie gesehen.

Adam war beeindruckt:

„Die müssen wir heute nicht mehr füttern."

In den frühen Abendstunden fanden sie wenige Kilometer südlich von Okahandja ein kleines Camp. Zwei Wellblechhütten und drei Zelte. Ein Windrad, Ziegen und Gemüsegärten. Acht weiße Männer, die zum Teil unvollständige, deutsche Uniformen trugen, traten neugierig ins Freie, als das Dröhnen des Motors in ihre Ohren drang. Da Adam nicht wusste, wie die Soldaten auf Melissa reagieren würden, brachte er den Wagen knapp 100 Meter, bevor er das Camp erreichte, zum Stehen. Einer der Soldaten ging auf das Automobil zu:

„Grüß Gott. Helge von Eschenbach. Rittmeister."

Der Mann war abgemagert, hatte eine Halbglatze, war unrasiert und trug eine Uniformhose mit Reitstiefeln sowie ein total verschmutztes Diensthemd.

Adam erwiderte den Gruß:

„Angenehm. Adam Melber. Richtschütze der Reserve. Wir sind auf dem Weg nach Norden. Was ist ihnen denn passiert?"

Helge zog die Achseln hoch und drehte seine Handflächen nach oben:

„Die Südafrikaner haben uns erst vor Kurzem freigelassen. Ohne weitere Instruktionen. Wir wussten nicht, wohin wir gehen sollten. Wir haben keine Farmen und unsere Familien leben in der alten Heimat. Wir harren hier aus, bis wir wissen, was aus uns wird."

Dann zeigte Helge auf Melissa:

„Einen ungewöhnlichen Weggefährten haben sie da."

Adam winkte ab:

„Keine Sorge, der Gepard ist an Menschen gewöhnt. Wenn es ihnen nichts ausmacht, dann würden wir gerne hier übernachten."

Helge nickte:

„Schlagen sie ruhig ihr Lager hier auf. Ich sage den Kameraden Bescheid, damit niemand die Raubkatze nervös macht. Später komme ich noch mal herüber und sehe nach dem Rechten."

Adam und Margarete schlugen ihr Lager auf und machten ein Feuer. Nachdem sie gegessen hatten, kam Helge wie versprochen vorbei:

„Brauchen sie noch Feuerholz oder irgendetwas anderes?"

Adam schüttelte den Kopf:

„Nein, danke. Wir sind ziemlich gut ausgerüstet. Setzen sie sich doch."

Der Rittmeister nahm dankend an und setzte sich im Schneidersitz neben Adam ans Lagerfeuer.

Adam drehte sich eine Zigarette und bot Helge den Tabakbeutel an. Der griff freudig zu:

„Vielen Dank!"

Adam bat den Soldaten, ihm bei der Orientierung behilflich zu sein:

„Wenn ich mich nicht verfahren habe, dann müssten wir hier ganz in der Nähe von Okahandja sein. Kommt das in etwa hin?"

Helge bekräftigte den Reisenden:

„Das ist korrekt. Das Dorf liegt keine zwei Kilometer nordöstlich von hier."

Er zeigte mit ausgestrecktem Arm in die Ebene:

„Dort drüben, hinter den Hügeln, ist schon der Friedhof."

Adam war während seiner Dienstzeit kurzzeitig in Okahandja stationiert und wollte seine Erinnerung auffrischen:

„Liegt dort nicht Maharero begraben?"

Helge nickte:

„Nicht nur der. Auch Jan Jonker Afrikaner hat dort seine letzte Ruhe gefunden. Ironie des Schicksals."

Adam fragte nach:

„Waren die nicht miteinander befreundet?"

Der Rittmeister lachte:

„Wenn diese zwei Männer wirklich Freunde gewesen wären, dann wären wir jetzt nicht hier."

Adam zog eine Augenbraue hoch:

„Wie ist das denn gemeint?"

Helge rechtfertigte seine These:

„Maharero war der Anführer der Herero und Jan Jonker führte die Nama an. Ihre Väter waren treue Freunde, aber zwischen den Söhnen entbrannte ein Disput um das Weideland. Die haben sich schon um das Land gestritten, bevor wir hier angekommen sind. Das gipfelte 1880 darin, dass die Nama zum Pogromopfer der Herero wurden.

Die haben sich gegenseitig abgeschlachtet. Hätten die Stämme zusammengehalten, wären unsere spärlichen Truppen zu jeder Zeit chancenlos gewesen. Die hätten uns hier ganz leicht wieder rausschmeißen können. Stattdessen haben sie gedacht, dass sie mit unserer Hilfe ihre Erzfeinde besiegen können. Zuerst hat der Herero-Anführer Maharero im Jahr 1885 einen Vertrag mit dem Gouverneur von Deutsch-Südwestafrika geschlossen. Das war damals Heinrich Ernst Göring. Göring sicherte Maharero zu, das Land, dass die Herero den Nama genommen hatten, gegen seine ehemaligen Besitzer zu verteidigen.

Einer der Namakrieger, die das Pogrom der Herero gegen die Nama überlebt haben, war Hendrik Witbooi. Der wiederum schloss 1894 einen Schutzvertrag mit der deutschen Kolonialmacht. Dieser Vertrag sicherte den Nama die militärische Hilfe der deutschen Schutztruppen gegen die Herero zu.

Göring und Leutwein haben beide Verträge unterschrieben und dann haben wir einfach alle massakriert und uns das Land selbst unter den Nagel gerissen. Wenn zwei sich streiten, freut sich der Dritte.

Wären also Maharero und Jonker genauso gute Freunde gewesen wie ihre Väter, dann wäre nichts von alledem jemals passiert und wir wären sicherlich auch nicht hier."

Adam erinnerte sich an Gaos Version dieser Geschehnisse und erkannte die Parallelen:

„War Maharero nicht auch der Vater von Samuel Maharero?"

Helge grinste verschmitzt:

„Ein großer Name schützt vor Torheit nicht."

Der Rittmeister stand auf und wünschte eine gute Nacht.

Als die ersten Sonnenstrahlen das Camp der Veteranen erhellten, setzten Adam und Margarete ihre Reise fort. Helge hörte den Motor, trat vor seine Wellblechhütte und winkte zum Abschied. Adam salutierte.

Die darauffolgende Nacht verbrachte das Paar in einer Ebene südlich von Omaruru.

Die Landschaft war steinig. Wenige kleine Bäume und karge Büsche krallten sich in den unwirtlichen Boden. Überall lagen fast perfekt runde Steine in der Größe von mehrstöckigen Häusern. Verwunderlich war nicht die runde Geometrie der Steine oder ihre enorme Größe, sondern die Tatsache, dass manche von ihnen aufeinander standen.

Margarete staunte:

„Das sieht aus, als hätte ein Riese einen Schneemann gebaut."

Adam sah sie lächelnd an, zeigte seitlich aus dem Wagen heraus und hielt an:

„Schau mal da."

Margarete drehte ihren Kopf. Sie atmete tief ein und riss die Augen weit auf. Sie wollte etwas sagen, verschluckte sich aber vor Aufregung an ihrem eigenen Speichel. Keine 20 Meter entfernt spielte sich ein dramatischer Todeskampf ab. Ein Elefant attackierte ein Nashorn an einem Wasserloch. Das Junge des Nashorns stand unweit unter einem Baum. Der Elefant hatte das Rhinozeros seitlich überrannt und von den Beinen gerissen. Nun versuchte er, dem unterlegenen Kontrahenten mit gesenktem Kopf seine beinlangen Stoßzähne in den Körper zu drücken.

Margarete rüttelte an Adams Oberschenkel:

„Tu doch was!"

Adam nahm das Gewehr, lud durch und schoss in die Luft. Der Elefant zuckte, ließ von dem Nashorn ab und drehte sich um. Er kam einen Schritt auf den Wagen zu. Er scharrte bedrohlich, legte seine Ohren an und wirbelte mit seinem Rüssel Staub auf.

„Scheiße!", zischte Adam durch die Zähne und legte hektisch den Gang ein.

Er trat aufs Gaspedal, steuerte das Automobil hinter einen der riesigen runden Steine und stoppte den Motor.

Margarete sah ihn fragend an.

Adam zuckte mit den Achseln:

„Gao hat gesagt, man soll sich verstecken, wenn ein Elefant angreift."

Margarete zog ungläubig die Augenbrauen hoch:

„Mit dem Wagen?"

Adam nickte:

„Warum nicht."

Der Elefant näherte sich langsam dem Felsen, während die Nashörner das Weite suchten.

Margarete beruhigte Melissa und flüsterte:

„Ist er schneller als der Wagen?"

Adam wackelte schätzend mit der Hand:

„Schneller nicht, aber er beschleunigt besser."

Dann legte er den Zeigefinger auf seinen Mund.

Der Elefant drehte die Öffnung seines Rüssels nervös in mehrere Richtungen, verweilte noch eine Minute und zog behäbig weiter.

Adam strahlte Margarete an:

„Tadaah!"

Sie lächelte erleichtert und sagte mit einträchtigem Tonfall:

„Fahr weiter, du Spinner."

Der Derburg-Wagen rollte wieder durch die surreale Steinwelt. Margarete staunte über die wundersamen Felsformationen, beobachtete eine Herde Giraffen und entdeckte hier und da eine Affenfamilie, die durch die Berge huschte.

In der Ferne sah Adam eine kleine Lichtung, die von hohen Felsen umschlossen war. Er steuerte darauf zu und parkte das

Fahrzeug im Zentrum des einer Oase ähnelnden Platzes. Beide stiegen aus und sahen sich um. Melissa sprang von der Rückbank und erkundete den neuen Lagerplatz.

Dann zeigte Adam mit gestrecktem Arm auf die vordere Felswand:

„Schau dir das an. Elefanten!"

Margarete erschrak:

„Wo?"

Adam beruhigte sie:

„Da, in der Felswand. Das Gestein ist geformt wie Elefantenköpfe."

Die junge Frau drehte sich um und inspizierte den Berg:

„Du hast recht. Das sieht tatsächlich aus wie Elefanten."

Adam und Margarete schlugen am Fuß des natürlichen Kunstwerks ihr Lager auf und genossen den magischen Ort für mehrere Tage.

Als die Abenteurer ihre Reise fortsetzten, passierten sie das Dorf von Omaruru. Adam steuerte den Wagen um die Siedlung herum, da er weder Wasser noch Treibstoff brauchte und er Melissa nicht beunruhigen wollte.

Er lenkte das Automobil mit einer Hand, zeigte mit der anderen auf die Ortschaft und erklärte beiläufig:

„Das ist Omaruru. Dort hat der Missionar Gottlieb Viehe die Bibel in die Sprache der Herero übersetzt und Hunderte der armen Teufel zum Christentum bekehrt."

Margarete war verwundert:

„Warum arme Teufel?"

Adam zuckte mit den Achseln:

„Ich weiß nicht, ob es Götter gibt. Dazu fehlt mir die Bildung. Aber ich bin mir sicher, dass die Menschen in Jerusalem nicht weiß sind. Warum hängt in jeder Kirche, die ich je betreten habe, ein weißer Jesus am Kreuz? Sie predigen ‚Du sollst nicht töten', haben aber ganze Völker ausgerottet. Da stimmt doch was nicht!

Als Germanen hatten wir doch unsere eigenen Götter. Sogar ein Teil unserer Wochentage ist immer noch nach ihnen benannt. Der Donnerstag ehrt Thor, den Donnergott, und die Liebesgöttin Freya gab dem Freitag seinen Namen.

Warum sollte ich an einen Gott glauben, der im Mittleren Osten von arabischen Völkern erfunden wurde? Und warum sollten die Herero an einen arabischen Gott glauben, der ihnen von weißen Männern aufgezwungen wird?

Das Problem mit dem Christentum ist, dass es mit dem Schwert in der Hand gepflanzt und mit dem Blut ganzer Völker begossen wurde."

Margarete hakte nach:

„Was glaubst du denn, wo wir hingehen, wenn wir sterben?"

Adam lächelte sie gelassen an:

„Ich lass' mich überraschen."

Margarete wollte es genau wissen:

„Glaubst du denn nicht an das Paradies?"

Er legte seinen Arm um sie:

„Du bist mein Paradies."

Margarete legte ihren Kopf an Adams Schulter. Sie hatte noch viele Fragen, aber sie wollte den Moment nicht zerstören. Glücklich schweigend beobachtete sie, wie die Landschaft an ihr vorbeizog. Eine Herde Gnus in der Ferne, eine Familie Strauße, die von dem dröhnenden Fahrzeug aufgeschreckt im Zickzack vor dem Wagen herliefen, und ein gutes Dutzend Baboons, die hektisch in die Aktien flüchteten.

Sie überquerten einen Fluss mit niedrigem Wasserstand, umfuhren eine Felsenkette und erreichten den Berg Etjo. Der gigantische Tafelberg erhob sich majestätisch aus der Ebene und Margarete verspürte bei seinem Anblick eine warme, innere Ruhe. Im Schutz des mystischen Gesteins schlugen sie ihr Nachtlager auf.

Es war kurz nach Einbruch der Dunkelheit. Das Paar hatte es sich gerade auf dem Dach des Wagens gemütlich gemacht, als ein tiefes Brüllen laut durch die Ebene grollte. Margarete gefror das Blut in den Adern:

„Was war das?"

Adam antwortete flüsternd:

„Löwen."

Das Gebrüll wiederholte sich. Margarete griff nach Adams Hand:

„Wo ist das Gewehr?"

Adam kratzte sich am Kopf:

„Unten, im Wagen."

Margarete sah ihn an, als wolle sie sagen ‚Warum bist du noch hier?'.

Adam versuchte, sie zu beruhigen:

„Solange das Lagerfeuer brennt, kommen die nicht hierher."

Margarete hob eine Augenbraue:

„Adam."

Er kletterte vom Dach hinunter und holte das Gewehr aus dem Wagen. Er legte noch ein dickes Stück Holz aufs Feuer und sah nach Melissa, die unter dem Fahrzeug lag und aufmerksam ihre Ohren bewegte. Adam hängte sich die geladene Waffe über die Schulter und stieg wieder auf das Dach des Wagens hinauf. Als er dort ankam, war Margarete bereits eingeschlafen. Das Gebrüll der Löwen rollte noch mehrfach durch die Ebene. Adams Blick verlor sich in den Sternen. Er genoss den Reiz der latenten Gefahr und fand erfüllt den Schlaf.

Am nächsten Morgen näherten sie sich dem Waterberg und nachmittags erreichten sie Otjiwarongo. Sie füllten ihre Wasserreserven auf und kauften Treibstoff. Noch vor der Abenddämmerung hatten sie die Ortschaft hinter sich gelassen. Die Landschaft wurde nun mit jedem Kilometer grüner. Freundlich aussehende Wolken zogen wie schneeweiße Schafe über den Himmel. Der Busch wurde dichter. Der erdige Boden war feucht und schwer. An manchen Stellen versperrten tiefe Pfützen den Weg. Adam schlängelte den Wagen geschickt durch das unwegsame Gelände, kam aber nur langsam voran. Zweimal musste das Paar im dichten afrikanischen Busch übernachten, ehe sich die beengende Vegetation lichtete. Der Busch tat sich auf und vor ihnen lag eine gewaltige Salzpfanne, die sich bis zum Horizont erstreckte. Das Zentrum der Pfanne war handbreit mit Wasser bedeckt.

Tausende Flamingos durchzogen mit ihren Schnäbeln das nahrungsspendende Gewässer. Ihr rosafarbenes Gefieder erleuchtete, von der Wasseroberfläche gespiegelt, das Naturspektakel. Riesige Vogelschwärme tanzten schwerelos durch die Luft. Zebras, Springböcke, Gnus, Impalas, Erdmännchen und Elefanten stillten friedlich miteinander ihren Durst an den Ufern dieses außergewöhnlichen Habitats.

Adam und Margarete entschieden, eine ganze Woche an diesem herrlichen Ort zu verweilen.

Margarete fand neue Pflanzen, die sie noch nicht kannte. Sie zeichnete alles auf. Melissa jagte nach Herzenslust und Adam wartete den Dernburg-Wagen.

Als sie die Salzpfanne wieder verließen, steuerte Adam den Wagen nach Osten.

Sie kamen an dem schicksalhaften Fort Namutoni vorbei. Sie fanden in der Nähe von Grootfontein einen riesigen schwarzen Felsbrocken mit rötlichen Rändern, der in seinem eigenen Krater lag und aussah, als wäre er von den Sternen zur Erde herabgefallen. Sie nutzten die Infrastruktur der alten Burensiedlung, um ihre Kanister zu befüllen, und trafen 300 Kilometer weiter und zwei Tage später auf ein kleines, weit abgelegenes Hüttendorf. Kleine, dünne Menschen kamen, mit Lendenschurzen bekleidet, neugierig auf den Dernburg-Wagen zu. In Hautfarbe und Gestalt ähnelten sie Kasa.

Adam hielt an und stoppte den Motor. Ein kleiner, milchkaffeebrauner Mann mit einem Bogen über der Schulter und einem Köcher voller kleiner Pfeile auf dem Rücken trat vor, hob eine Hand zum Gruß und gab eine Mischung aus Wörtern und Klicklauten von sich.

Auch Margarete hob eine Hand zur Begrüßung:

„Aguadschee, mi/kara."

Der kleine Mann erwiderte den Gruß und wollte wissen, welches das Ziel ihrer Reise sei. Margarete antwortete respektvoll:

„M/ka u Kgalagadi."

Adam war überrascht:

„Du sprichst ihre Sprache?"

Margarete nickte stolz:

„Die sind vom Stamm der San. Kasa hat mir ein paar Worte beigebracht."

Dann entdeckten die Männer und Frauen des Stammes den Geparden auf der Rückbank des Automobils. Sie wichen erschrocken zurück.

Margarete gestikulierte beschwichtigend:

„Ingwenkala akukho ngozi. Ingwenkala mi/kara."

Aufgeregt berieten sich die Dorfbewohner. Dann fassten sie Vertrauen und offerierten den Reisenden einen schattigen Lagerplatz unter einem großen Baum.

Eine der Frauen kam auf Margarete zu. Sie grüßte freundlich und betrachtete verwundert Margaretes Kleidung. Vorsichtig fasste sie Margaretes blonde Haare an. Sie lächelte fasziniert und schaute der viel größeren, jungen Frau schüchtern in die Augen:

„Gadja?"

Margarete nickte gutmütig:

„Gadja!"

Freudig winkte die zierliche kleine Frau ihre Freundinnen herbei und ehe Margarete sich versah, saß sie auf dem Boden. Vier Frauen saßen im Halbkreis um sie herum und begannen, ihre Haare zu vielen schmalen Zöpfen zu flechten.

Adam war gerade dabei, das Lagerfeuer zu entzünden, als zwei der Männer sich ihm näherten:

„/Gu?"

Fragend sah Adam zu Margarete hinüber.

Margarete zeigte auf die Kanister, die Adam bereits abgeladen hatte:

„Sie wollen Wasser haben."

Adam füllte einen Kochtopf mit Wasser.

Die Männer bedankten sich:

„Miwi a."

Dann nahmen sie den Topf und verschwanden zwischen den Hütten des Dorfes.

Adam und Margarete fühlten sich bei den San sehr wohl und blieben mehrere Tage.

Schnell freundeten sich die Dorfbewohner mit dem Paar an. Die Frauen zeigten Margarete, wie sie ihren traditionellen Schmuck herstellen, und die Männer nahmen Adam mit zur Jagd.

Gebannt verfolgte der Richtschütze das mitreißende Spektakel. Zunächst suchten die Jäger einen ganz bestimmten Strauch, in dessen unmittelbarem Umfeld sie kleine Larven aus dem sandigen Boden pulten. Die im Kokon befindliche Flüssigkeit verrührten sie mit unterschiedlichen Kräutern zu einem Gift, dass dann auf die Spitzen ihrer Pfeile aufgetragen wurde.

Den Wind im Rücken schlich der sechsköpfige Trupp geduckt über eine Lichtung. Im Schatten eines Baumes standen drei Kudus. Elegante Antilopen mit imposant geschwungenen Hörnern, deren Fleisch die Bewohner des Dorfes für mehrere Tage ernähren könnte. Die Jäger schlichen sich gekonnt lautlos, so nahe wie möglich an die ahnungslosen Tiere heran. Sie einigten sich auf eine der Antilopen. Zwei von ihnen spannten ihre Bögen und ließen die Pfeile fliegen. Treffer. Die Kudus erschraken und rannten davon. Alle drei. Auch das getroffene Tier suchte mit großen Sätzen das Weite. Die Jäger begannen sofort mit der Verfolgung. Sie wussten, dass es einige Minuten dauern würde, bis das Gift seine volle Wirkung entwickelt. Routiniert lasen sie die Spur ihrer verwundeten Beute, bis sie die vom Gift geschwächte Antilope erreichten. Dann ging alles ganz schnell und in kurzer Zeit hing das erlegte Tier mit den Hufen nach oben an einem stabilen Ast, den die Buschmänner auf ihren Schultern ins Dorf zurücktrugen. Zwei Mann am vorderen und zwei Mann am hinteren Ende des Stocks.

Als die Abenteurer ihre Reise fortsetzten, steuerte Adam den Dernburg-Wagen in südlicher Richtung durch die Omaheke-Wüste.

Überall ragten mannshohe Termitenhügel aus dem Boden heraus. Der Wagen rollte an den letzten Büschen vorbei. Die Landschaft wurde karg und lebensfeindlich.

Am dritten Tag dieser Etappe übersah der Richtschütze ein Schlagloch. Der letzte volle Wasserkanister rutschte vom hinteren Gepäckträger, fiel einen Abhang hinunter, traf einen Stein und platzte auf. Adam stoppte den Wagen:

„Nicht gut, gar nicht gut."

Margarete verstand sofort, welche Repressalien dieses Missgeschick zur Folge haben würde:

„Was machen wir denn jetzt?"

Adam rieb sich das Gesicht:

„Wir fahren erst einmal weiter. Mir fällt schon was ein."

Margarete sah ihn besorgt an:

„Wie weit ist es bis zur nächsten Siedlung?"

Adams Blick schweifte schätzend in die Ferne:

„Zwei Tage. Vielleicht drei."

Die Nacht verbrachte das durstige Paar im Schutz einer Felsengruppe. Kurz bevor Adam einschlief, hatte er eine Idee. Gao hatte ihm einmal erzählt, dass Affen immer in den Bergen eine geheime Quelle für schlechte Zeiten haben.

Auch hatte der Namakrieger ihm erklärt, wie man einen Affen fängt und ihn dazu bringt, das wertvolle Versteck zu verraten. Im Morgengrauen weihte er Margarete in seine Pläne ein und machte sich an die Arbeit.

Er grub ein Loch mit einem kleinen Hohlraum in einen Termitenhügel, den die fleißigen Tierchen am Fuß der Felsen errichtet hatten. Dann legte er ein Stückchen Salz in den Hohlraum, ging zurück zum Automobil und wartete geduldig. Das Fahrzeug stand zwar in einiger Entfernung, aber der Termitenhügel befand sich noch in Sichtweite.

Die Sonne erreichte den Zenit. Die Hitze wurde ohne den Fahrtwind des Wagens unerträglich. Dann huschte tatsächlich eine Gruppe Affen durch die Steine. Aufgeregt näherten sich zwei der Primaten dem Termitenhügel. Affen lieben Salz und es dauerte nicht lange, bis einer von ihnen seine Hand in das Loch steckte und nach dem begehrten Mineral griff. Nun hatte er das Salz in seiner geschlossenen Hand und konnte die Faust nicht mehr aus dem Loch herausziehen.

Da der Primat nicht über die Schläue verfügte, seine Hand wieder zu öffnen, um entkommen zu können, war er nun gefangen.

Sein kleiner Arm steckte in dem Termitenhügel fest. Er sprang panisch hin und her. Er zog und zerrte und fing hysterisch an zu kreischen. Sein Artgenosse flüchtete.

Adam näherte sich vorsichtig dem aufgeregten Tier, legte ein Seil um dessen Hals, befreite es aus dem Termitenhügel und band das Seil um den Stamm eines verkümmerten Kameldornbaumes. Dann gab er dem ängstlichen Affen eine Handvoll Salz und ging wieder zurück zum Wagen. Margarete fütterte Melissa mit Trockenfleisch, um ihr das Interesse an dem hilflosen Primaten zu nehmen. Der Affe genoss das Salz mit einer solchen Gier, dass er seine missliche Lage vergaß. Es dauerte nicht lange, bis der kleine Gierschlund sehr durstig wurde. Adam schnappte sich einen Becher und einen leeren Wasserkanister. Er ging ruhig auf den Affen zu. Er löste das Seil von dem Baumstamm und fasste es am hinteren Ende, um dem durstigen Tier möglichst viel Freiraum zu geben.

Schon nach wenigen Minuten siegte der Durst über die Angst. Der Primat lief in die Felsen. Adam folgte ihm mit langen Schritten. Der Affe sprang über ein paar große Gesteinsbrocken auf einen engen Pfad, lief an der oberen Felswand entlang, kletterte auf ein schmales Plateau und kroch in eine kniehohe Felsspalte. Adam hockte sich davor und hörte ein verheißungsvolles Plätschern. Er sah hinein und entdeckte einen Hohlraum von der Größe eines Hühnerstalls. Von der Decke tropfte Wasser, das sich am Boden in mehreren Steinmulden sammelte. Der Affe hatte sein Geheimnis preisgegeben. Der Richtschütze zog das Tier an sich heran und befreite es von dem Seil. Der Primat schimpfte wie ein Rohrspatz und suchte das Weite.

Nun war es an Adam, seine Hand in ein Loch zu stecken. Er schöpfte mit dem Becher so viel Wasser, wie er konnte, und befüllte den Kanister so gut es ging.

Als er den Dernburg-Wagen wieder erreichte, konnte Margarete sein breites Grinsen schon von Weitem sehen und war sofort erleichtert.

Sie drückte und küsste ihn. Beide tranken bedächtig. Dann füllte Adam einen Teil des Wassers in einen Topf, damit auch Melissa ihren Durst stillen konnte.

Es dauerte zwei weitere Tage, bis sie Mariental erreichten. Dort füllten sie ihre Kanister auf und starteten in die letzte Etappe.

Am späten Nachmittag des dritten Tages erreichten sie Fietes Farm. Alle versammelten sich, um die Heimkehrer willkommen zu heißen. Der Empfang war herzlich und vor allem bei den Frauen sehr emotional. Auch Dunya und Goldstaub wurden gebührend begrüßt.

Abends saßen alle an der langen Tafel neben der Scheune, aßen, tranken Bier und lauschten den Geschichten, die Adam und Margarete von ihrem Abenteuer zu erzählen hatten.

KAPITEL XIII

Es dauerte ein weiteres Jahr, bis der Friedensvertrag von Versailles am 10. Januar des Jahres 1920 in Kraft trat. Der Völkerbund erklärte Deutsch-Südwestafrika zum Mandatsgebiet der Südafrikanischen Union. Adam und Fiete standen nicht auf den Ausweisungslisten der Südafrikaner und hatten endlich die Gewissheit, ihre Farmen behalten zu dürfen. Auch die Spanische Grippe hatte aufgehört, über den Planeten zu wüten.

Adam und Margarete machten gerade einen ihrer morgendlichen Ausritte, als der Richtschütze mit Dunya auf einen Hügel galoppierte. Margarete, Goldstaub und Melissa folgten ihm. Auf dem Hügel stand eine große, schattenspendende Akazie. Darunter lag ein blaues Tuch, von der Größe einer Bettdecke. Darauf befanden sich zwei Kaffeetassen, eine Kanne, zwei Teller, eine Schale mit Obst, ein Korb voller Brot, Trockenfleisch, Tomaten und zwei hartgekochte Eier. Margarete war perplex:
„Wie kommt das denn hierher?"
Adam grinste, legte den Kopf auf die Seite und drehte seine Handflächen nach oben:
„Tadaaa."
Gerührt stieg Margarete ab und setzte sich auf das blaue Tuch:
„Haben wir was zu feiern?"
Adam nahm neben ihr Platz und goss den Kaffee in die Tassen:
„Der Spuk ist vorbei und wir wurden nicht ausgewiesen. Ich würde gerne wieder nach Hause gehen. Was sagst du dazu?"
Margarete lächelte:
„Nach Hause? Das klingt gut."
Adam gab ihr einen Kuss.
Sie aßen ihr Frühstück und fantasierten darüber, wie sie das Haus wiederaufbauen, neue Schafe kaufen und den Garten neu anlegen würden. Melissa lag neben dem Baumstamm der Akazie, die Pferde zupften Wüstengräser aus dem sandigen Boden,

166

eine Herde Zebras zog durch die Ebene und einige wenige Vögel besangen die an diesem Tag noch junge Sonne.

Adam nahm Margaretes Hand in beide Hände und sah ihr aufrichtig in die Augen:

„Seit ich mich in dich verliebt habe, mussten wir entweder flüchten oder kämpfen. Jetzt beginnt der Rest unseres Lebens. Ich bin ein armer Abenteurer. Ich habe nur das Land, die Pferde, die Kutsche und den Wagen. Die Freiheit ist mein größter Schatz.

Das ist aber alles ohne dich nichts wert. Nur wenn du bei mir bist, nur dann ist meine Welt vollständig. Margarete, willst du meine Frau werden?"

Sie lachte weinend:

„Wenn es dir nichts ausmacht, eine gewisse Mathilde Behrens zu heiraten."

Adam lächelte glücklich:

„Namen sind Schall und Rauch, und Papier ist geduldig. Mir ist es völlig egal, welchen Namen der Deutsche Frauenbund damals in deine Dokumente eingetragen hat. Du und ich, Margarete, du und ich."

Sie sank in seine Arme:

„Ja, ich will."

In der folgenden Woche fuhren Adam, Margarete, Fiete und Johanna mit dem Dernburg-Wagen nach Keetmanshoop.

Adam hoffte, dass die neue südafrikanische Verwaltung eine standesamtliche Trauung auch für Deutsche durchführen würde, und Johanna wollte einen Arzt aufsuchen, da sie in letzter Zeit oft an einer unerklärlichen Übelkeit litt.

Adam hatte seine Schutztruppenuniform auf Vordermann gebracht und für die Trauung eingepackt. Johanna hatte eines von Margaretes weißen Kolonialkleidern in ein simples, schulterfreies Hochzeitskleid ohne Schleier und Schleppe umgeändert. Fiete hatte drei Fässer Bier gebraut, um zwei Hotelzimmer, den Arzt und die Gebühr für die Trauung bezahlen zu können.

Die Freunde waren auf alles vorbereitet. Sie erreichten Keetmanshoop zur Mittagszeit, bezogen ihre Hotelzimmer und gingen in die Stadt. Adam und Margarete hatten Glück. Sie bekamen einen Heiratstermin für den nächsten Morgen. Fiete und Johanna suchten den Arzt auf. Treffpunkt war das Kaffeehaus. Margarete konnte es kaum erwarten, ein Stück Schwarzwälder Kirschtorte zu essen. Adam und Margarete hatten bereits einen Tisch ausgesucht und Platz genommen, als Fiete und Johanna überglücklich, Arm in Arm das Lokal betraten.

Johanna strahlte, als sie den Tisch erreichten:

„Ich bin schwanger!"

Margarete stand auf und nahm sie in den Arm:

„Herzlichen Glückwunsch, Liebes."

Adam sah Fiete an und schob ihm einen Stuhl zu:

„Setz dich Papa. Darauf trinken wir einen."

Sie tranken, aßen und amüsierten sich, bis in die Dämmerung hinein. Dann genossen sie den Komfort ihrer Hotelzimmer.

Pünktlich um 9:30 Uhr morgens erschienen die vier Freunde in der Amtsstube. Alle waren fein zurechtgemacht. Fiete und Johanna erschienen als Trauzeugen. Der südafrikanische Amtmann sprach sehr schlecht Deutsch. Obwohl das Brautpaar kaum verstand, was der Mann von sich gab, konnte man erraten, wann der Moment für das Jawort gekommen war. Fiete zog die Ringe, die der Bräutigam ihm zuvor gegeben hatte, aus der Tasche seiner Uniformhose. Adam nahm die Ringe entgegen. Sie waren aus Holz. Er hatte sie aus dem Stamm eines Kameldornbaumes geschnitzt. Das harte Material war perfekt poliert und im Innern der Ringe stand eine Widmung: ‚Du und ich'.

Adam und Margarete gaben sich das Jawort, steckten einander den Ring an den Finger und küssten sich.

Als der südafrikanische Amtmann damit begann, die Heiratsurkunde auszustellen, konnte Adam ihn davon überzeugen, dass sich in Margaretes Identifikationsdokument ein Fehler befände, der Deutschen oftmals unterlaufe. Man habe den ersten mit dem zweiten Vornamen verwechselt und dann vergessen, einen der beiden Namen einzutragen. So verließ das frisch getraute Paar die Amtsstube als Adam und Margarete Melber.

Die Freunde stiegen in den Dernburg-Wagen und fuhren gut gelaunt zurück zu Fietes Farm.

Als sie den Hof erreichten, deckten sie die lange Tafel neben der Scheune und feierten mit allen Bewohnern der Farm ein rauschendes Fest, das bis spät in die Nacht hinein andauerte.

Am folgenden Morgen begannen Adam und Margarete damit, ihre Heimreise vorzubereiten.

Sie packten ihre Sachen und holten ihre eingelagerte Habe aus dem Schuppen.

Nostalgisch machte Margarete eine Inventur, da sie den Inhalt der Säcke und Kisten schon seit fünf Jahren nicht mehr gesehen hatte. Sie fand ihr altes Dienstmädchengewand, ihr erstes Paar Schnürstiefel und ihre alte Tasche. Neugierig griff sie hinein, da sie nicht mehr wusste, was sie darin aufbewahrt hatte. Sie zog das Kleid heraus, das sie damals in Bremen gekauft hatte, um die Herrschaften vom Deutschen Frauenbund zu beeindrucken, die Diensthaube, die man ihr im Haus des Doktors gegeben hatte, eine Chiffon-Schleife aus Lüderitz und eine Handvoll Steine:

„Schau mal Adam, ich habe sogar noch die Kieselsteine, an denen ich damals gelutscht habe, um nicht in der Wüste verdursten zu müssen. Viel geholfen hat es nicht, aber dann hast du mich ja gefunden."

Adam sah auf die kleinen Steinchen, die Margarete in ihrer halboffenen Hand hielt.

Seine Augen wurden groß. Er nahm einen der Kiesel aus Margaretes Hand, trat vor den Schuppen und hielt ihn zwischen Daumen und Zeigefinger in die Sonne:

„Das sind keine Kieselsteine."

Margarete trat ins Freie und sah ihn verwundert an. Adam nahm ein weiteres Steinchen aus ihrer Hand und hielt auch dieses zwischen Daumen und Zeigefinger in die Sonne:

„Ich fasse es nicht."

Margarete wurde ungeduldig:

„Was denn?"

Adam strahlte seine Frau breit grinsend an:

„Das sind Diamanten!"

Margaretes Augen wurden groß. Ein warmer Schauer lief ihr über den Rücken:

„Was glaubst du, was die wert sind?"

Adam sah in ihre Hand und rührte behutsam mit dem Zeigefinger in den Steinchen herum. Einige der Diamanten hatten die Größe eines Kirschkerns, manche glichen einem Stecknadelkopf und einer von ihnen war nicht viel kleiner als das obere Glied eines Zeigefingers.

Adam blickte auf und sah Margarete in die Augen:

„Du bist reich, steinreich."

Eine rasende Achterbahn der Gefühle entlockte Margarete ein kurzes Lachen:

„Steinreich? Daher kommt also der Ausspruch."

Adam schüttelte amüsiert den Kopf:

„Nein, nein, das hat nichts mit Edelsteinen zu tun. Steinreich ist derjenige, der sich ein Haus aus Stein leisten kann, da diese in der Regel viel teurer sind als Holzhäuser oder Lehmhütten."

Margarete nahm ihren Mann zärtlich in die Arme und flüsterte in sein Ohr:

„Dann lass uns jetzt nach Hause fahren und das schönste Steinhaus bauen, das die Wüste je gesehen hat."

Sie fingen an, den Dernburg-Wagen zu beladen. Gao holte die alte Kutsche aus der Scheune und spannte die Pferde ein. Fiete schenkte Adam noch ein Fass Bier und Margarete schenkte Fiete und Johanna zwei der kirschkerngroßen Diamanten. Kasa gab Johanna einen Beutel voller Kräuter, die ihr die Geburt erleichtern sollten, und Adam nahm Heinz den löchrigen alten Strohhut vom Kopf und setzte ihm seinen Lederhut auf. Die Freunde verabschiedeten sich voneinander und versprachen gegenseitige Besuche. Dann rollten der Dernburg-Wagen und die Kutsche vom Hof. Adam steuerte das Automobil und Gao lenkte das Gespann.

Da Adam seine Reisegeschwindigkeit dem Tempo der Pferde anpasste, dauerte die Heimreise vier volle Tage.

Bevor sie endgültig die Farm erreichten, machten sie noch einen Zwischenstopp in !Aus. Sie verkauften drei der stecknadelkopfgroßen Diamanten und erwarben von dem Geld zwei alte Militärzelte, Saatgut, Vorräte, Ölfunzeln, Treibstoff, Brennholz, Nägel, eine Axt und ein paar Bretter, die sie auf die Kutsche luden.

Zwei Stunden später rollte der Dernburg-Wagen um die letzte Felsengruppe herum. Das Windrad kam in Sicht. Adams Augen leuchteten vor Glück.

Sein Gesicht war voller Freude. Margarete umfasste mit beiden Händen seinen Oberarm und legte ihren Kopf an seine Schulter.

Adam stoppte den Wagen vor der alten Vorratshöhle. Gao tat es ihm gleich. Die Männer luden ab, Melissa sprang neugierig von der Rückbank und die Frauen inspizierten das zerstörte Haus. Gao nahm eines der Militärzelte und baute es auf seinem Teil des Landes auf. Adam errichtete sein Zelt an derselben Stelle, an der vormals sein Beduinenzelt gestanden hatte.

In den folgenden Tagen sortierte das frisch vermählte Paar die Trümmer des Hauses, baute einen neuen Paddock für die Pferde, legte einen Garten an und brachte die Saat aus. Margarete erstellte Zeichnungen von den unterschiedlichen Gestaltungsmöglichkeiten, die ihre Fantasie für den Wiederaufbau des Hauses bereithielt. Es dauerte nicht lange, bis sie einen Entwurf gezeichnet hatte, der beiden gut gefiel.

Adam rechnete grob aus, wie viel Baumaterial man bräuchte, um Margaretes Pläne realisieren zu können, und machte sich mit Gao auf den Weg nach Lüderitz, um alles Nötige zu bestellen.

Er fuhr frühmorgens los und war sich sicher, aufgrund der Geschwindigkeit des Derburg-Wagens, noch vor Einbruch der Dunkelheit wieder zu Hause zu sein.

Am Nachmittag arbeitete Margarete im Garten. Kasa sammelte Kräuter am südlichen Ende der Farm und Melissa machte ein Schläfchen zwischen den Felsen.

Ein vierspänniger Ochsenkarren holperte auf das Grundstück. Auf dem Kutschbock saß ein dicker Bure mit grauen Latzhosen und einem verschmutzten weißen Hemd. Er hatte schütteres rotes Haar und einen ungepflegten, langen Vollbart. Neben ihm saß eines der Mädchen, die von den Damen in Keetmanshoop als Kapweiber bezeichnet wurden. Der Mann schien ein fahrender Händler zu sein. Der Ochsenkarren war voll beladen.

Er stieg ab und grüßte freundlich:

„Goeie dag."

Der Bure war sehr groß, schwitzte heftig und verströmte einen dementsprechenden Geruch. Das schwarze Mädchen grüßte nicht. Sie blieb mit gesenktem Haupt auf dem Kutschbock sitzen.

Margarete erwiderte den Gruß des Buren:

„Guten Tag, brauchen sie Hilfe?"

Der Mann nickte:

„Ja ek het hulp nodig."

Er zeigte auf das Windrad:

„Kan ek water kry?"

Margarete war erstaunt, dass die fremde Sprache des Buren der deutschen Sprache so ähnlich war, dass sie den Mann recht gut verstehen konnte. Sie machte eine einladende Handbewegung und zeigte auf das Windrad:

„Sie können gerne so viel Wasser nehmen, wie sie brauchen."

Er nahm zwei Kanister von der Ladefläche seines Ochsenkarrens, ging zu dem Windrad und füllte die Gefäße mit Wasser. Dann stellte er die vollen Kanister wieder auf seine Ladefläche und ging erneut zu Margarete:

„Dankie vir die water, woon alleen hier?"

Margarete schüttelte den Kopf:

„Nein, ich wohne hier mit meinem Mann und meinen Freunden."

Der Bure sah sich um:

„Waar is jou man?"

Seine Stimme klang unheimlich. Margarete verspürte ein flaues Gefühl in der Magengegend. Sie ging einen Schritt zurück:

„Mein Mann kommt gleich wieder."

Der Bure sah sie gierig an:

„So'n lekker vrouw alleen."

Er machte einen Schritt nach vorn und packte Margarete am Arm. Sie versuchte, sich loszureißen, wollte ihm zwischen die Beine treten, traf aber nur den Oberschenkel. Der Griff des massigen Mannes war zu stark und er zog Margarete an sich heran. Sie versuchte, ihm einen Finger ins Auge zu stechen, aber er wehrte die Attacke mit einer kreisenden Armbewegung ab und schlug ihr mit der Faust ins Gesicht. Sie sah einen hellen Blitz, ging benommen zu Boden und schmeckte das eigene Blut in ihrem Mund. Der Bure beugte sich über sie und riss ihr das Hemd auf.

In diesem Moment schoss Melissa aus den Felsen heraus und fiel über den Angreifer her.

Die Schreie des Buren klangen qualvoll. Seine Stimme überschlug sich. Er zappelte panisch und versuchte verzweifelt, sich aus der tödlichen Umarmung der Raubkatze zu befreien. Als die Zähne des Geparden seine Kehle zu fassen bekamen, wichen seine Schreie einem erbärmlichen Wimmern. Blut quoll aus seinem Mund. Seine Augen waren weit aufgerissen und er hörte langsam auf zu zappeln. Als das Leben seinen Körper endgültig verlassen hatte, ließ Melissa von ihm ab, wandte sich Margarete zu und leckte ihr das Gesicht. Margarete setzte sich auf, umarmte Melissa und blickte fassungslos auf den blutigen Körper des Buren, der tot vor ihr im Sand lag.

Das schwarze Mädchen saß zitternd auf dem Kutschbock, hielt sich mit beiden Händen die Ohren zu und kniff die Augenlider fest zusammen.

Kasa hatte die Schreie des Buren in der Ferne gehört und kam aufgeregt angelaufen.

Margarete zeigte auf das völlig eingeschüchterte Mädchen: „Kümmere dich um sie. Ich bin in Ordnung."

Kasa sprach das Mädchen an, reichte ihr die Hand und half ihr von der Kutsche herunter.

Die drei Frauen setzten sich am Fuß der Felsen in den Schatten. Margarete säuberte ihre aufgeplatzte Lippe mit einem nassen Tuch und Kasa befragte das Mädchen. Sie hieß Helena und war 14 Jahre alt.

Das Kind sprach einen Mischmasch aus Afrikaans und Xhosa. Sie kam aus der Gegend von Rosh Pinah.

Ihr weißer Vater hatte ihre schwarze Mutter vor zwei Jahren im Suff erschlagen und das Kind für drei Flaschen Schnaps und ein Gewehr an den Buren verkauft.

Als Adam sich in der Abenddämmerung seiner Farm näherte, erblickte er den Ochsenkarren schon von Weitem. Beunruhigt sah er zu Gao hinüber. Dann konnten die Männer die Umrisse der Leiche erkennen, die neben dem Garten im Sand lag. Adam trat das Gaspedal voll durch.

Als er den Lagerplatz erreichte, sprang er aus dem Wagen und rief nach Margarete. Sie kam mit dicker Lippe aus dem Zelt heraus. Adam ging auf sie zu und nahm sie tröstend in den Arm:

„Was ist passiert?"

Margarete schilderte das unheilvolle Erlebnis. Adam fragte nach:

„Und wo ist das kleine schwarze Mädchen jetzt?"

„Bei Kasa", entgegnete Margarete.

Adam schaute sich den toten Buren an und sagte zu Gao:

„Der muss hier weg."

Gao nickte:

„Ich hole Pferde, Kutsche und Schaufel."

Der Namakrieger machte sich auf den Weg. Adam rief ihm hinterher:

„Bring auch eine Ölfunzel mit. Es ist Neumond."

Die Männer legten den Leichnam auf die Ladefläche der Kutsche und fuhren weit in die Wüste hinein. Sie vergruben den Buren vier Meter tief im Sand. Es dauerte die ganze Nacht.

Dann kehrten sie zur Farm zurück und entluden den Ochsenkarren. 20 Gewehre, über 1.000 Schuss Munition, verschiedene Werkzeuge, Mehlsäcke und kistenweise Schnaps.

Die geheime, unterirdische Kammer in der Vorratshöhle war der perfekte Lagerplatz für die verräterische Ladung. Sie zerlegten den Ochsenkarren, behielten die Räder und verbrannten den Rest.

Die Ochsen brachten die zwei Freunde im Schlepptau hinter Adams Kutsche in das Nama-Dorf südlich von !Aus und schenkten sie den Bewohnern.

Nach getaner Arbeit krochen sie erschöpft in ihre Zelte und schliefen sich ordentlich aus.

Es dauerte zwei Wochen, bis die ersten Baumaterialien geliefert wurden. Drei Lastkraftwagen rollten auf die Farm zu.

Die riesigen Fahrzeuge sahen aus wie kleine Lokomotiven, an deren Heck ein Planwagen befestigt war. In jedem Laster befanden sich drei Tonnen Ladung.

Margaretes Traumhaus war zu Beginn der Regenzeit bereits bewohnbar und gegen Ende der darauffolgenden Trockenzeit bezugsfertig.

Das Haus schmiegte sich an den Felsen. Es hatte ein Erdgeschoss und einen Oberstock, vor dem eine geräumige, hölzerne Terrasse angebracht war, die man von innen durch eine große, gläserne Schiebetür, aber auch von außen über eine stabile, breite Holztreppe mit Handlauf erreichen konnte. Margarete hatte sich für ein Mansardwalmdach entschieden. Der Wohnraum war klassisch aufgeteilt. Im Oberstock befanden sich Schlafkammer, Bad, ein Büroraum und ein zusätzliches Zimmer. Im Erdgeschoss waren Küche, Salon, Esszimmer und ein Gästeraum zu finden. Adam hatte Parkett verlegt, die Wände waren weiß gestrichen und auch die gepolsterten Holzmöbel standen schon an ihren Plätzen. An manchen Wänden hingen Bilder, die Margarete gemalt und mit natürlich geschwungenen Stöcken eingerahmt hatte. Auf den Gemälden waren die Flora und Fauna Afrikas zu sehen. Im Salon stand ein fast lebensgroßes Elefantenbaby, das Adam aus einem Baumstamm geschnitzt hatte, und große Fenster erhellten alle Räume.

Für Gao, Kasa und Helena wurden am südlichen Rand der Farm zwei kleine, rechteckige Häuser mit Flachdächern errichtet.

Margarete kaufte zehn Kühe, zehn Karakulschafe, neun Hühner und einen Hahn. Adam zäunte das Vieh ein, damit Melissa nicht auf dumme Gedanken käme.

Zur Einweihung kamen Fiete und Johanna zu Besuch. Auch sie hatten mittlerweile ein Automobil. Ihr Sohn war bereits 10 Monate alt.

Er hieß Armin. Benannt nach Arminius, dem Befreier Germaniens.

Fiete und Johanna blieben eine ganze Woche. Die Frauen verbrachten viel Zeit mit Armin und schmiedeten Pläne für die Zukunft. Die Männer gingen gemeinsam auf die Jagd und sprachen über alte Zeiten.

Im folgenden Jahr baute Adam mit Gaos Hilfe noch eine Scheune, und fertig war das traute Heim. Das Leben meinte es gut mit dem glücklichen Paar. Sie genossen ihre Freiheit und erwiderten regelmäßig die Besuche ihrer Freunde. Die Regenzeiten kamen und gingen und während sich die Welt rasend schnell veränderte, schien in !Aus die Zeit zum Stehen gekommen zu sein.

KAPITEL XIV

1923 hatte die Kriegsschuld in der alten Heimat mittlerweile dazu geführt, dass ein Ei 320 Milliarden Mark kostete. Es kam zu einem Putschversuch. Adams und Fietes ehemaliger Kommandeur Franz Epp, der damals das erste Feldregiment in die Schlacht am Waterberg führte, hatte sich während des Weltkrieges an der Westfront den Ritterschlag verdient und 1919 mit einigen alten Kameraden aus Deutsch-Südwestafrika ein Freikorps gegründet. Er war nun Franz Ritter von Epp und sein Freikorps war bereits seit 1920 eine politische Partei, mit dem Namen NSDAP.

Franz Ritter von Epp hatte viel Zeit und Mühe investiert, um einen kleinen Korporal namens Adolf Hitler in die Kunst der Rhetorik einzuweihen, um diesen auf die Führung der neuen politischen Bewegung vorzubereiten.

Der Putschversuch der NSDAP scheiterte allerdings am 8. November 1923. Adolf Hitler wurde verhaftet und wenige Monate später zu einer Haftstrafe verurteilt.

1924 wurde die Reichsmark eingeführt, Lenin starb im Alter von 53 Jahren, Ernst Alexanderson schickte das erste Fax über den Atlantik, in Berlin wurde eine elektrische S-Bahn in Betrieb genommen und Hans Berger gelang das erste EEG eines menschlichen Körpers.

Im Jahr 1925 veranstaltete Fiete ein großes Weihnachtsfest. Abgesehen von Adam und Margarete waren auch ein paar von Fietes Nachbarn eingeladen. Man trank und speiste, erzählte alte Geschichten und tauschte Geschenke aus. Die Nachbarn verließen das Fest bereits am späten Nachmittag, da sie ihre Farmen noch vor Einbruch der Dunkelheit erreichen wollten. Adam und Margarete blieben wie immer für eine ganze Woche, während Gao, Kasa und Helena die Tiere ihrer Farm hüteten.

Adam und Fiete brauten Bier, gingen gemeinsam auf die Jagd, schwelgten nostalgisch in der Vergangenheit und diskutierten die jüngsten weltpolitischen Geschehnisse.

Die Frauen verbrachten ihre gemeinsame Zeit mit Armin. Sie machten viele Spaziergänge und erklärten dem kleinen Kerl die Welt. Verzaubert sahen sie dem Kind beim Spielen zu und malten sich dessen Zukunft aus.

„Was wohl eines Tages aus ihm werden wird", sagte Johanna.

Margarete antwortete zuversichtlich: „Er ist frei, hat wundervolle Eltern und ist ein wahrer Sonnenschein. Er wird ein guter Mensch und das ist alles, was zählt."

Johanna sah Margarete erwartungsvoll an:

„Wann plant ihr denn euer erstes Kind?"

Margarete senkte den Kopf:

„Wir haben es versucht und versuchen es auch immer wieder, aber ich werde einfach nicht schwanger."

Johanna legte tröstend einen Arm um ihre Freundin und zog sie liebevoll an sich heran.

Die Abende verbrachten die Freunde nach wie vor an der langen Tafel neben der alten Scheune.

Fiete füllte die Krüge mit Bier und hielt ein Buch über seinen Kopf:

„Schaut mal, was mir der Hubert zu Weihnachten geschenkt hat."

Er setzte sich hin, stellte das Buch senkrecht auf den Tisch, hielt es mit beiden Händen und drehte es seitlich hin und her, damit jeder den Einband sehen konnte. Das Buch war rot. Auf der Vorderseite befand sich ein großer, fett gedruckter, unterstrichener, weißer Schriftzug mit dem Titel ‚Mein Kampf‘.

Darunter war klein zu lesen:

‚Eine Abrechnung von Adolf Hitler‘.

Fiete sah Adam aufgeregt an und fasste den Inhalt des seltsamen Druckwerks kurz zusammen:

„Da steht derselbe Mist drin, den unser alter Kommandeur Franz Ritter von Epp gepredigt hat. Lebensraum, Rassenhygiene und die Erhaltung des Deutschtums. Er scheint auch die Thesen von Eugen Fischer übernommen zu haben."

Adam verkniff angewidert das Gesicht:

„Meinst du den fanatischen Wissenschaftler, der damals auf Shark Island den schwarzen Zwangsarbeitern die Schädel aufgesägt hat, um beweisen zu können, dass es den sogenannten Untermenschen tatsächlich gibt?"

Fiete nickte:

„Genau."

Adam streckte seine Hand aus:

„Zeig mir das mal."

Fiete gab ihm das Buch. Adam schaute sich das Buch von beiden Seiten an, schlug irgendwo in der Mitte eine beliebige Seite auf und las ein paar Zeilen. Sein Gesicht verklärte sich. Er blätterte vor und zurück, las hier und da einige Zeilen, klappte das Buch knallend zu und legte es, wie eine heiße Kartoffel, auf den Tisch:

„Der ist nicht gesund, der Mann."

Fiete nickte mit hochgezogenen Augenbrauen:

„Stell dir mal vor, der wird Reichskanzler."

Adam war skeptisch:

„Nein, nein, das ist doch nur ein unbedeutender Schreihals. Der schreibt da was von der arischen Rasse, sieht aber selber aus wie ein jüdischer Buchhalter. Das glaubt ihm doch kein Mensch."

Margarete weckte Adams Erinnerung:

„Es hängt ja auch ein weißer Jesus am Kreuz der Christen. Deine Worte."

Fiete pflichtete Margarete bei:

„Außerdem scheint er die rege Unterstützung von Franz Ritter von Epp zu genießen. Der hat aus seiner Dienstzeit in Deutsch-Südwestafrika hervorragende Kontakte. Er ist ein guter Freund des Sohnes unseres alten Gouverneurs Heinrich Göring."

Fiete kratzte sich am Kopf:

„Wie heißt der denn noch? Harald, Hubert, Herbert, Hermann … ja Hermann, das war's. Hermann Göring."

Adam winkte ab:

„Das wird Hindenburg niemals zulassen."

Johanna sah frech grinsend in die Runde:

„Eigentlich sind wir doch jetzt alle Südafrikaner."

Die Freunde lachten herzlich und hoben ihre Krüge.

Die Welt veränderte ihr Gesicht in einem atemberaubenden Tempo.

Am 6. Januar 1926 wurde in Berlin die Deutsche Lufthansa gegründet, Engelbert Zaschka meldete im Juni einen Hubschrauber zum Patent an, der Norweger Erik Rotheim erfand die Sprühdose, Gertrude Ederle durchschwamm als erste Frau der Welt den Ärmelkanal, Deutschland wurde Mitglied des Völkerbundes, Gustav Stresemann erhielt den Friedensnobelpreis und der Berliner Funkturm wurde eingeweiht.

1927 überraschte die Wissenschaft mit Raketenautos, Geigerzählern, den ersten Fernsehgeräten und Acrylglas. Charles Lindbergh gelang der erste nonstop Alleinflug über den Atlantik und Deutschland feierte die Eröffnung des Nürburgrings.

In der Trockenzeit des Jahres 1928 starb Goldstaub. Traurig begrub Margarete ihren Wallach unter dem großen, alten Kameldornbaum am Ende der Felsenkette.

Dunya folgte ihm in der darauffolgenden Regenzeit. Adam fand das tote Tier während der abendlichen Fütterung.

Sie lag reglos auf der Koppel. Adam sagte kein Wort. Er legte sich neben das tote Pferd, strich ihm liebevoll mit der Hand die Stirn hinab und schmiegte seinen Scheitel an die Nüstern der Stute. Margarete respektierte den Moment, wischte sich die Tränen aus den Augen und zog sich zurück. Adam lag die ganze Nacht neben Dunya. Er dachte an die Abenteuer, die sie zusammen erlebt hatten, und verabschiedete sich von seiner treuen Gefährtin.

Im Morgengrauen begrub er die Stute neben Goldstaub, der im Schatten des großen, alten Kameldornbaumes seine letzte Ruhe gefunden hatte.

Das Jahr 1929 begann heiter. Die Comicfiguren ‚Tim und Struppi' wurden am 10. Januar erstmals der Öffentlichkeit vorgestellt und auch der Seemann ‚Popeye' erblickte eine Woche danach das Licht der Welt. Das Große Schauspielhaus in Berlin präsentierte die Uraufführung der Operette ‚Die Drei Musketiere‘, der Comicstrip ‚Tarzan‘ erschien in einem guten Dutzend nordamerikanischer Zeitungen, Erich Kästner veröffentlichte den Roman ‚Emil und die Detektive‘ und Marlene Dietrich flimmerte in dem Tonfilm ‚Ich küsse Ihre Hand, Madame‘ über die Leinwand des Berliner Tauentzienpalastes.

Dann brach im Oktober die Weltwirtschaft zusammen und die Versicherungsgesellschaft ‚Deutscher Ring‘ wurde Versicherungspartner der NSDAP, die bei der Reichstagswahl am 14. September 1930 ihre Stimmen verachtfachte.

In Südwestafrika wurden unterdessen immer mehr Straßen gebaut. Die Bahnstrecke zwischen Lüderitz und Keetmanshoop verlor ihre Bedeutung. Lastwagen, die Kupfer und Zink aus Rosh Pinah sowie Gold aus den südlichen Sperrgebieten nach Walvis Bay transportierten, rollten täglich durch !Aus. Eine Tankstelle und mehrere Werkstätten wurden gebaut. Die kleine Stadt wuchs und gewann an Bedeutung. Die Durchreisenden belebten das Geschäft und die umliegenden Farmer erlebten goldene Zeiten.

Da der moderne Fortschritt nun auch die Heimat von Adam und Margarete erreicht hatte, entschied das Paar, durch einen Zukauf die Landfläche ihrer Farm zu vergrößern, um für die Zukunft einen erträglichen Abstand zu dieser, sich immer schneller drehenden Welt, gewährleisten zu können.

Es war der 12. Dezember des Jahres 1933, als Margarete ihren vierzigsten Geburtstag feierte.

Johanna, Fiete, Armin und Heinz waren zu Besuch gekommen. Die Freunde saßen im Esszimmer. Auch Gao, Kasa und Helena gesellten sich dazu. Sie speisten, tranken und plauderten.

Heinz fragte ironisch in die Runde:

„Und, was haltet ihr von unserem neuen Reichskanzler?“

Adam schüttelte verständnislos den Kopf:

„Ich weiß gar nicht, wie das passieren konnte.“

Fiete zeigte mit wackelndem Zeigefinger auf Adam:

„Ich hab's gewusst. Weihnachten 1925, als Hubert mir das Buch geschenkt hat. Hab' ich's gewusst?"

Adam nickte:

„Ja, ja, du hast es gewusst."

„In der Zeitung war sogar ein Foto, auf dem unser ehemaliger Kommandeur Franz Ritter von Epp, Hermann Göring und Adolf Hitler gemeinsam posieren", fügte Fiete hinzu.

Heinz bekräftigte Fietes Ahnung:

„Franz Ritter von Epp will immer noch den Lebensraum, von dem er damals sprach."

Johanna wiegelte ab:

„Dann müssten sie ja wieder einen Krieg anfangen. Das glaube ich nicht."

Margarete wechselte das Thema:

„Lasst uns lieber über schöne Dinge reden. Wir sind hier weit weg von der alten Heimat und der kleine Mann mit dem albernen Bärtchen wird sich wohl noch daran erinnern können, wie der letzte Krieg für Deutschland ausgegangen ist."

Da Fiete und Johanna entschieden, bis zum Weihnachtsfest bei Adam und Margarete zu bleiben, hatten die Freunde viel Zeit, um sich ihren Lieblingsbeschäftigungen zu widmen. Armin war mittlerweile alt genug, um die Männer zur Jagd begleiten zu dürfen. Er hatte die Gene seines Vaters. Er war für sein Alter recht groß gewachsen, hatte dunkelblondes, ordentlich gekämmtes Haar, war mit Blue Jeans und einem weißen Ruderleibchen bekleidet und trug knöchelhohe schwarze Schnürstiefel. Armin war sehr klug. Er sprach Deutsch, Englisch, Afrikaans und Xhosa, kannte die Flora und Fauna seiner Heimat, interessierte sich für die Geschehnisse der Welt, las viel und war handwerklich sehr begabt.

Die Männer fuhren mit dem alten Dernburg-Wagen an den westlichen Rand der Farm, stellten das Fahrzeug ab und gingen zwischen kleinen Dünen und Kameldornbüschen auf die Pirsch. Als Heinz über den Scheitel einer Düne blickte, entdeckte er ein Automobil, das offensichtlich im Sand steckengeblieben war. Am Steuer saß ein Mann, dessen Kopf auf dem

Lenkrad ruhte. Heinz winkte seine Gefährten herbei. Gemeinsam gingen die Freunde auf das Fahrzeug zu. Als sie sich dem Wagen näherten, drang ein leicht beißender, süßlicher Geruch in ihre Nasen. Der Fahrer war tot. Adam drückte seinen nach vorn gesackten Körper wieder in den Sitz, um sein Gesicht sehen zu können, und bemerkte:

„Die Leiche ist nicht mehr starr. Der liegt hier schon länger."

Fiete pflichtete ihm bei:

„Dem Geruch nach wahrscheinlich zwei bis drei Tage."

Auch Armin sah sich die Leiche an:

„Was ihm wohl passiert sein mag?"

Adam inspizierte den toten Mann:

„Er hat eine Schussverletzung im Rücken."

Fiete versuchte, das Rätsel zu lösen:

„Wenn er eine Kugel im Rücken hat, dann ist er möglicherweise geflüchtet, als man auf ihn schoss. Dann ist er hier im Sand steckengeblieben, konnte sich nicht befreien und ist an den Folgen der Verletzung gestorben."

Armin sah seinen Vater an:

„Wenn er geflüchtet ist, dann hat er auch was angestellt."

Die Männer durchsuchten den Wagen. Unter der Rückbank fand Adam eine Schachtel, von der Größe eines dicken Buches. Er öffnete das Behältnis und machte große Augen:

„Goldmünzen!"

Er legte die Schachtel auf die Motorhaube. Alle schauten hinein. Armin nahm eine Münze heraus und sah sie prüfend an:

„Das sind amerikanische Münzen. ‚Indian Heads' und ‚Eagles'. Die dürften gar nicht mehr existieren."

Die drei erwachsenen Männer sahen den Jüngling überrascht an. Der Junge zuckte mit den Achseln:

„Die Amerikaner haben dieses Jahr den privaten Besitz von Gold verboten. Die Münzen wurden nach ihrer Abgabe eingeschmolzen und die Besitzer entsprechend vergütet."

Während Armin erklärte, durchsuchte Adam die Leiche. In der inneren Tasche seiner Jacke fand er ein Ausweisdokument:

„Tatsache, der Bub hat recht."

Er hielt den Ausweis in Armins Richtung und wedelte damit auf und ab:

„Amerikanisch."

Adam klappte das Dokument auf:

„Henry Graham Grant ... Chicago."

Heinz kratzte seinen Bart:

„Wie kommt der denn hierher?"

Adam winkte ab:

„Unwichtig!"

Dann fügte er hinzu:

„Mich interessiert viel mehr, wer ihn erschossen hat und warum. Wurde er getötet, weil er das Gold gestohlen hat oder weil man es ihm stehlen wollte? Suchen seine Mörder noch nach ihm? Stehen die irgendwann vor meiner Tür?"

Fiete legte seine Hand auf Adams Schulter:

„Ich weiß genau, was du meinst. Was hast du vor?"

Adam sah Fiete in die Augen:

„Der muss hier weg."

„Und der Wagen?", fragte Fiete.

Heinz antwortete ihm selbstbewusst:

„Den zerlegen wir. Die Reifen, den Motor und ein paar Kleinteile können wir behalten. Die Karosserie wird in der Wüste vergraben."

Fiete blickte fragend zu Adam hinüber.

Der nickte:

„Klingt gut."

Sie fuhren zurück zur Farm, erklärten den Frauen die Situation und beluden Adams alte Kutsche mit Schaufeln und Werkzeug. Dann zogen sie die Kutsche mit einem Abschleppseil hinter dem Dernburg-Wagen her und fuhren zurück zu dem toten Amerikaner. Die Leiche begruben die Männer an Ort und Stelle. Den Wagen machten sie wieder flott und fuhren ihn weit in die Wüste hinein. Dort wurde das Fahrzeug ordentlich zerlegt. Die Freunde luden den Motor, den Tank und die Reifen auf die Ladefläche der Kutsche, packten die Kleinteile in eine Kiste und vergruben die Karosserie im hellen Schein des Vollmonds.

Im Morgengrauen erreichten sie die Farm, brachten alles in die Scheune und fielen todmüde in ihre Betten.

Obwohl der Vorfall viele Fragen aufwarf, feierten die Freunde ein unbeschwertes Weihnachtsfest.

Am letzten Weihnachtsfeiertag teilten die Männer die Goldmünzen untereinander auf und Fiete machte sich mit Armin, Heinz und Johanna auf den Heimweg.

Einen Tag vor dem Neujahrsabend wurde Melissa sehr anhänglich.

Sie folgte Margarete den ganzen Tag, glitt immer wieder mit dem Kopf unter ihre Handflächen, wenn sie sich setzte, rieb sich an ihren Beinen, wenn sie lief und wann immer Margarete stehen blieb, legte sich die Raubkatze auf ihre Füße.

Als Adam und Margarete an diesem Abend zu Bett gingen, drängte sich Melissa auf die Matratze und legte ihren Kopf in Margaretes Schoss. Immer wieder blickte die Raubkatze auf, suchte Margaretes Augen, rieb ihren Kopf an Margaretes Hals und leckte ihr das Salz von den Unterarmen. Als der Gepard ruhiger wurde, legte Margarete ihren Arm um das treue Tier und schlief ein.

Am folgenden Morgen war Melissa verschwunden. Margarete verließ das Bett, zog sich an, trat vors Haus und rief nach ihrer Gefährtin. Die Raubkatze kam nicht. Margarete wurde nervös. Sie lief über die Farm und suchte an den üblichen Plätzen. Sie ging zurück ins Haus und weckte Adam:

„Melissa ist weg!"

Adam zog sich sofort an, um bei der Suche zu helfen. Sie stiegen in den Dernburg-Wagen und erweiterten den Radius ihrer Suche. Sie suchten den ganzen Tag. Margarete war verzweifelt. Mit Tränen in den Augen sah sie Adam an:

„Adam, wo ist sie? Sie war doch die ganze Nacht bei mir."

Adam nahm Margarete tröstend in die Arme:

„Vielleicht hat sie sich verabschiedet. Manche Tiere gehen weg, wenn sie spüren, dass ihre Zeit gekommen ist."

Margarete legte ihren Kopf an seine Brust und weinte bitterlich. Sie sah Melissa nie wieder.

1934 machten sich die Folgen von Hitlers Machtergreifung erstmals auch in Südwestafrika bemerkbar. Der Deutsche Pfadfinderbund von Südwestafrika wurde zur Hitlerjugend. Vom 5. bis zum 8. Juli fand in Windhoek der Tag der Deutschen Jugend statt, den nationalsozialistische Funktionäre unter der Führung von Erich von Lossnitzer organisiert hatten. Auch die Pfadfindergruppen aus Tsumeb, Omaruru und Lüderitz waren in Windhoek angetreten. Sie veranstalteten einen Fackelzug und nahmen am letzten Tag der Veranstaltung an einem Aufmarsch teil, den von Lossnitzer in HJ-Uniform mit Hakenkreuzarmbinde anführte.

Franz Ritter von Epp war nun der Reichsleiter des Kolonialpolitischen Amtes der NSDAP.

Da Adam und Margarete aber ein autarkes Leben führten, mussten sie die Farm nur selten verlassen, um im nahegelegenen !Aus die Dinge zu kaufen, die sie auf der Farm nicht selbst erwirtschaften konnten. Die Zeit schien erneut stehenzubleiben. Das Paar lebte unbeschwert, besuchte und empfing regelmäßig seine Freunde und genoss das Gefühl der totalen Freiheit, in der endlosen Weite der Wüste.

Am 1. September 1939 befahl der kleine Mann mit dem albernen Bärtchen den Angriff auf Polen.

Großbritannien diktierte immer noch die Politik Südafrikas und verfügte umgehend die Internierung verdächtiger deutscher Siedler in Südwestafrika.

Es dauerte nicht lange, bis südafrikanische Soldaten ihre Fahrzeuge vor Adams Haus zum Stehen brachten. Drei Lastkraftwagen und 12 Soldaten. Auf den Ladeflächen saßen bereits mehrere Gefangene. Adam und Margarete standen in der Küche, als der unheilverheißende Besuch eintraf. Sie beobachteten die Ankunft der Fahrzeuge durch das große Küchenfenster. Margarete fing an zu zittern. Sie griff nach Adams Hand und sah ihm verstört in die Augen:

„Adam?"

Er strich ihr zärtlich über das Gesicht:

„Das sieht nicht gut aus."

Dann schallte der laute Ruf eines Soldaten über das Grundstück:

„Adam Melber!"

Adam nahm Margaretes Gesicht in beide Hände und sah sie eindringlich an:

„Hol ein Gewehr aus der Kammer und schließ dich im Schlafzimmer ein. Komm nicht heraus. Egal, was passiert."

Margaretes Augen füllten sich mit Tränen. Der Soldat wiederholte seinen Ruf:

„Adam Melber!"

Adam küsste Margarete:

„Ich gehe da jetzt raus. Du musst mir versprechen, nichts Unüberlegtes zu tun. Versteck dich und komm nicht heraus, ehe alle weg sind. Mir passiert schon nichts. Ich gehe das erledigen und komme zurück, sobald ich kann.

Du und ich, Margarete. Du und ich."

Er drehte sich um:

„Ich komme raus. Unbewaffnet!"

„I no gun!", fügte er in mäßigem Englisch hinzu, als er vorsichtig die Haustür öffnete.

Margarete sah ihm verzweifelt hinterher, als er das Haus mit bedächtigen Schritten und erhobenen Händen verließ. Sie ging in die Kammer, holte ein Gewehr und versteckte sich im Schlafzimmer.

Adam blieb mit erhobenen Händen vor seinem Haus stehen. Der Soldat trat auf ihn zu. Er machte eine Handbewegung, die Adam signalisierte, dass er die Hände herunternehmen könne, und vergewisserte sich:

„Adam Melber?"

Adam nickte.

Der Soldat packte Adam am Arm und führte ihn an die Ladefläche eines Lastkraftwagens. Mit einer Kopfbewegung gab er Adam zu verstehen, dass er einsteigen solle. Kurz darauf rollten die Fahrzeuge wieder vom Hof. Die Ladeflächen waren mit Planen überspannt. Hinten waren die Pritschen offen. Jeweils zwei Soldaten saßen in den Fahrerkabinen der Laster und zwei weitere bei den Gefangenen auf den Ladeflächen.

Die Männer saßen sich in Reihen gegenüber. Die Soldaten saßen mit Gewehren bewaffnet am Kopf der Pritsche.

Adam sah sich die Kameraden genau an, um herauszufinden, ob vielleicht ein vertrautes Gesicht dabei wäre, aber niemand kam ihm auch nur annähernd bekannt vor.

Margarete sah dem Lastwagen durch das Schlafzimmerfenster hinterher. Dann sank sie an der Wand herab. Sie atmete stockend und vergrub das Gesicht in ihren Händen. Ihr Körper wurde taub, der Magen eiskalt und ihr Hals schnürte sich immer wieder zu. Das Herz hämmerte in ihrem Kopf. Sie versuchte, sich zu besinnen, aber ihr Gehirn füllte sich mit einer quälenden Leere.

Sie spürte eine Hand auf ihrer Schulter.

Kasa hockte neben ihr:

„Wo ist Adam?"

Margarete kämpfte mit den Tränen:

„Sie haben ihn mitgenommen."

Gao betrat den Raum. Kasa sah ihn an und sagte ein paar Worte Nama zu ihm. Er verließ das Haus und startete den Dernburg-Wagen.

„Wo fährt er hin?", wollte Margarete wissen.

Kasa griff nach Margaretes Arm und half ihr auf:

„Fährt nach !Aus. Wir brauchen Informationen. Dann machen wir Plan."

Die Frauen gingen in die Küche. Kasa machte Tee. Sie setzten sich schweigend an den Küchentisch und warteten angespannt auf Gaos Rückkehr.

Der Namakrieger schaffte die Wiederkehr noch vor der Dämmerung. Er eilte in das Haus hinein und setzte sich zu Kasa und Margarete an den Küchentisch:

„Sie werden nach Windhoek gebracht. Gefangenenlager ‚Klein Danzig'."

Margarete legte eine Hand auf ihre Stirn und schloss die Augen:

„Was soll ich tun? Was soll ich denn nur tun? Ich kann keinen klaren Gedanken fassen."

Verzweifelt sah sie Kasa an:

„Was machen wir denn jetzt?"

Kasa legte einen Arm um Margarete:

„Sonne geht bald unter. Wir trinken Tee, wir schlafen und morgen kannst du wieder denken."

Margarete trank noch einen Tee. Schlafen konnte sie allerdings nicht. Sie machte sich große Sorgen. Die Vorhänge des offenen Schlafzimmerfensters bewegten sich sanft im Wind. Margarete lag embryonal auf dem Bett, hatte ein Kissen in den Armen und starrte in die vom Halbmond erhellte Wüste hinein. Tief zog sie die frische Luft in ihre Lunge. Dann atmete sie ruhig aus, schloss die Augen und stellte sich vor, wie die Verzweiflung ihren Körper mit dem Atem verließ.

Ihr Kreislauf beruhigte sich und schon nach wenigen Atemzügen verdrängten die ersten brauchbaren Gedanken die paralysierende Leere in ihrem Kopf.

Vielleicht würde man ihn nur verhören und dann wieder laufen lassen. Könnte es etwas mit den Goldmünzen zu tun haben oder war das schon zu lange her? Adam war kein Soldat mehr und sicherlich auch kein Nationalsozialist.

Wäre es eine gute Idee, nach Windhoek zu fahren? Könnte ein Rechtsanwalt helfen? Das Karussell der Gedanken drehte sich die ganze Nacht, bis Margarete in den frühen Morgenstunden der Erschöpfung erlag und endlich einschlief.

Kurz nach der Mittagszeit wurde sie vom Motorengeräusch eines Automobils geweckt.

Margarete rieb sich die Augen, verließ das Bett, ging auf die Terrasse und sah in den Hof:

„Johanna!"

Sie eilte die Treppe hinunter und lief aus dem Haus. Johanna stieg aus dem Wagen, ging ein paar Schritte auf ihre Freundin zu und nahm sie in den Arm. Dann kam Heinz aus dem Fahrzeug heraus, legte im Vorbeigehen tröstend seine Hand auf Margaretes Schulter, begab sich in die Küche und trank ein Bier. Die

Frauen lösten die Umarmung, begrüßten sich herzlich und gesellten sich dazu.

Margarete sah ihre Freunde fragend an:

„Wo ist Armin?"

„Der ist zu Hause geblieben", entgegnete Johanna.

„Und Fiete?", wollte Margarete wissen.

Johanna schüttelte den Kopf:

„Den haben sie vor zwei Tagen abgeholt. Heinz war sich sicher, dass man Adam auch abgeholt hat. Deshalb sind wir hergekommen."

Margarete blickte zu Heinz:

„Woher wusstest du das?"

Heinz zuckte mit den Achseln:

„Sie haben beide am Waterberg unter
Franz Ritter von Epp gedient."

Besorgt legte Margarete eine Hand auf ihre Wange. Johanna sah sie ermutigend an:

„Den Jungs fällt schon was ein. Fiete sagte, wir sollen uns ruhig verhalten, damit die Südafrikaner nicht auch noch auf die Idee kommen, uns die Farmen wegzunehmen."

Heinz stimmte ihr zu:

„Ich würde auch sagen, dass wir erstmal die Füße stillhalten. Wir warten hier ein paar Tage und sehen, was passiert. Dann fahre ich nach !Aus und versuche, neue Informationen zu bekommen."

Adam hatte mittlerweile das Gefangenenlager ‚Klein Danzig' erreicht. Alle Neuankömmlinge standen in zwei Reihen vor der fast schon prunkvoll anmutenden Kommandantur des Internierungslagers. Ein großes Gebäude mit einem verschnörkelten Giebeldach und einem langen, seitlichen Anbau, der an einem Turm endete.

Die Gefangenen wurden in kleine Gruppen eingeteilt und auf den Lagerplatz gebracht.

Die Aufseher sprachen mit fester Stimme, aber sie brüllten nicht sinnlos herum. Die Baracken waren aus Stein, fassten jeweils 6 bis 8 Gefangene und hatten vergitterte Fenster.

Nachdem man Adam sein Bettzeug gegeben und ihm seine Baracke zugewiesen hatte, machte er einen Rundgang im Hof des Lagers. Er wollte sich orientieren. Schon nach wenigen Schritten hörte er eine bekannte Stimme in einer der Baracken:

„Fiete? Bist du das?"

Fiete streckte seinen Kopf aus der Tür, erblickte Adam und zeigte mit wackelndem Zeigefinger auf seinen Freund:

„Ich hab's gewusst. Hab' ich's gewusst? Schon damals ..."

Adam fiel ihm ins Wort:

„Ja, ja, Fiete. Weihnachten 1925. Du hast es gewusst."

Fiete zog die Schultern hoch und drehte die Handflächen nach oben:

„Sag' ich doch."

Adam bewegte seinen Kopf leicht zur Seite. Fiete verstand sofort, verließ die Baracke und machte mit Adam einen Spaziergang auf dem Hof des Lagers:

„Wie geht es Margarete?"

Adam zuckte mit den Achseln:

„Sie haben ihr nichts getan, aber sie wird sich große Sorgen machen. Was ist mit Johanna und dem Jungen?"

„Der Junge ist alt genug. Johanna ist stark und auf Heinz war schon immer Verlass", entgegnete Fiete.

Adam atmete tief durch:

„Glaubst du, dass die uns bald wieder laufen lassen?"

Fiete schüttelte den Kopf:

„Das glaube ich nicht, mein Freund. Hitler ist wahnsinnig und Franz Ritter von Epp will die alten Kolonien zurückerobern. Hermann Göring steht treu an ihrer Seite und Himmler verwirklicht ihre absurden Ideen von der Rassenhygiene. Sie nutzen die Manuskripte von Eugen Fischer, um ihr Handeln zu rechtfertigen, während das Volk sich in dem Trugschluss sonnt, ein Herrenvolk zu sein, und dabei laut ‚Heil Hitler' ruft."

Fiete tippte sich mit dem Zeigefinger an die Schläfe:

„Denk doch mal nach, Adam. Der Vernichtungsbefehl gegen die Herero, das Konzentrationslager auf Shark Island, die wissenschaftlichen Versuche an Menschen, das Gerede von Lebensraum und Rassenhygiene. Sie tun es schon wieder. Dieselben Männer. Nur dieses Mal werden die Juden vernichtet anstatt der Herero, und die Konzentrationslager stehen in Dachau, Oranienburg und Breitenau anstatt in Windhoek, Lüderitz und Swakopmund. Das Volk scheint zu glauben, dass München die Wiege des Nationalsozialismus war. Ich glaube eher, dass der Nationalsozialismus in Deutsch-Südwestafrika geboren wurde."

Adam hakte nach:

„Na ja, unseren Marschbefehl konnten wir uns damals nun mal nicht aussuchen. Hätten wir nicht gehorcht, wären wir standrechtlich erschossen worden. Wir sind doch nicht für den Wahnsinn unseres alten Kommandeurs und seiner neuen Schergen verantwortlich. Die Südafrikaner haben eigentlich gar keinen Grund, uns hier einzusperren."

Fiete blieb kurz stehen und sah Adam nachdrücklich an:

„Wir sind Deutsche!"

Adam zuckte mit den Achseln:

„Was soll das denn heißen?"

Fiete antwortete verdrossen:

„Wie borniert muss man denn sein, einen Krieg gegen die ganze Welt zu führen, den zu verlieren und es dann allen Ernstes noch mal zu versuchen? Wenn ich Südafrikaner wäre, dann würde ich uns sicherheitshalber auch erstmal internieren."

Plötzlich ertönte eine Glocke. Fiete zeigte auf eines der größeren Gebäude:

„Essenszeit."

Die Männer gingen zum Essenfassen und wurden dann in ihren Baracken eingesperrt.

Adam fand keinen Schlaf. Er sorgte sich um Margarete. Schon seit 24 Jahren hatten sie keine Nacht mehr voneinander getrennt verbracht. Er vermisste ihren Geruch, ihre warme Stimme und die Art, wie sie sein Gesicht in beide Hände nahm, wenn sie ihn küsste.

„Gao wird schon gut auf die Frauen aufpassen", dachte Adam.

Er vertraute seinem alten Freund und wusste, dass er Kasa, Margarete und Helena mit seinem Leben schützen würde.

KAPITEL XV

Es war mittlerweile eine Woche her, seit Adam von den südafrikanischen Soldaten abgeholt und interniert worden war. Heinz machte sich auf den Weg nach !Aus und kam zu seinem Leidwesen mit nur einigen wenigen Neuigkeiten zurück zu Adams Farm. Er setzte sich mit den Frauen um den Wohnzimmertisch herum.

Margarete fragte ungeduldig:

„Was hast du herausgefunden?"

Heinz schüttelte enttäuscht den Kopf:

„Nicht viel. Sie wurden in ‚Klein Danzig' interniert und sollen irgendwann nach Südafrika überführt werden. In der Nähe von Bloemfontein wird zurzeit ein neues Gefangenenlager errichtet. Dort werden sie hingebracht, sobald alle Baracken fertig sind."

Margarete sah Johanna an:

„Glaubst du, es macht Sinn, einen Rechtsanwalt zu beauftragen?"

Johanna zog die Schultern hoch und petzte die Lippen zusammen. Heinz winkte ab:

„Dat können wir uns sparen. Die Gefangenen haben einen Lagerführer aus ihren eigenen Reihen gewählt, um die Kommunikation mit dem südafrikanischen Lagerleiter zu erleichtern.

Der deutsche Lagerführer ist der Rechtsanwalt Hans Hirsekorn. Er ist Doktor der Rechtswissenschaft. Sollte es eine Möglichkeit geben, deutsche Gefangene von der Internierung freisprechen zu lassen, dann wird der Mann dat wissen und in die Tat umsetzen."

Johanna sah Margarete desillusioniert an:

„Wenn man jetzt schon plant, sie nach Südafrika zu bringen, dann müssen wir davon ausgehen, dass unsere Männer nicht so bald nach Hause kommen."

Margarete schluckte schwer:

„Was schlägst du vor?"

Johanna antwortete mit klarem Kopf:

193

„Ich will meinen Sohn nicht zu lange allein lassen und auch du solltest mitkommen, wenn ich mit Heinz wieder nach Hause fahre. Die Zeit wird leichter, wenn wir zusammenbleiben, bis Adam und Fiete wieder freigelassen werden. Gao und Kasa können so lange auf deine Farm aufpassen und die Tiere versorgen."

Margarete sah sich traurig um. Johanna tröstete sie:

„Ich weiß Liebes, dein Haus."

Margarete wischte sich eine Träne von der Wange:

„Leer nutzt es mir nichts. Ohne Adam …"

Der Kummer raubte ihr die Stimme.

Johanna nahm sie in den Arm.

In den folgenden zwei Tagen bereitete Margarete ihre Abreise vor. Sie packte, mottete ein und verabschiedete sich von Gao und Kasa.

Helena hatte eine Arbeitsstelle mit Unterkunft in !Aus angenommen. Sie begleitete Johanna, Heinz und Margarete auf den ersten Kilometern ihrer Reise.

Dank des Automobils war die Strecke von !Aus bis zu Fietes Farm in einem Tag zu schaffen.

Armin freute sich sehr, seine Mutter, Margarete und Heinz wiederzusehen. Sie setzten sich gemeinsam an die lange Tafel neben der alten Scheune, erklärten der Gemeinschaft die neue Situation, aßen, tranken und berieten sich, bis spät in die Nacht hinein.

Schon nach wenigen Tagen hatten die Frauen ihre alte Routine wiedergefunden. Sie brauten Bier, machten Spaziergänge oder galoppierten auf Fietes Pferden durch die Wüste.

Margarete fand ihre innere Ruhe beim Zeichnen, während Johanna sich mit Näharbeiten ablenkte.

Abends führten sie stundenlange Gespräche und in vielen Nächten schliefen sie zusammen auf dem Sofa ein.

Die Vertrautheit von 26 Jahren Freundschaft war Balsam für ihre sehnsüchtigen Herzen. Auch Armin war ein großer Trost für die Freundinnen.

Der junge Mann erfüllte seine Mutter mit Stolz, da er sich als hervorragender Gutsherr bewies und obwohl auch er unter der Abwesenheit seines Vaters litt, schaffte er es immer wieder, gute Laune zu verbreiten.

In Klein Danzig hatten sich Adam und Fiete mittlerweile damit abgefunden, dass man sie vor dem Ende des Krieges wahrscheinlich nicht wieder frei lassen würde. In vielen Gesprächen rätselten sie darüber, ob Deutschland den Krieg dieses Mal vielleicht sogar gewinnen könnte. Das warf natürlich auch die Frage auf, was mit ihnen geschehen würde, wenn Hitler den Krieg verlöre. Fiete hatte dafür ein buntes Potpourri von Theorien:

„Wenn wir wieder verlieren, dann wird es Deutschland nicht mehr geben. Wenn Hitler aber gewinnt, dann werden wir uns wünschen, dass es Deutschland nicht mehr gäbe."

Adam zog verwirrt die Augenbrauen hoch:

„Hast du hier irgendwo Schnaps versteckt?"

Fiete insistierte:

„Nein, überleg doch mal, du Schnacker. Rassenwahn, diktatorische Willkür, totale Volkskontrolle. Wer will denn so leben? Hast du vergessen, dass du Melber heißt?"

Adam klatschte sich mit einer Hand vor die Stirn:

„Oh Scheiße, da habe ich ja noch gar nicht dran gedacht."

Das Leben in Klein Danzig war einigermaßen erträglich. Die Gefangenen wurden zwar jeden Abend pünktlich in ihren Baracken eingesperrt, konnten sich aber tagsüber innerhalb des Lagers frei bewegen. Das Essen war passabel, die Unterkünfte waren bewohnbar und es gab keine Misshandlungen. Es schien, als wollten die Südafrikaner den Unterschied zwischen einem deutschen KZ und einem menschenwürdigen Gefangenenlager demonstrieren.

Die Männer spielten im Hof des Lagers Fußball, durften kleine Gemüsegärten anlegen und gründeten sogar eine Theatergruppe.

Hinter den Baracken trennte ein hoher Zaun das Lager vom dichten Busch. Da manche Bäume den Zaun überragten, gab es dort viele angenehme Schattenplätze. Die Gefangenen hatten entlang des Zauns Tische und Stühle aufgestellt, um Schach oder Karten spielen zu können.

Adam und Fiete waren bereits seit 5 Monaten interniert, als das Gerücht die Runde machte, dass man bald alle Gefangenen nach Südafrika verlegen würde. Den Freunden war sofort klar, dass ein solcher Transport mannigfaltige Fluchtmöglichkeiten bieten könnte.

Jeden Tag saßen sie nun an einem der Tische, spielten Schach und versuchten, gemeinsam einen Fluchtplan zu schmieden. Immer wieder sprachen sie über den möglichen Ablauf der Verlegung. Da sie selbst einst Gefangenentransporte eskortiert hatten, kannten sie zwar die Schwachpunkte derartiger militärischer Aktionen, hatten aber keine zündende Idee, wie sie diese zu ihrem Vorteil nutzen könnten. Immer wieder diskutierten sie ihre Optionen. Adam war sich sicher, während einer Rast entkommen zu können:

„Der Weg nach Südafrika ist weit. Wir werden mehrere Tage unterwegs sein. Je nachdem, wie sie die Nachtlager sichern, könnten wir in der Dunkelheit verschwinden."

Fiete schüttelte den Kopf:

„Das hängt vom Mond ab. Wenn der auch nur annähernd voll ist, erleuchtet er die Wüste taghell. Wir wissen ja nicht einmal genau, wann wir verlegt werden sollen."

Adam legte ein Schachbrett auf den Tisch und stellte die Figuren auf:

„Wenn wir aus dem Laster springen, dann werden wir erschossen."

Fiete schob seinen weißen Königsbauern zwei Felder vor:

„Wir müssten die im Laster mitfahrenden Wachen irgendwie überwältigen."

Adam zog von E7 nach E5 und blockierte Fietes Bauern:

„Wenn uns die anderen Gefangenen helfen, dann könnte das sogar klappen."

Fiete setzte seinen Springer auf F3:

„Wir dürfen dabei nur keine verdächtigen Geräusche machen, die in der Fahrerkabine hörbar sind."

Adam stellte seinen Springer auf C6:

„Vor allem müssten wir es schaffen, die Wachen zu entwaffnen."

Fiete schob seinen Läufer von F1 nach B5. Adam sah auf das Schachbrett und lachte:

„Willst du mich verscheißern? Die Spanische Eröffnung hast du doch vorgestern erst gespielt."

Dann zog er seinen Bauern von A7 nach A6 und grinste hämisch:

„Viel Spaß damit."

Fiete rieb sich das Kinn und zog seinen Läufer von B5 nach A4 zurück:

„Vielleicht sollten wir versuchen, während einer Notdurft-Pause zu fliehen."

Adam schob einen weiteren Bauern nach vorn. Dieses Mal von B7 nach B5:

„Viel zu gefährlich. Bei den Notdurft-Pausen sitzen bestimmt alle Südafrikaner ab und bewachen uns mit den Waffen im Anschlag."

Fiete setzte seinen Läufer von A4 auf B3:

„Als sie mich hierher gebracht haben, waren nur zwei Wachen mit den Gefangenen auf der Ladefläche."

Adam zog seinen Springer von G8 nach F6:

„Wenn sie uns alle auf einmal transportieren, dann reicht ein Lastwagen nicht. Möglicherweise wird es auch Begleitfahrzeuge geben."

Fiete schob seinen Bauern von A2 nach A4:

„Das glaube ich nicht. Wir werden ja nicht einmal hier drin ordentlich bewacht."

Die Freunde spielten und diskutierten. Nach knapp einer Stunde war Fiete schachmatt.

Adam war gerade dabei, die Figuren wieder aufzustellen, als er einen kleinen Käfer bemerkte, der wacker neben dem Tisch über den sandigen Boden krabbelte.

Der Richtschütze beugte sich seitlich hinunter, hob den Käfer vorsichtig auf und betrachtete ihn prüfend. Fiete sah seinen Kameraden amüsiert an:

„So schlecht ist das Essen hier doch gar nicht."

Adam lachte:

„Na ja, eine Fleischbeilage wäre schon manchmal ganz angenehm."

Er hielt den Käfer ins Sonnenlicht und drehte ihn hin und her:

„Ich glaube, das ist der Käfer, aus dessen Larve die San ein Gift machen, das sie vor der Jagd auf ihre Pfeile schmieren."

Er setzte das Tierchen wieder auf den Boden: „Wenn der Käfer hier ist, dann sind auch irgendwo die Larven."

Fiete sah Adam interessiert an:

„Ist das Gift stark?"

Adam zuckte mit den Achseln:

„Die Buschmänner haben damit ein Kudu gelähmt."

Fiete zog ungläubig die Augenbrauen hoch:

„Ein Kudu?"

Adam nickte selbstbewusst:

„Ein Kudu!"

Fiete rieb sich die unrasierte Wange:

„Dann hätten wir wenigstens schon mal so etwas Ähnliches wie eine Waffe."

Adam beugte sich vor und legte seine Unterarme auf den Tisch:

„Wir könnten das Zeug auf einen Kameldorn schmieren. Hier ist überall dermaßen viel Gestrüpp, dass sich niemand wundert, wenn plötzlich ein Dorn in seinem Bein steckt. Mir passiert das andauernd. Manchmal bleibt der Dorn auch nur in der Hose stecken und sticht mich erst, wenn ich mich hinsetze."

Fiete hakte nach:

„Wie lange dauert es, bis das Gift wirkt?"

Adam wackelte taxierend mit der Hand:

„Na ja, das Kudu ist noch ziemlich weit gelaufen. Aber ich bin mir sicher, dass es einen Menschen viel schneller umhaut."

In den folgenden Wochen spielten Adam und Fiete viel Schach. Jeden Tag an einem anderen Tisch. Wann immer sie sich unbeobachtet fühlten, ließen sie eine Schachfigur in der Nähe verschiedener Büsche fallen. Dann durchsuchten sie den Sand, der die Büsche umgab nach Larven, während sie die Suche nach der Schachfigur fingierten. Außerdem ging Adam nun öfter am Zaun entlang spazieren, um die benötigten Kräuter an der Vegetationsgrenze des Lagers pflücken zu können.

Die Freunde sammelten ihre Funde in einer alten Pappschachtel, die sie in einem Kameldornbusch versteckten.

Im Juni des Jahres 1940 kam nach fast achtmonatiger Internierung der Verlegungsbefehl.

Als Adam und Fiete auf einen der Lastwagen stiegen, hatten sie jeder zwei in Gift getränkte Kameldornstacheln in den Schnürsenkeln an der Außenseite ihrer knöchelhohen Schnürstiefel versteckt. Insgesamt machten sich an diesem Tag sechs Lastwagen auf den Weg nach Südafrika. Auf jeder Ladefläche saßen zehn deutsche Gefangene und zwei südafrikanische Wachmänner. Die Fahrerkabinen waren mit je zwei weiteren Soldaten der Unionsarmee besetzt.

Adam und Fiete wunderten sich, da in ihrem Lastwagen außer ihnen nur drei weitere Gefangene mit zwei bewaffneten Wachmännern saßen. Fiete sah sich fragend um. Der Gefangene rechts neben ihm bemerkte die Verwunderung und hatte tatsächlich eine Erklärung parat:

„Uns bringen sie nach Pretoria zum Verhör. Alle anderen werden direkt im Gefangenenlager Andalusia abgeliefert."

Fiete zog die Augenbrauen hoch:

„Verhör? Was wollen die denn wissen?"

Der Fremde antwortete bereitwillig:

„Ich war als junger Mann dem Wissenschaftler Eugen Fischer unterstellt."

Er nickte mit dem Kopf in die Richtung des Mannes, der ihm gegenüber saß:

„Er hat dabei geholfen, die Hitlerjugend in Windhoek zu gründen. Was habt ihr angestellt?"

Adam und Fiete sahen sich mit großen Augen an und übertrugen ihre Gedanken:

„Franz Ritter von Epp!"

Fiete log dem Fremden, ohne mit der Wimper zu zucken, ins Gesicht:

„Keine Ahnung."

Um ihren Plan nicht zu gefährden, vermieden Adam und Fiete jedes weitere Gespräch. Das erste Nachtlager wurde in der Nähe von Mariental aufgeschlagen. Die Gefangenen wurden gruppenweise an Bäume gekettet. Die Fahrer und Soldaten hatten Zelte. Zwei bewaffnete Südafrikaner hielten Wache.

Als die um Adam und Fiete herumliegenden Gefangenen eingeschlafen waren, begannen die Freunde so leise wie möglich und mit so wenigen Worten wie nötig, den letzten Teil ihres Plans zu schmieden, wann immer die Wache ihre Runde lief. Mit einem dünnen Zweig zeichneten sie aus dem Gedächtnis eine kleine Landkarte in den Sand, um die wahrscheinlichste Route ausmachen zu können. Da man nicht alle Gefangenen an denselben Ort bringen würde, war nun klar, dass sich die LKW-Kolonne östlich von Keetmanshoop trennen müsste, damit ihr Lastwagen in nordöstlicher Richtung nach Pretoria weiterfahren könnte, während sich die anderen Fahrzeuge nach Süden hin orientieren würden, um das neu errichtete Gefangenenlager Andalusia zu erreichen. Nach einigen wenigen, geflüsterten Worten und ein paar eindringlichen Blicken wischte Adam mit der Hand über die Landkarte. Schweigend legten sich die Männer auf den Rücken. Ihre Augen verloren sich in den unendlichen Weiten der Milchstraße.

Adam dachte an Margarete. Würde der wahnwitzige Fluchtplan, den er mit Fiete geschmiedet hatte, tatsächlich funktionieren, dann könnte er seine Frau schon bald wieder in die Arme nehmen. Er vermisste sie sehr. Die Ungewissheit über ihr Wohlergehen brannte tief in seiner Brust. Sie war sein Antrieb, seine Sonne. Ohne ihr Licht waren seine Tage grau. Er dachte an ihr zephirisches Lächeln und an ihre leuchtend blauen Augen. Dann wuchs in ihm die Zuversicht und schmiedete den eisernen Willen, seinen Ketten zu entkommen.

Das dritte Nachtlager wurde östlich von Keetmanshoop aufgeschlagen, jenseits der südafrikanischen Grenze. Andalusia lag nun südlich und Pretoria nordöstlich ihres Camps.

Am folgenden Tag würde die Kolonne nach Süden fahren, während Adam und Fiete mit den anderen drei Gefangenen nach Pretoria gebracht würden.

Im Morgengrauen war es dann so weit. Die ersten LKWs verließen bereits das Lager, als Adam und Fiete zum Einsteigen eskortiert wurden. Zwei bewaffnete Wachsoldaten flankierten die hintere Öffnung der Ladefläche. Die fünf Gefangenen standen in einer Reihe hinter dem Fahrzeug. Adam und Fiete waren die Ersten in der Reihe. Dann ertönte das Kommando zum Aufsitzen:

„Board prisoners!"

Adam setzte seinen Fuß auf die erste Stufe der kleinen Leiter, die auf die Ladefläche hinauf führte, fingierte einen leichten Gleichgewichtsverlust, drückte sich an der Wache rechts neben sich die Treppe hinauf, stach dem Mann dabei den Kameldorn in den Oberschenkel, griff mit einer flinken, fließenden Bewegung nach dem Handlauf der Leiter und nahm am hinteren Ende der Ladefläche Platz. Der Soldat spürte den Stich, griff reflexartig an seinen Oberschenkel, spürte den Kameldorn, zog ihn heraus, sah ihn an, warf ihn weg und dachte sich nichts weiter dabei.

Fiete folgte Adam und setzte sich ihm gegenüber, auf die Bank entlang der Seitenwand. Dann stiegen die anderen drei Gefangenen ein und die Wachsoldaten nahmen am Kopf der Ladefläche Platz. Adam und Fiete saßen nun diagonal neben ihnen. Jeder auf seiner Seite der Ladefläche. Fiete warf Adam einen flüchtigen Blick zu. Adam schloss für einen Moment die Augenlider, blickte zu Boden und zeigte andeutungsweise mit der Nase auf den Soldaten, der neben ihm saß. Fiete wusste nun, dass der erste Stachel sein Ziel gefunden hatte, und welcher der beiden Südafrikaner bereits vergiftet worden war. Schon nach wenigen Kilometern wurde dem Mann unwohl. Er informierte seinen Kameraden, zog sich die Dienstmütze ins Gesicht und versuchte, die Übelkeit mit einem Schläfchen zu bekämpfen.

Sein Gewehr stand mit dem Kolben auf dem Boden, senkrecht zwischen seinen Beinen, und er hielt es mit beiden Händen am Lauf fest. Der andere Wachmann sicherte seine Waffe auf die gleiche Weise. Als er sich auf der harten Sitzbank kurz umsetzte, um die Gesäßlast neu zu verteilen, steckte Fiete ihm unbemerkt einen Kameldorn in den Gluteus.

Der Südafrikaner zuckte, fasste die schmerzende Stelle an, zog den Kameldorn heraus und warf ihn zu Boden:

„Damned Camelthorns."

Er lehnte sich wieder an die Rückwand der Ladefläche und behielt die Gefangenen im Auge. Schon nach kurzer Zeit konnte Adam den kalten Schweiß auf seiner Stirne sehen. Der Wachmann öffnete seinen oberen Hemdknopf und atmete tief durch. Dann quoll plötzlich Schaum aus dem Mund seines mittlerweile besinnungslosen Kameraden. Benommen wandte er sich dem gurgelnden Mann zu, nahm ihm die Dienstmütze ab und tätschelte ihm ein paar Mal auf die Wange:

„Henry? Henry!"

Fiete nutzte den Moment, in dem der Wachmann ihm den Rücken zudrehte und nahm ihn blitzschnell in einen gekonnten Würgegriff.

Zeitgleich schnappte sich Adam das Gewehr des Bewusstlosen und schlug dem Wachmann, der benommen versuchte, sich aus Fietes Umklammerung zu lösen, den Kolben der Waffe mit einem geraden Stoß horizontal vor den Kopf. Seine Stirn platzte auf und er verlor sofort das Bewusstsein. Fiete sah zu den völlig verdutzten Mitgefangenen hinüber und legte den Zeigefinger senkrecht auf seine Lippen:

„Schhhh."

Adam instruierte die Männer mit gedämpfter Stimme:

„Wir warten, bis sie die Geschwindigkeit wegen eines Schlagloches oder einer steilen Kurve verringern müssen. Dann springen wir raus.

Einer nach dem anderen. Sobald ihr draußen seid, müsst ihr flach liegenbleiben, bis der Laster weit genug weg ist, damit der Fahrer uns nicht im Rückspiegel sieht."

Als das Fahrzeug die Fahrt kurzzeitig verlangsamte, sprangen die Männer einer nach dem Anderen von der Ladefläche, rollten sich ab und blieben flach auf der Piste liegen, bis der Lastwagen kaum noch zu sehen war.

Sie standen auf, klopften sich ab, sahen sich zufrieden an und lachten verhalten.

„Es hat tatsächlich funktioniert", freute sich Fiete.

Adam machte eine beschwichtigende Handbewegung:

„Noch sind wir nicht zu Hause. Außerdem wird der Fahrer bei der nächsten Notdurft-Pause seine vergifteten Kameraden finden, umdrehen und nach uns suchen. Da sein Laster auch wesentlich schneller ist als Schusters Rappen, haben wir nicht wirklich viel Vorsprung."

Schnell kehrte Ernsthaftigkeit in ihre Gesichter zurück. Fiete zeigte auf eine Felsenkette, die seitlich hinter ihnen lag:

„Wir sollten die Ebene verlassen. Hier kann man uns schon von Weitem sehen."

Zügig lief der kleine Trupp auf die Felsenkette zu und verschwand eine knappe halbe Stunde später zwischen den petrifizierten Gesteinsbrocken. Adam und Fiete mussten sich nun nach Westen durchschlagen, hingegen ihre Mitgefangenen beschlossen, in nördlicher Richtung nach Botswana-Land zu flüchten.

Die Gruppe trennte sich.

Adam und Fiete schafften noch mehrere Kilometer, ehe sie sich im Schutz der Felsen einen Schlafplatz suchten. Sie machten kein Feuer, da der Schein der Flammen sie in der Nacht hätte verraten können. Sie saßen nebeneinander auf einem großen Stein und betrachteten den vom Sonnenuntergang blutrot gefärbten Himmel. Adam zeigte nach Westen:

„Es sind bestimmt 100 Kilometer bis zur Grenze und dann nochmal 200 bis nach Keetmanshoop."

Fiete verkniff das Gesicht:

„Wir können auf gar keinen Fall nach Hause gehen. Auf unseren Farmen werden sie zuerst nach uns suchen."

Adam legte seine Hand auf Fietes Schulter:

„Darüber habe ich auch schon nachgedacht. Ich würde sagen, dass wir erst einmal in das alte Nama-Dorf südlich von !Aus gehen. Dort leben immer noch Männer und Frauen, denen wir damals beim Bau der Bahnlinie zur Flucht verholfen haben."

Fiete stimmte zu:

„Die Idee ist gut. In dem Dorf sucht garantiert niemand nach uns."

Adam fing an, zu planen:

„Wir brauchen Behältnisse, die wir an den Wasserstellen befüllen können. In der Nähe der Grenze gibt es zwar einige Siedlungen, aber wir sollten es nicht riskieren, in den nächsten Tagen gesehen zu werden. Egal, von wem!"

„Essen müssen wir auch", fügte Fiete hinzu.

Adam winkte ab:

„Das ist nicht wirklich ein Problem. Ich kann mit ein paar Stöcken und unseren Schnürsenkeln Fallen stellen. Außerdem sind hier überall Termitenhügel."

Fiete nickte:

„Stimmt, die Viecher sind eigentlich recht knusprig, wenn man sie auf kleiner Flamme röstet."

Bei Tagesanbruch machten sich die Freunde an die Arbeit. Am unteren Rand der Felsenkette fanden sie einen mittelgroßen Baum. Adam nahm einen handbreiten Stein und schlug ihn mit anderen Steinen zu einem spitzen, scharfen Dreieck zurecht, das er an einem unterarmlangen Stock befestigte. So entstand ein exzellentes Bohrwerkzeug. Fiete baute auf die gleiche Art und Weise ein kleines Beil.

Mit dem Beil trennten sie vier unterschenkelgroße Äste von einem Baum, die sie mit dem Handbohrer bis auf den Unterboden aushöhlten. Die Wasserbehälter waren noch vor Einbruch der Dunkelheit funktionstüchtig.

In der Dämmerung machten sich Adam und Fiete auf den Weg. Die Nacht schützte sie vor der Hitze und verbarg ihre Flucht in der Dunkelheit. Sie fanden eine Wasserstelle und füllten ihre Holzkrüge. Kurz vor Sonnenaufgang baute Adam mit ein paar Stöcken und seinen Schnürsenkeln eine Falle. Dann suchten sich die Männer zwischen Wüstengras und Kameldornbüschen einen uneinsichtigen Schlafplatz und ruhten bis zum Nachmittag. Als Adam seine Falle kontrollierte, hing tatsächlich ein Kap-Hase in der Schlinge. Fiete machte sofort ein kleines Feuer. Solange es hell war, würde der Schein der Flammen sie nicht verraten. Geduldig drehte er einen Stock auf einer ausgedörrten Baumrinde hin und her, bis das vertrocknete Wüstengras zwischen Stock und Rinde Feuer fing. Sie genossen die Stärkung und setzten ihre Odyssee bei Einbruch der Dunkelheit fort.

Es dauerte elf Tage, bis sie das alte Nama-Dorf südlich von !Aus endlich erreichten. Die Kinder liefen neugierig auf sie zu, als die erschöpften Männer mit schwachen Schritten eintrafen. Einige der Bewohner erkannten ihre ehemaligen Retter sofort wieder. Sie begrüßten die Ankömmlinge freudig, boten ihnen eine Hütte an und brachten Wasser und Nahrung.

Abgesehen von einigen wenigen, der Notdurft geschuldeten Unterbrechungen, verbrachten Adam und Fiete die folgenden zwei Tage im Land der Träume.

Als die Sonne ein drittes Mal aufging, sprach Adam mit den Ältesten des Dorfes. Er bat um die Aussendung eines Boten, der Gao über die geglückte Flucht seiner Freunde informieren solle. Es machten sich umgehend zwei Läufer auf den Weg zu Adams Farm, und schon am Mittag des darauffolgenden Tages hörte Adam das sich nähernde Motorgeräusch seines Dernburg-Wagens. Als das Fahrzeug in Sichtweite kam, konnte er Margarete nicht auf dessen Sitzbänken entdecken. Seine Magengrube wurde kalt. Mit langen Schritten ging er dem Automobil entgegen. Gao sah den nervösen Ausdruck in Adams Gesicht, als er den Wagen neben ihm zum Stehen brachte, und beruhigte seinen Freund, noch bevor er ihn begrüßte:

„Margarete geht es gut. Johanna hat abgeholt. Alle sind auf Farm von Fiete."

Adam blieb stehen, stützte sich mit beiden Händen auf seine leicht gebeugten Knie und schnaufte erleichtert. Gao verließ das Fahrzeug. Die Freunde begrüßten und umarmten sich. Die Läufer sprangen leichtfüßig aus dem Wagen und verschwanden zwischen den Hütten, bevor Adam sich bei ihnen bedanken konnte.

Gao setzte sich mit seinen alten Gefährten vor deren Hütte. Die Männer saßen im Schneidersitz auf dem sandigen Boden und erörterten ihre Situation. Nachdem sie alle Optionen sorgfältig miteinander verglichen hatten, fasste Adam die einvernehmlich getroffene Entscheidung abschließend zusammen:

„Also, Gao fährt zurück zu meiner Farm. Dort holt er eine Kuh."
Er sah Gao an:

„Die Kuh bringst du nach !Aus, verkaufst sie und besorgst
dir mit dem Geld so viel Treibstoff wie möglich."

Adam kritzelte mit einem dünnen Zweig ein paar Linien in
den Sand:

„Dann fährst du zu Fietes Farm, erklärst Heinz die Situation
und bittest ihn darum, den Hof zu hüten. Margarete, Johanna
und Armin bringst du auf meine Farm. Die Frauen sollen sich
mit dem Jungen dort einrichten. Dann lassen wir ein paar Tage
vergehen. Der erste Besuch wird organisiert, sobald wir uns sicher sind, dass der plötzliche Umzug unbemerkt geblieben und
über unsere Flucht ein bisschen Gras gewachsen ist."

Gao verlor keine Zeit. Er fuhr sofort los.

Auf Adams Farm band er eine Kuh an den hinteren Teil des
Derburg-Wagens und rollte im Schritttempo nach !Aus. Er schlief
eine Nacht im Fahrzeug, verkaufte die Kuh, besorgte den Treibstoff und manövrierte das Automobil nach Keetmanshoop. Gao
erreichte Fietes Farm in den frühen Abendstunden.

Margarete und Johanna deckten gerade die lange Tafel neben
der alten Scheune, als sie das Dröhnen des Motors vernahmen.

Der Namakrieger parkte den Wagen im Vorhof des Haupthauses. Er stieg aus. Margarete ging auf ihn zu, konnte schon von
Weitem seine Zähne blitzen sehen und wusste augenblicklich,
dass ihr treuer Freund mit guten Nachrichten kam. Sie begrüßten und umarmten sich herzlich. Als Gao die Umarmung wieder
löste, fixierte Margarete seine Augen und sah es ihm sofort an:

„Wo ist er?"

Gao antwortete enthusiastisch:

„Sie sind geflüchtet und verstecken bei Nama."

Ein Schwall von Freude trieb Margaretes Nackenhaare in die
Höhe. Tausend Steine fielen ihr vom Herzen. Erleichtert nahm
sie Gao erneut in die Arme. Johanna sah die freudige Szene und
näherte sich mit schnellen Schritten:

„Was? Was hat er gesagt?"

Margarete drehte sich um:

„Sie sind entkommen!"

Die Frauen umarmten sich. Johanna rang um Fassung und flüsterte:

„Jetzt wird alles wieder gut."

Gao brachte Armin und die Frauen am folgenden Tag auf Adams Farm. Dort richteten sie sich ein und warteten.

Zwei Wochen hatten Adam und Fiete bei den Nama verbracht, als sie entschieden, ihre Frauen erstmals zu besuchen. Die Nama liehen ihnen einen Eselskarren und zwei Maultiere. Vier volle Stunden holperte das ursprüngliche Gespann über den Wüstenboden, bis Adams Farm in Sicht kam. Euphorisch sahen sich die Freunde an. Sprechen mussten sie nicht, denn beide wussten, worauf sie sich freuten. Die Männer näherten sich der Farm. Die Frauen arbeiteten im Garten. Johanna hörte das Gepolter des Eselskarrens zuerst und drehte sich um:

„Sie sind da!"

Adam brachte die Maultiere zum Stehen. Die Männer saßen ab. Johanna lief auf Fiete zu, fiel ihm um den Hals und weinte vor Freude.

Fiete vergrub sein Gesicht zwischen Johannas Hals und ihrer Schulter. Er atmete tief ein und drückte sie fest an sich.

Margarete und Adam gingen freudig grinsend aufeinander zu. Sie nahm sein Gesicht in ihre Hände und küsste ihn. Dann sah sie ihrem Mann tief in die Augen:

„Hast du jetzt endlich alles erledigt?"

Adam nahm sie zärtlich in die Arme:

„Noch nicht ganz, mein Leben. Noch nicht ganz."

Dann kam Armin aus dem Haus. Er stiefelte mit langen Schritten auf Fiete und Johanna zu. Seine Augen wurden feucht, als er die Arme um seine eng umschlungenen Eltern legte.

Die Freunde verschwanden im Inneren des Hauses und setzten sich um den Wohnzimmertisch herum. Adam und Fiete erzählten von ihrer Flucht. Dann wägten die Paare ihre Möglichkeiten ab.

Adam wollte unbedingt vermeiden, ein weiteres Mal in die Hände der Südafrikaner zu fallen:

„Wir sollten noch ein paar Wochen in dem Nama-Dorf bleiben. Zumindest sollten wir dort die Tage verbringen. Die Nächte
könnten wir dazu nutzen, uns einen guten Fluchtweg anzulegen."

Fiete war interessiert:

„Woran hast du da gedacht?"

Adam zog die Schultern hoch:

„Na ja, das Haus steht vor der Felswand. Ein Fluchttunnel
wäre beruhigend. Falls die Südafrikaner tatsächlich hierher-
kommen, um nach uns zu suchen, dann hauen wir einfach ab."

Margarete war beunruhigt:

„Was glaubst du denn, wie lange die nach euch suchen?"

Adam beruhigte sie:

„Ich weiß gar nicht, ob sie überhaupt nach uns suchen oder
ob sie davon ausgehen, dass wir in der Wüste gestorben sind.
Ich will aber nichts riskieren. Vorsicht ist die Mutter der Por-
zellankiste."

Fiete stimmte zu:

„Sicher ist sicher."

Johanna fragte nach:

„Spätestens, wenn der Krieg vorbei ist. Dann wird der Alb-
traum doch wieder enden. Oder nicht?"

Adam korrigierte sie:

„Das kommt darauf an, wer gewinnt."

Margarete war zuversichtlich:

„In der Zeitung stand, dass Deutschland gute Chancen hätte. Außerdem scheint Hitler in Amerika sehr populär zu sein.
Vielleicht helfen die ihm."

Adams Augenbrauen schnellten in die Höhe:

„Wie kommst du denn auf die Idee?"

Margarete zuckte mit den Achseln:

„In der Zeitung stand auch, dass zigtausend Amerikaner
letztes Jahr im Februar mit Hakenkreuzfahnen durch New York
marschiert sind. Dann haben sie den Madison Square Garden
mit riesigen Hakenkreuzen dekoriert, ein überlebensgroßes Bild
von George Washington aufgestellt und eine Massenkundgebung
veranstaltet. In dem Artikel war unter anderem zu lesen, dass

der mächtige Henry Ford ein Pamphlet geschrieben und veröffentlicht hat, das die Juden ähnlich verunglimpft wie das Buch von Adolf Hitler. Sogar der amerikanische Präsident Franklin D. Roosevelt hasst Juden. Er will sie nicht in seinem Land haben, weil sie seiner Meinung nach nicht das richtige Blut haben."

Adam sah Fiete überrascht an:

„Das klingt nach Eugen Fischer."

Margarete fuhr fort:

„Außerdem haben sich die wichtigsten amerikanischen Konzerne bereits mit Hitler verbündet. General Motors beliefert den Führer mit Bauteilen, die er für die Produktion seiner Mittelstreckenbomber benötigt, Standard Oil kooperiert mit der I.G. Farben und IBM hilft Heinrich Himmler dabei, die Juden mithilfe einer Lochkartentechnologie zu kategorisieren."

Fiete schüttelte vehement den Kopf:

„Amerikaner sind Opportunisten. Wenn der alte Adolf ihnen kein Geld mehr in die Kasse spült, dann werden sie ihn fallen lassen wie eine heiße Kartoffel."

Adam wechselte das Thema:

„Vergesst jetzt mal die Amerikaner. Wir brauchen einen Presslufthammer."

Alle sahen ihn erstaunt an. Adam ergänzte seine Aussage:

„Kein Presslufthammer, kein Fluchttunnel."

Armin machte einen Vorschlag:

„Ich könnte morgen nach Lüderitz fahren. Da gibt es alles, was wir brauchen."

Adam sah Fiete an. Der nickte:

„Der Junge ist alt genug."

Die Freunde bereiteten das Abendbrot zu, besprachen die letzten Details ihres Plans und gingen dann zu Bett.

In den folgenden Wochen arbeiteten alle am Bau des Fluchttunnels. Die Arbeiten fanden nachts statt, da Adam und Fiete die Tage aus Sicherheitsgründen schlafend in dem alten Nama-Dorf verbrachten.

Der Einstieg des Tunnels befand sich hinter einer geheimen Tür in der Rückwand des Hauses und führte durch den Felsen.

Auf einem uneinsichtigen, gut geschützten Hochplateau im hinteren Teil des Berges legten sie den Ausstieg an. Schon nach wenigen Wochen war alles fertig. Adam und Fiete verabschiedeten sich dankend von den Nama und zogen zurück zu ihren Frauen.

Zu Beginn der Regenzeit rumpelte ein leicht brüchiger Eselskarren auf die Farm. Es saßen drei Schwarze auf der klappernden Kutsche. Eine Person stieg ab und das Gefährt rollte wieder in die Wüste hinein. Margarete verließ das Haus, um nachzusehen, wer der Ankömmling war. Als sie vor die Tür trat, war die Überraschung groß.

Es war Helena. Hoch schwanger. Margarete rief alle herbei und die werdende Mutter wurde überschwänglich begrüßt. Sie setzte sich mit den Frauen an den Küchentisch und erzählte ihre Geschichte. Der Vater des ungeborenen Kindes war ein Reisender, der im Bahnhofshotel zu !Aus mehrere Tage verbrachte, während Helena dort als Zimmermädchen arbeitete. Sie hat ihn danach nie mehr gesehen. Sein Name war Simon. Den Familiennamen kannte Helena nicht.

Sie bezog ihr altes Haus am südlichen Rand der Farm und fand schnell in ihren ehemaligen Alltag zurück.

Friedlich, aber wachsam, verbrachte die bunte Gemeinschaft ihre Tage.

Am 10. Dezember des Jahres 1940 platzte Helenas Fruchtblase. Margarete brachte sie sofort ins Haus. Johanna holte Kasa. Helena hatte starke Schmerzen. Sie schrie fürchterlich. Die Qual verzerrte ihr Gesicht und in ihren Augen war die Angst zu sehen. Kasa kam angerannt und bat Margarete um Wasser und Tücher. Sie wickelte die Blätter eines Kralbusches um eine Krebsbuschblüte und bat Helena, darauf zu kauen. Margarete brachte das Wasser und die Tücher. Helena lag auf ihrem Bett und wand sich wie ein schwer verletztes Tier. Tränen liefen ihr aus den Augen. Ihr Blick wurde panisch. Sie atmete unregelmäßig, stieß dabei tiefe, animalisch anmutende Jammerlaute aus und hielt sich mit beiden Händen den runden Bauch.

Kasa legte ihr ein nasses Tuch auf die Stirn und half ihr dabei, den Atem zu beruhigen.

Helena winkelte ihre Beine an und versuchte zu pressen. Die Geißel der Wehen trieb ihr fast die Augen aus dem Kopf. Kasa sah besorgt zu Margarete hinüber:

„Ist nicht normal."

Sie legte ihre Hand auf Helenas Bauch. Sie schloss die Augen. Dann zog sie besorgt ihre Augenbrauen nach unten.

Margarete wurde nervös:

„Johanna! Bring uns bitte schnell noch ein paar Tücher. Nicht aus der Küche! Frag Adam und lass dir auch eine Kanne Wasser geben."

Johanna rannte sofort los. Sie brachte Kasa die Tücher und stellte das Wasser neben ihr auf den Boden. Dann wartete sie mit Adam, Fiete, Armin und Gao vor der geschlossenen Tür. Helenas Wehgeschrei wurde immer wieder von erschöpftem Stöhnen unterbrochen. Dann kehrte plötzlich Ruhe ein. Die Stille war erleichternd. Die Spannung unerträglich. Mit großen Augen starrte Johanna in die Runde. Adam zuckte mit den Achseln. Fiete zog die Augenbrauen hoch und die Mundwinkel nach unten.

Dann begrüßte das Neugeborene mit einem gesunden Schrei die Welt. Die Freunde sahen sich freudig an. Die Stille kehrte zurück. Johanna hörte Schritte im Inneren des Hauses.

Margarete öffnete weinend die Tür. Sie hielt das in ein Tuch gewickelte Baby im Arm. Helena lag tot auf dem Bett. Das Laken war voller Blut. Kasa stand verzweifelt daneben.

Das war der Tag, an dem Helena mich zur Welt brachte und Margarete meine Mutter wurde.

KAPITEL XVI

Am 2. September 1945 war der Krieg vorbei. Deutschland hatte verloren. Schon wieder. Die alte Heimat lag in Schutt und Asche. Die Männer waren tot, verkrüppelt oder hatten schweren seelischen Schaden genommen. So waren es die Frauen und Kinder, die das Land aus seinen Trümmern wieder erheben mussten. Die Siegermächte hatten das alte Reich unter sich aufgeteilt. Die deutschen Kriegsverbrecher wurden gerichtet, waren bereits geflohen oder hatten nach dem Vorbild ihres Führers feige den Freitod gewählt.

Fiete, Johanna und Armin zogen auf ihre Farm zurück. Adam und Margarete genossen die Freiheit, die sie sich erkämpft hatten, und schenkten mir eine wundervolle Kindheit.

!Aus erlebte einen Aufschwung. Die kleine Stadt blühte auf. Adam kaufte ein neues Auto und wir konnten den Ort nun in weniger als einer Stunde erreichen. 1947 wurde ich in !Aus eingeschult. Oft brachten mich Adam und Margarete gemeinsam in die Schule und gingen danach ins Kaffeehaus. Margarete aß jedes Mal ein Stück Schwarzwälder Kirschtorte und Adam freute sich auf warmen Apfelstrudel mit Schlagsahne.

Nicht alle Familien waren so glücklich wie wir. Viele Söhne unserer Nachbarn waren im Krieg gefallen. Auch Armins bester Freund Friedrich hatte sich in totaler Verblendung freiwillig gemeldet, um die alte Heimat zu verteidigen.

Friedrich Eisenberg, Infanterist. Geboren in Keetmanshoop, gefallen in Stalingrad. Seine Mutter hat tagelang geweint.

Die Stimmung im Land war gedrückt. Die Klauen der Briten im südafrikanischen Schafspelz drangen immer tiefer in das Land. Der südafrikanische Premierminister Jan Smuts weigerte sich, die UNO als den rechtmäßigen Nachfolger des Völkerbundes anzuerkennen. Er wollte das Land zur fünften Provinz Südafrikas machen, anstatt es weiterhin treuhänderisch zu verwalten.

Im Sommer 1951 wurden Adam und Margarete davon in Kenntnis gesetzt, dass ich die Schule in !Aus nicht mehr besuchen dürfe. Die Apartheid hatte Südwestafrika erreicht. Margarete war fassungslos. Die Briten hatten jahrelang gegen den Rassenfanatiker Adolf Hitler gekämpft und installierten nun ihre eigene Version der Rassenhygiene.

Meine Eltern entschieden, eine Schule zu bauen. Adam ließ am nordöstlichen Rand der Farm ein Schulgebäude, einen Sportplatz und mehrere kleine Bungalows errichten. Alle Hautfarben waren willkommen. Schwarze, weiße und gemischte Kinder wurden ungeachtet ihrer Herkunft kostenfrei unterrichtet. Da Adam, Margarete, Gao und Kasa nicht in der Lage waren, alle notwendigen Fächer selbst zu unterrichten, wurde in der Nähe der Schule ein weiteres Haus gebaut und ein Lehrerpaar wurde eingestellt. Manche Schüler wohnten in den Bungalows. Andere wurden täglich mit Kutschen oder Eselskarren gebracht und wieder abgeholt.

In der Regenzeit des Jahres 1953 erlitt Heinz einen Schlaganfall, den er nicht überlebte. Fiete folgte ihm zwei Jahre später. Er wurde in Keetmanshoop beigesetzt. Adam nahm nicht an der Zeremonie teil. Er wartete im Auto, bis alle Trauergäste den Friedhof wieder verlassen hatten. Margarete fuhr mit Armin, Johanna, Kasa, Gao und mir zurück zu Fietes Farm.

Dann setzte sich Adam allein vor das frische Grab seines Freundes. Er drehte sich eine Zigarette und zog einen Flachmann aus der Innentasche seiner Jacke. Er saß dort die ganze Nacht. Schlaflos. Seine Gedanken flogen durch die Jahrzehnte ihrer außergewöhnlichen Freundschaft. Die Endlichkeit aller Dinge wurde ihm bewusst und er war dankbar für sein Leben.

Im Morgengrauen stand er auf, stellte den Flachmann vor den Grabstein und legte seinen Tabakbeutel daneben:

„Ich komme auch bald, alter Freund."

Er setzte sich in sein Auto, drehte den Zündschlüssel und fuhr davon.

Als er auf Fietes Farm ankam, bat er Gao und Kasa, sein Haus und die Schule für ein paar Tage allein zu hüten, damit er und Margarete noch eine Weile bei Armin und Johanna bleiben könnten.

In den folgenden Jahren verbrachte Johanna viel Zeit auf Adams Farm. Lange abendliche Gespräche mit Margarete und die Arbeit in der Schule halfen ihr dabei, die Trauer immer öfter zu vergessen. Armin heiratete und zeugte einen Sohn. Das Neugeborene gab Johanna neuen Lebensmut. Sie blühte wieder auf und überschüttete das Kind mit der bedingungslosen Liebe, die dem Herzen jeder Großmutter innewohnt.

1959 führte die politische Spannung im Land zu einer ersten Explosion. Die Frauen des Landes hatten sich organisiert und demonstrierten friedlich gegen die Umsiedlung schwarzer Menschen in die sogenannten Townships.

Die südafrikanische Polizei verstellte den Demonstrantinnen den Weg und eröffnete ohne Vorwarnung das Feuer auf die Frauen. Das Massaker löste die ersten Unruhen aus. Ein junger Mann namens Samuel Daniel Shafiishuna Nujoma gründete die Ovamboland People's Organisation, die im folgenden Jahr in SWAPO umbenannt wurde. 1964 rief die SWAPO das Volk zum bewaffneten Kampf gegen die südafrikanischen Unterdrücker auf. Nach mehreren kleinen Scharmützeln kam es am 26. August 1966 zur Schlacht von Omgulumubashe. Der Fehdehandschuh war geworfen.

Da die meisten Kampfhandlungen im Norden des Landes stattfanden, blieb das Leben auf Adams Farm weiterhin frei und friedlich.

Der Rest der Welt schien von den Problemen in den alten Kolonien keine Notiz zu nehmen. Unbeirrt raste der Fortschritt durch die Zeit.

1967 wurde James Bedford zum ersten Menschen weltweit, der seinen Körper nach dem Tod in Kryostase versetzen ließ. Wolfgang Hilsberg erfand die Funkuhr und Dr. Christiaan Barnard gelang in Kapstadt die erste Herztransplantation in der Geschichte der Medizin.

Im darauffolgenden Jahr durchbrach die Tupolew TU-144 als erstes Passagierflugzeug die Schallmauer und die Amerikaner eiferten mit Apollo 7 dem russischen Kosmonauten Yuri Gagarin nach, der schon sieben Jahre zuvor, als erster Mensch im Weltraum, die Erde umrundet hatte.

Am 21. Juli des Jahres 1969 landeten Neil Armstrong, Buzz Aldrin und Michael Collins auf dem Mond.

Adam und Margarete saßen mit offenen Mündern vor ihrem Fernsehgerät.

Adam war fasziniert:

„In den 85 Jahren meines Lebens hat es die Menschheit tatsächlich geschafft, eine Kutsche in eine Mondrakete zu verwandeln."

Margarete lächelte ihn ironisch an:

„Zu schnell?"

Adam zog schätzend eine Augenbraue hoch:

„Auf jeden Fall zu ambitioniert."

Margarete zuckte mit den Achseln:

„Aber es ist schon erstaunlich, was die Wissenschaft so alles kann."

Adam war skeptisch:

„Diese Technologien entfernen die Menschen vom wahren Leben. Alle haben vergessen, worauf es wirklich ankommt. Wenn die so weitermachen, dann drehen irgendwann alle durch."

Margarete lachte:

„Dann sind wir wahrscheinlich nicht mehr hier."

Adam nickte:

„Nein, dann sind wir nicht mehr hier."

Er sah Margarete tief in die Augen:

„Es war nicht immer leicht, aber ich hätte mir kein besseres Leben wünschen können. Du bist mein Leben und es war wunderschön."

Margarete nahm ihn in die Arme:

„Du und ich Adam, du und ich."

Zwei Tage nach der Mondlandung erblickte mein Sohn das Licht der Welt. Wir bauten ein weiteres Haus auf Adams Land und genossen ein harmonisches Familienleben. Margarete liebte es, Großmutter zu sein.

Sie unterrichtete die Kinder in der Schule, versorgte nach wie vor die Tiere der Farm und kümmerte sich hingebungsvoll um Adam, dem das Alter die Ausführung mancher Tätigkeiten verweigerte.

Am Neujahrsmorgen des Jahres 1971 setzte sich Adam in den alten Schaukelstuhl auf der Veranda und schlug seine Zeitung auf. Margarete setzte sich in den Schaukelstuhl, der direkt daneben stand:

„Na, was steht denn drin?"

Adam blätterte um:

„Hans Fassnacht ist kurz vor Weihnachten zum Sportler des Jahres gewählt worden."

Margarete antwortete voller Respekt:

„Ja, der ist gut. Der könnte bei der Olympiade im nächsten Jahr sogar eine Medaille gewinnen."

Überrascht zog Adam seine Augenbrauen hoch:

„Oh, schau mal einer an. Ein Deutscher ist Segelflugweltmeister geworden. Helmut Reichmann. Alle Achtung."

Margarete stand auf:

„Ich mache mir einen Tee. Möchtest du auch?"

Adam nickte:

„Gerne, gerne."

Als Margarete mit den Tassen wieder auf die Veranda kam, saß Adam leblos in seinem Schaukelstuhl. Sein Kopf war leicht nach vorn geneigt und seine Unterarme lagen auf seinen Oberschenkeln. Die Zeitung hielt er noch in seinen Händen.

Leicht benommen stellte Margarete die Tassen auf den Beistelltisch, setzte sich auf ihren Schaukelstuhl, griff nach Adams Hand, legte sie in ihren Schoss und umfasste sie mit beiden Händen. Ihr Blick verlor sich in der Wüste. Stumm rollte eine Träne nach der anderen ihre Wangen hinunter. Sie blieb den ganzen Tag dort sitzen und hielt Adams Hand.

Wir begruben meinen Vater am Abend des folgenden Tages. Armin und Johanna kamen zur Beerdigung. Adam fand seine letzte Ruhe im Schatten des alten Kameldornbaumes, unter dem auch Dunya und Goldstaub begraben waren.

Gao hatte Margarete den ganzen Tag dabei geholfen, ein paar Worte in einen hüfthohen schwarzen Felsbrocken zu meißeln:

„Adam Melber 08.01.1884–01.01.1971"

Darunter stand:

„Du und ich"

Johanna blieb mehrere Wochen bei Margarete. Die Frauen machten lange Spaziergänge, verbrachten viel Zeit mit ihren Enkelkindern und legten einen neuen Gemüsegarten an.

Der Freiheitskampf gegen die Südafrikaner wurde immer heftiger. Es gab von Jahr zu Jahr mehr Waisenkinder. Margarete ließ die Schule vergrößern und baute neue Unterkünfte. Alle Kinder waren bei ihr willkommen.

In den siebziger Jahren versuchte die UNO mehrmals, die Südafrikaner davon zu überzeugen, ihre Truppen aus Südwestafrika abzuziehen. Die Verhandlungen blieben allerdings jedes Mal erfolglos. Die Wirtschaft litt enorm unter der angespannten Situation. Hunger machte sich breit. Margarete trug mir auf, den Nama in dem alten Dorf südlich von !Aus regelmäßige Nahrungsmittellieferungen zukommen zu lassen.

Oft habe ich sie aus der Ferne dabei beobachtet, wie liebevoll sie mit den Menschen umging. Sie sprach ihre Sprache und alle vertrauten ihr. Manchmal saß sie, von Kindern umringt, auf einem Stuhl vor der Schule und erzählte Geschichten. Die Nama nannten sie nun Mama Afrika.

1979 starb Gao. Der alte Krieger hatte an Hendrik Witboois Seite gekämpft, das Konzentrationslager von Shark Island und zwei Kriege überlebt und wurde nun, auf seine alten Tage, vom Biss einer Zecke aus dem Leben gerissen. Kasa sagte kein Wort und vergoss keine Träne. Wir beerdigten Gao in der Nähe von Kasas Haus, im Schatten der Felsen.

Am Abend nach der Beisetzung kam Kasa in Margaretes Haus. Margarete stand in der Küche und kochte Tee.

Stumm sah die zierliche, alte Nama-Frau ihrer Freundin in die Augen. Kasas Blick war voller Dankbarkeit. Dann strich sie Margarete sanft mit der Hand über die Wange, drehte sich um und ging.

Am nächsten Morgen lag sie tot neben Gaos Grab. Sie hatte giftige Kräuter gegessen und war der Liebe ihres Lebens gefolgt.

Am 12. Dezember 1983 feierten wir Margaretes 90. Geburtstag. Sie hatte ihre langen grauen Locken zu einem Dutt gebunden. Sie war immer noch schlank und trug ein kunterbuntes Kleid.

Ihre Augen waren wach und das Leben hatte die Güte in ihr Gesicht graviert.

Es war das letzte Mal, dass Margarete und Johanna gemeinsam einen Spaziergang machten. Johanna starb noch vor dem Neujahrsfest. Sie wurde neben Fiete begraben. Nach der Beerdigung fuhren wir mit Armin zu Fietes Farm. Dort setzten wir uns an die lange Tafel neben der alten Scheune.

Wir aßen Biltong und tranken Bier. Margarete erzählte von den Abenteuern, die sie in der Vergangenheit mit Johanna, Adam, Heinz und Fiete an diesem Tisch geplant hatte, und erinnerte uns an die wichtigen Dinge des

Lebens:

„Ohne Freunde ist das Leben grau."

Sie nahm meine Hand in ihre rechte und Armins Hand in ihre linke Hand. Dann sah sie uns eindringlich an:

„Ihr müsst immer zusammenhalten. Wie Brüder! Versprecht mir das."

Wir nickten:

„Versprochen!"

Margarete ließ unsere Hände wieder los:

„Seid niemals gierig, teilt fair und verschenkt, was ihr nicht braucht. Vergesst nicht, wo ihr herkommt und wer euch großgezogen hat."

Sie sah Armin direkt in die Augen:

„Deine Mutter war ein wundervoller Mensch. Ich habe sie sehr geliebt."

KAPITEL XVII

In den Achtziger-Jahren begann das HI-Virus seinen tödlichen Siegeszug über den Planeten.

Katholische Priester begünstigten die Katastrophe, indem sie den schwarzen Menschen erzählten, dass Gott die Verhütung mit Kondomen nicht billigt. Das Virus verbreitete sich rasend schnell und viele afrikanische Männer erlagen dem Aberglauben, dass Sex mit einer Jungfrau sie heilen könne. Die Zahl der Vergewaltigungen explodierte.

Margarete entschied, ein weiteres Gebäude auf der Farm errichten zu lassen, und gründete ein Frauenhaus. Viele Geschändete und solche, die eine Schändung zu befürchten hatten, fanden dort eine sichere Zuflucht. Da es der Priester von !Aus als seine Pflicht ansah, das Christentum zu verbreiten, stattete er Margarete einen Besuch ab. Margarete empfing ihn im Büro der Schule. Sie saß an einem Schreibtisch und zeigte auf den Stuhl, der ihr gegenüber stand:

„Bitte, setzen sie sich doch. Wie kann ich ihnen helfen?"

Der Priester grüßte höflich und nahm Platz:

„Mir ist zu Ohren gekommen, dass sie dieses Haus in der Nähe ihrer Schule betreiben."

Margarete hasste es, um den heißen Brei herumzureden, und zwang den Priester dazu, Klartext zu sprechen:

„Welches Haus? Hier stehen viele Gebäude."

Der Priester sah verschämt zu Boden:

„Das Haus mit den Dirnen."

Margarete beugte sich vor. Ihre großen blauen Augen verwandelten sich in dünne Striche:

„Mit den was bitte?"

Der Priester versuchte, sich zu rechtfertigen:

„Ich habe von Abtreibungen gehört."

Margarete wies ihn mit fester Stimme zurecht:

„Vergewaltigung ist in Ordnung, die Abtreibung der dadurch entstandenen Embryos aber nicht?"

Der Priester versuchte, Margarete zu beschwichtigen:

„In der Bibel steht ..."

Margarete unterbrach ihn:

„Ist ihnen eigentlich bewusst, dass die Neugeborenen mit dem HI-Virus zur Welt kommen, wenn die Mutter infiziert ist?"

Der Priester glaubte sich im Recht:

„Gott hat die Menschen erschaffen und nur er kann über unser Leben richten."

Margarete hatte genug gehört und stand auf:

„Es tut mir sehr leid, aber ich habe heute noch viel zu tun."

Sie drehte sich um und holte ein Buch von Charles Darwin aus dem Regal:

„Hier, nehmen sie. Das vertreibt die Dummheit."

Perplex nahm der Priester das Buch und verließ verwirrt das Büro.

Zeitweise lebten über 70 Frauen und Kinder auf der Farm.

In den folgenden Jahren verbrachte ich fast jeden Abend mit Margarete.

Sie genoss es, meinem Sohn die alten Geschichten zu erzählen. Mindestens einmal pro Woche fuhr ich sie in die Stadt. Sie kaufte eine Zeitung, aß ein Stück Schwarzwälder Kirschtorte und plauderte mit alten Bekannten. Manchmal fuhren wir sogar bis nach Lüderitz, weil der Geschmack der Torte dort leicht variierte.

Margarete zeigte mir die geheime Falltür im Boden der alten Vorratshöhle. Abgesehen von Waffen und Munition befand sich dort ein Tresor, den Adam einst in die Wand gebaut und hinter einem kleinen Schrank versteckt hat. Es waren immer noch ein paar kleine Diamanten und die meisten der amerikanischen Goldmünzen darin.

Sie deutete mit dem Finger auf den offenen Tresor:

„Das wird eines Tages dir gehören. Nutze es klug. Es kann der Schlüssel zur Freiheit sein. Außerdem eignet es sich hervorragend als Fluchtgeld, falls der Krieg nochmal nach !Aus kommt."

Sie legte eine Hand auf meine Schulter:

„Geben macht glücklich. Nehmen macht viel Arbeit und erzeugt Missgunst, Hass und Neid. Vergiss das nie!"

1989 entspannte sich die politische Lage in Südwestafrika. Am 19. März unterzeichnete Sam Nujoma ein Waffenstillstandsabkommen mit Südafrika. Am 9. April unterschrieben die Delegationen aus Angola, Kuba und Südafrika die Mount Etjo Deklaration auf Jan Oelofses Mount Etjo Safari Lodge. Delegationen aus Amerika und der UdSSR erschienen als Zeugen.

Im November wurden die südafrikanischen Truppen unter Aufsicht einer Militärkommission der UNO vollständig abgezogen.

Am 11. Februar 1990 wurde Nelson Mandela aus der Haft entlassen. Die SWAPO beschloss eine demokratische Verfassung und am 21. März 1990 wurde Samuel Daniel Shafiishuna Nujoma der erste Präsident der freien Republik Namibia.

Margarete saß vor ihrem Fernseher und hatte Freudentränen im Gesicht, als sie sah, wie Sam Nujoma vor dem UNO-Generalsekretär Perez de Cuellar den Amtseid leistete.

Die Bewohner der Farm feierten ein großes Fest. Sogar die Kinder sangen und tanzten bis spät in die Nacht hinein.

Am nächsten Morgen saß Margarete immer noch auf dem alten Sofa vor dem Fernsehgerät. Sie war friedlich eingeschlafen. Ich begrub meine Mutter neben Adam, suchte einen hüfthohen, schwarzen Felsbrocken und meißelte ein paar Worte hinein:

„Margarete Melber 12.12.1893–21.03.1990"

Darunter stand:

„Mama Afrika"

Es kamen über 200 Nama, Ovambo und Herero zu ihrer Beerdigung.

In den folgenden Tagen sortierte ich Margaretes Nachlass und fand ihr Tagebuch in einer Schublade der Nachtkommode. Ich schlug es auf und las den letzten Eintrag:

„Die Schwarzwälder Kirschtorte war wie immer großartig und die Heimfahrt in dem neuen Auto ist sehr komfortabel. Ich schaue aus dem Fenster, sehe das Land, das ich so verehre, und denke an den Mann, den ich mein Leben lang geliebt habe.

Wir fahren zwar auf der linken Straßenseite, aber der Wagen rollt dabei immer noch über die Bismarckstraße."

HERZ FÜR AUTOREN A HEART FOR AUTHORS À L'ÉCOUTE DES AUTEURS MIA ΚΑΡΔΙΑ ΓΙΑ ΣΥΓΓ
TA FÖR FÖRFATTARE UN CORAZÓN POR LOS AUTORES YAZARLARIMIZA GÖNÜL VERELIM S2
RE PER AUTORI ET HJERTE FOR FORFATTERE EEN HART VOOR SCHRIJVERS TEMOS OS AUT
ZÖINKÉRT SERCE DLA AUTORÓW EIN HERZ FÜR AUTOREN A HEART FOR AUTHORS À L'ÉCOI
ΑÇÃO ВСЕЙ ДУШОЙ К АВТОРАМ ETT HJÄRTA FÖR FÖRFATTARE Á LA ESCUCHA DE LOS AUTC
URS MIA ΚΑΡΔΙΑ ΓΙΑ ΣΥΓΓΡΑΦΕΙΣ UN CUORE PER AUTORI ET HJERTE FOR FORFATTERE EEN
LARIMIZA ERZÖINKÉRT SERCE DLA AUTORÓW EIN HERZ FÜ
SCHR DS ES A ORAÇÃO ВСЕЙ ДУШОЙ К АВТОРАМ ETT HJÄRTA FÖ

Der Autor

Der Urgroßvater des Autors wurde 97 Jahre alt und verstarb kurz vor dessen vierzehntem Geburtstag. Seine abenteuerlichen Geschichten über Deutsch-Südwestafrika und die Melbers hat er nie vergessen. Seit 2008 leitet Boris Reinhard verschiedene Hilfsprojekte in Namibia. Bereits während seines ersten Aufenthalts und eines Abstechers nach !Aus bekamen die Erzählungen seines Urgroßvaters ein neues Gesicht. Die alten Geschichten sowie seine eigenen Eindrücke inspirierten ihn zum historischen Roman „!Aus – Es geschah in Deutsch-Südwest".

Nach dem Beginn seiner Laufbahn als obdachloser Straßenmusiker spielte Boris Reinhard in einem erfolgreichen Gitarrenduo und bekam einige Jahre später die Chance, als Komponist zu arbeiten. Die dadurch entstandenen finanziellen Möglichkeiten und Kontakte nutzt der Autor seit 2008 für den Betrieb einer privaten Entwicklungshilfeorganisation.

Bewerten
Sie dieses Buch
auf unserer
Homepage!

w w w . n o v u m v e r l a g . c o m